宽 容

[美] 房龙 著　胡允桓 译

Copyright © 2009 by SDX Joint Publishing Company.
All Rights Reserved.

本作品版权由生活·读书·新知三联书店所有。
未经许可，不得翻印。

图书在版编目（CIP）数据

宽容／（美）房龙著；胡允桓译．—北京：生活·读书·
新知三联书店，2009.8（2016.5 重印）
（房龙作品精选）
ISBN 978-7-108-03054-2

Ⅰ．宽… Ⅱ．①房… ②胡… Ⅲ．思想史-世界 Ⅳ．B1

中国版本图书馆 CIP 数据核字（2008）第 130019 号

责任编辑	张志军
装帧设计	罗　洪
责任印制	宋　家

出版发行　生活·讀書·新知 三联书店
　　　　　（北京市东城区美术馆东街 22 号）
邮　　编　100010
网　　址　www.sdxjpc.com
经　　销　新华书店
印　　刷　北京市松源印刷有限公司
版　　次　2009 年 8 月北京第 1 版
　　　　　2016 年 5 月北京第 7 次印刷
开　　本　880 毫米 × 1230 毫米　1/32　印张 11.5
字　　数　263 千字
印　　数　35,001-45,000 册
定　　价　35.00 元

（印装查询：01064002715；邮购查询：01084010542）

宽容

VAN LOON

房龙作品精选

目 录

房龙小引　5

前　言　13

第一章　无知施虐　21

第二章　希腊人　31

第三章　约束的开始　67

第四章　上帝的曙光　77

第五章　囚禁　97

第六章　生活之纯正　108

第七章　宗教法庭　119

第八章　好学的人们　136

第九章　向书开战　148

第十章　关于历史书，特别是本书的撰写　156

第十一章　文艺复兴　160

第十二章　宗教改革　167

第十三章　伊拉斯谟　181

第十四章　拉伯雷　196

第十五章　旧货色的新招牌　207

第十六章 再洗礼教徒 228
第十七章 索兹尼叔侄 237
第十八章 蒙田 246
第十九章 阿米尼斯 252
第二十章 布鲁诺 261
第二十一章 斯宾诺莎 267
第二十二章 新天国 279
第二十三章 太阳王 291
第二十四章 腓特烈大帝 295
第二十五章 伏尔泰 298
第二十六章 百科全书 316
第二十七章 革命的不宽容 323
第二十八章 莱辛 333
第二十九章 汤姆·佩恩 345
第三十章 最后的一百年 350
后 记 但是这个世界并不幸福 356

TOLERANCE

BY
HENDRIK VAN LOON

LIVERIGHT PUBLISHING CORP.
NEW YORK

房龙小引

1987年，三联书店老总沈昌文偶然问我："赵博士如何看房龙？他的大作《宽容》，在国内很畅销呢。"当时我回国不久，乍一听说"房龙"，不由得两眼发黑，只好如实回答说："我不熟悉房龙，也没读过《宽容》。"

我在哈佛学的是美国文化思想史。寒窗六年，自信不会遗漏重要思想家，哪怕是他们比较冷僻的著作。回想我的博士大考书单：千余本文史哲经典中，何曾出现过什么房龙？换个角度想：即便我一时疏忽，那些考我的教授，岂能容我马虎过关！那么，这个房龙由何而来？

据查，房龙(Hendrik Willem van Loon)不是美国土生子。1882年他出生在荷兰鹿特丹，自幼家境富裕，兴趣广泛，尤其喜好历史地理。1902年他乘船前往美国，入读康奈尔大学。毕业后，这个身高两米的荷兰小伙儿，迎娶了美国上流社会的一位富家女。不久俄国爆发革命。房龙以记者身份返回欧洲，接着报道第一次世界大战。奔走多年，未能当上名记者，房龙于是转求其次：他先是摘取慕尼黑大学博士学位，随后又往美国高校寻觅教职。

1915至1922年，房龙在美国康奈尔大学、安提克学院，两度教授欧洲史。校方评语是：房老师讲课颇受学生欢迎，可他"缺少科学性，无助于提高学生成绩"。这话听着委婉，实乃判决他不配在大学教历史。

教书不成，那就写书做研究吧？房龙的第一部著作，出自他的博士论文，名曰《荷兰共和国的灭亡》(1913)。此书算得上学术研究，可它销路不好，无法改善作者的经济状况。请留意：此时房龙已育有二子。他必须发奋工作、努力挣钱，才能维持小康水准。

1920年房龙再婚，随即与书商签约，开始撰写通俗历史读物《古人类》。这本杂书旗开得胜，令房龙一发而不可收。自1921到1925年，他接连发表《圣经的故事》、《人类的故事》、《宽容》等多部畅销书。

短短十年里，房龙靠写畅销书发了财，分别在美国与欧洲购置房产，进而自由写作、四处旅游、参与多种社会活动。至1944年去世，房龙在美国学术界依旧是一文不名。可在现代图书出版史上，此人却打造了一个商业成功故事。

我们已知：房龙并非资深学者，更不是什么欧美知识领袖。谁想这个不入流的房龙，影响力居然超出美国本土，漂洋过海来到中国。房龙为何在中国走俏？依我拙见，这里头的原因相当复杂，牵扯到经济、政治、文化诸方面。其兴衰过程，亦同中国最近一百年的国运相关。

先看房龙怎样与中国结缘。1922年，房龙在美国推出畅销书《人类的故事》。1925年，商务印书馆率先出版此书，译者是沈性仁女士。曹聚仁读了沈女士的译本，称房龙对他的青年时代"影响极大"。

房龙1920年发表的《古人类》,也于1927至1933年间,在中国陆续出版了四个译本。书名分别是《古代的人》、《远古的人类》、《文明的开端》等。其中,林徽音译本《古代的人》,颇受中国学界关注。该书由郁达夫亲自作序,1927年由上海开明书店出版。

林译本序言中,郁达夫发表高见道:房龙文笔生动,擅长讲故事。"他的这种方法,实在巧妙不过。干燥无味的科学常识,经他那么一写,无论大人小孩,都觉得娓娓忘倦了。"他又道:房龙魔力,并非独创。说到底,此人不过是"将文学家的手法,拿来讲述科学而已"。

在当时不少美国人看来:房龙成批发表通俗历史书,大赚其钱,沽名钓誉,委实令人侧目。美国报刊上的文学专栏,偏又跟着推波助澜,鼓吹房龙作品。大作家辛克莱·刘易斯气不过,终于逮着一个机会,当面呵斥房龙说:"你以为自己是个啥?你也算是作家吗?"

房龙死后,美国《星期日快报》刊登讣告,称他"善于将历史通俗化,又能把深奥晦涩的史书,变成普通读者的一大乐趣"。房龙的儿子,也在给他爸撰写的传记中表示:"美国文学史、史学史都不会留下房龙的名字。他虽然背着通俗作家的名声,却能让老百姓愉快地感受历史、地理和艺术。"

对比美国人评语,郁达夫之见不但中肯,而且老道。唯有一点遗憾:他已点破房龙畅销的奥秘,却未分析图书出版的市场规律。上述"挥笔成金"的神奇法则,后于二十世纪四十年代的美国好莱坞,被德国法兰克福学派的阿多诺博士成功破译,进而著述论说,将其精确描述为大众文化(Mass Culture)、或曰文化工业(Culture Industry)。

何谓文化工业?说白了,即出版商、投资商与文化人联手,套用最先进的现代工业生产方式,大批策划、炮制、包装并推销文艺作品,令其像时髦商品一样流行于世,老少咸宜、雅俗共赏。在此意义上,房龙的商业成功,一面体现资本主义文化畸变,一面反映美国文明的现代化趋势。

以上讲的是现代经济学。再看三十年代的国际政治。房龙的盖世大作《宽容》,初版于1925年。此际,欧洲革命刚刚退潮,德、意法西斯蠢蠢欲动。面对凶险难测的世界,房龙感叹人类步入一个"最不宽容的时代"。为此,他欲以"宽容"为话题,带领读者回到古代,从头检讨祖先的愚昧与偏执:

从古希腊、中世纪到启蒙运动——房龙不厌其烦,将一部"思想解放史",刻意改写成一部"不宽容历史":其间有种族屠杀,有十字军远征,有教会对异端的迫害,有宗教裁判所对科学家的折磨。当然,还有文艺复兴倡导的人本主义,启蒙运动鼓吹的思想自由。

一句话,房龙笔下的欧洲文明史,始终贯穿着"宽容与专横"的搏斗:犹如一双捉对儿厮杀的角斗士,它俩分别代表了善与恶、黑暗与光明、进步与反动。

提醒大家:房龙身为美国历史学博士,其政治立场基本是自由主义的,即相信科学理性、政治平等、思想自由。然而,这种自由派的柔弱本性,一旦遭遇革命与战争,它就会自相矛盾、破绽百出。请看房龙言不由衷的苦衷:

"进入二十世纪后,现代的不宽容,已然用机关枪和集中营武装起来,以便代替中世纪的地牢、铁链、火刑柱"。历史不是一直在进步吗?人类不是越来越文明吗?房龙嗤之以鼻道:"如今距离宽容一统天下的日子,还需要一万年、甚至十万年。也就是说,宽容只是一种梦想,一种乌托邦。"

1937年，希特勒发表《我的奋斗》。次年，房龙推出一本《我们的奋斗：对阿道夫·希特勒〈我的奋斗〉的答复》。作为一本反纳粹宣言，此书得到美国总统罗斯福的嘉许。1939年，德国入侵荷兰，大举轰炸鹿特丹。房龙怒不可遏，遂以志愿者身份，出任美国国际电台播音员"二战"期间，他代号"汉克大叔"，日夜报道欧洲战况，鼓励家乡民众，并以暗语指导抵抗运动。

1940年《宽容》再版，房龙写下后记——这个世界并不幸福。为啥不幸福？只因"宽容理想惨淡地破灭了。我们的时代仍未超脱仇恨、残忍与偏执"。非但如此，"最近六年来，法西斯主义与各种意识形态大行其道，开始让最乐观的人相信：我们已经回到了不折不扣的中世纪"。结论："宽容并非一味纵容。如今我们提倡宽容，即意味抵抗那些不宽容的势力。"

《宽容》为何在中国受欢迎？窃以为：起因在于反法西斯，同时离不开中国的抗日战争。1939年，上海世界书局惨遭日军轰炸。废墟中，中国工人冒险捡回房龙著作的纸样，又为《圣经的故事》出版了中译本。该译本留下一封房龙1936年底写给译者谢炳文的信。

这封信中，房龙自称他"痛恨徒劳无益的暴虐。我试着为普通读者和孩子们写书，以便他们学到这个世界的历史、地理和艺术"。他又提醒译者：要特别留意书中讨论"宽容"的部分，因为"最近两年的各种消息，尚不足以表明宽容取得了胜利"。遥望德国坦克扬起的滚滚尘埃，房龙自问"我能做到吗？"后面连加五个问号。

再看中国改革开放之后。1985年，三联书店出版房龙代表作《宽容》。至1998年，此书连续印刷11次，成为三联书店评选的"二十年来对中国影响最大的百本图书"之一。紧随其后，房龙《人类的故事》和《漫话圣经》也热闹上市，掀起了难得一见的"房龙热"。

房龙死后四十年，竟又在中国火了一把。是何道理？据沈昌文回忆："翻译出版此书，得益于李慎之。李先生洋文好，又是老共产党员。他曾跟我说：我们在很多事情上，要回到西方的'二战'前后。按照指点，我找到的第一本书就是《宽容》。"沈公又说："宽容这个题目好。大家都经历过'文革'，那个年代没有宽容。所以《宽容》出版后，一下子印了15万册。"

到了九十年代后期，三联不再重印《宽容》。然而此书却不断引发多家出版社的追捧。根据沈公收藏目录，其中便有广西师范大学中英双语本、陕西师范大学全彩珍藏本、中国人民大学版、中国民族摄影艺术版等12个不同版本。1999年，北京出版社又出版一套14册的《房龙文集》，囊括了他的全部著述。

于是有人开始美化房龙，誉其为"自由主义代表"、"人文主义大师"、"始终站在全人类的高度在写作"，云云。对此，我要插一句闲话：房龙不入流，他只是一个通俗作家而已。大家若想了解美国思想史，或是研究英美自由主义，有许多经典可以选读。偏偏这个房龙，可以忽略不计。

同样都是书，差别为啥这么大呢？对此，王国维先生在《静安文集续编》中，早已指点过我们："哲学上之说，大都可爱者不可信，可信者不可爱。伟大之形而上学，高严之伦理学，纯粹之美学，皆吾人所酷嗜也。然求其可信者，则宁在知识论上之实证论，伦理学上之快乐论，美学上之经验论。知其可信而不能爱，觉其可爱而不能信，此近二三年中最大之烦闷。"

王先生古板。他老人家不晓得："文革"之后中国老百姓发现：他们可以自由读书了，岂不皆大欢喜、人人捧读？因此便有文化热、房龙热，以及各种各样略加一点儿学问、实为消遣取乐的玩意儿。

如今中国人都读书、都买书。其中最好卖的书,就是闲书、杂书、可爱书、读了不痛苦的书。

比较上世纪三十年代,如今中国可是宽容多了。即便同九十年代比,眼下也是过之不及、量之有余。经此一想,我也变得十二分宽容起来。三联要出房龙文集?可以呀,我很乐意为它写序!

最后笔录两段房龙名言:"百家口味,各个不同。所以能否宽容,能否兼收并蓄,事关历史能否进步。任何时代的国家和民族,如果拒斥宽容,那么不管它曾有过怎样的辉煌,都要无可挽回地走向没落与衰亡。"

他又在《宽容》后记中告诫说:"我们仍处于一种低级社会形态。其特点是:人们以为现状完美无瑕,没必要再做什么改进。这是因为他们没有见过别的世界。一旦我们麻痹大意,病毒就会登上我们的海岸,把我们毁掉。"

赵一凡
2008 年 10 月于北京

前　言

人类在平静的无知的山谷中幸福地生活。

永恒的山脉向四面八方蜿蜒伸展。

一股知识的溪水在破败的深谷中缓缓淌过。

它源自往昔的山脉。

却消逝在未来的沼泽。

这条溪水并不像大河那样波涛滚滚，但足以满足村民们不高的需求。

夜幕降临，村民们饮过牲口，灌满水桶，便心满意足地坐下来，尽享农家之乐。

颇懂道理的老年人，被人们搀扶出来，他们在阴凉的角落里度过了整个白天，面对着一部神秘的古书冥思苦想。

他们对孙辈们咕哝着莫名其妙的

无知的山谷

字眼,而孩子们都更喜欢摆弄从远方带回来的好看的石子。

那些字眼往往含混不清。

却是一千年前由一个被遗忘的民族写下的。因此无比神圣。

因为在无知的山谷里,凡是老的就备受尊崇。而谁若是胆敢否认先人的智慧,就会遭到所有体面人的冷眼。

他们就这样保持着平和宁静。

他们总是担惊受怕。他们要是得不到园中产品那均分的一份该怎么办呢?

入夜,小镇的窄街上人们窃窃议论着含糊其词的故事,讲的是那些敢于提出问题的男人和女人。

那些男人和女人离开大家走了,再也没人看到过他们。

有几个人曾经尝试过攀登挡住太阳的石崖高墙。

他们风化的白骨堆在峭壁的山脚下。

时光来而又去,年复一年。

人类在平静的无知的山谷中幸福地生活着。

※ ※ ※

从幽暗之中爬出来一个人。

他手上的指甲已经磨损了。

他的脚上裹着破布,由于长途跋涉而血迹斑斑。

他跟跟跄跄地来到最近的一间茅屋门前,敲响了门。

随后他便昏倒了。在一只火苗惊

孤独的漫游者

颤的烛光中,他被抬到了一张病榻上。

天亮之后,全村都传遍了:"他回来了。"

邻居们围站着,摇着头。他们早就知道,结局就是如此。

对那些敢于从山脚下走开的人来说,等待他们的就是失败和服输。

在村庄的一角,老人们摇着头,悄声说着一些难听的话。

他们并非残忍成性,可规矩就是规矩。谁让这个人不听老人言,犯下了大罪呢。

他的伤一痊愈,就要给送上法庭。

他们想宽待他。

他们想起了他母亲那一双奇特地闪亮的眼睛。他们忆起了他父亲的悲剧:三十年前迷失在荒漠之中。

然而,规矩就是规矩;规矩是要遵守的。

颇懂道理的老年人要监督执行。

※　※　※

人们把那个漫游者抬到市场上,大家站在周围,诚惶诚恐地默不作声。

他依旧因饥渴而虚弱,长者们要他坐下。

他拒绝了。

他们命令他不要吱声。

但他还是说话了。

他背对着老人们,他的目光搜寻着不久前还与他志同道合的人。

"听我说,"他恳求着。"听我说,

新家园

振奋起来吧。我已经从山外边回来了。我的双脚踏上过一片新鲜的土地。我的手曾经感受到其他民族的触摸。我的眼睛看到过奇妙的景象。

"我还是个孩子的时候,我的天地就是我父亲的庭园。

"四面八方都是自古留下来的边界。

"我一问起山外藏着什么,就会招来一片嘘声和连连的摇头。我要是追问下去,就要给带到石崖前,让我看那些敢于蔑视天神的人的累累白骨。

"当我哭喊着说,'这是撒谎!天神是爱护勇敢的人的!'颇懂道理的老人们就走过来,给我读他们的那些圣书。他们解释说,规矩已经被天地间的一切安排好了。这片山谷是要我们拥有和掌管的。这里的动物和鱼,花和果都是我们的,要照我们的吩咐行事。但大山是天神的。山外的东西直到时间终结也仍然是未知的。

"他们就是这样说的,也就是这么撒谎的。他们对我这么撒谎,先前也对你们这么撒谎。

"在那些山里有牧场,草地和别处一样肥沃。那里的男男女女长着和我们一样的血肉。城市经过上千年的辛劳建设,一片灿烂辉煌。

"我已经找到了通往更美好家园的道路。我已经看到了更幸福生活的前程。跟上我,我就会领着你们到达那里。天神的微笑在那里和这里及到处都是一样的。"

※ ※ ※

他闭上了口,人群中爆发出一阵恐惧的叫声。

"亵渎!"老人们大叫道。"这是亵渎和对神明的老大不敬!要对他的罪孽给予应有的惩罚!他已经丧失了理智。竟敢嘲笑一千年

前就写下来的规矩。他死有余辜!"

他们说完,人们就举起了沉重的石头。

他们杀死了他。

他们把他的尸体抛在峭壁脚下,以便儆示所有对祖先的智慧置疑的人。

※ ※ ※

不久之后,爆发了一场大旱灾。知识的小溪干涸了。牲口渴死了。庄稼在地里枯萎了,无知的山谷中发生了饥荒。

不过,颇懂道理的老人们并没有灰心丧气。他们预言,一切终归都会恢复常规,他们那部最神圣的篇章中就是这么写的。

何况,他们自己只需要一点点食物。他们都已经垂垂老矣。

※ ※ ※

冬天到来了。

村子里一派荒凉景象。

半数以上的村民死于饥寒交迫。

幸存者的唯一希冀就在山外。

可是规矩说"不!"

然而规矩必须遵守。

※ ※ ※

一天夜里,爆发了一场反叛。

绝望给予了那些因畏惧而被迫沉默的人们以勇气。

老人们无力地抗争着。

他们给推到了一旁。他们抱怨着他们的命运不济。他们还哀叹他们的子孙忘恩负义,可是当最后一辆大车驶出村子时,他们拦住了车夫,强迫他把他们带上一起走。

向未知天地的逃亡开始了。

※ ※ ※

时隔那位漫游者归来已经多年。要想找到他踏出的途径绝非易事。

在发现第一处路标之前,成千的人因饥渴而倒下,死去了。

从那里再往前走,困难就少多了。

那位细心的开拓者早已在树林中和无际的乱石野地里用火烧出了一条清晰可辨的路。

依靠一个个明确的指示,那条路一直通到新土地的绿色牧场。

人们默默地互相看着。

"到底还是他对了。"他们说,"他对了,那些老人们错了……"

"他说的是真情实况,而那些老人们却撒了谎……"

"他的尸骨堆在峭壁脚下腐烂了,可是那些老人们却坐在我们的大车里,唱着旧曲子……"

随后,他们卸下了牛和马的挽具,把奶牛和山羊赶到牧场上,动手盖起房子,开出农田,从此过了很长时间的幸福生活。

※ ※ ※

几年之后,他们想要把那位勇敢的开拓者埋葬在为聪明的老人们当作住宅而建的漂亮的新房子里。

一支庄重的队伍返回了如今已荒废的山谷，当人们来到他的尸骨理应存在的地点时，却再也找不到痕迹了。

一只饥饿的豺狗把他的遗体拖进了它的巢穴。

人们把一块小石头安置在那条路的尽头（如今那条小径已经成了一条壮观的公路了）。石头上刻着那人的姓名，正是这位率先向未知的黑暗恐怖宣战的人，才把他的人民导向了新的自由。

纪念石碑

石头上还注明，系由一群感恩戴德的后人所树。

※ ※ ※

这样的事发生在人类的初期，也还会发生在现在，但愿将来不会再发生。

第一章　无知施虐

公元 527 年，弗雷维厄斯·阿尼西厄斯·查士丁尼成为罗马帝国东半部的统治者。

这位来自乌斯库布（在后来的战争中是颇有争议的铁路连接点）的塞尔维亚农夫对"书本知识"毫无兴趣。正是出于他的旨意，古雅典的哲学学派被最后压制了下去。也正是他关闭了仅存的一座埃及庙堂——该寺庙在信仰新的基督教的教士们入侵尼罗河谷以来，其香火持续了数百年之久。

该庙堂矗立于一座叫作菲莱的小岛上，离尼罗河的第一个大瀑布不远。自人类记忆所及的年代以来，那里就是敬奉爱西斯①的圣地，由于某些奇特的原因，这位女神始终幸免于难，而她非洲的、希腊的和罗马的所有对手却悲惨地销声匿迹了。直至第六世纪，该岛始终是那种古老和最神圣的象形书写艺术仍为人所识的绝无仅有之地，少数宗教人士仍在那里从事着在胡夫法老②领土之外的所有地

---

① 埃及神话中司生育及繁殖的女神。
② 古埃及第四王朝的第二代国王，活动时期在纪元前二十六世纪，现存最大的金字塔即为其陵墓。

方被人遗忘的行业。

此时,随着被称作皇帝陛下的那个文盲农夫的一声令下,这座庙堂及其毗邻的学校被宣布为国家财产,神像被送进君士坦丁堡的博物馆,僧侣和书法家被投进监狱。当他们中的最后一个人在无人过问的情况下死于饥饿之时,那项绘写象形文字的悠久行业也就成了消失的艺术。

这一切都是莫大的遗憾。

若是查士丁尼(这个该死的家伙!)下手不那么决绝,哪怕只把几位象形文字的书法家救上一条堪称挪亚方舟的话,他就会使历史学家的任务轻松容易得多了。虽然我们多亏商博良的天才总算能够重新拼读出奇特的埃及词句,但要理解留传后世的文字的内在含义,对我们来说仍是极其困难的。

对古代世界的其他民族而言,情况也是如此。

蓄着怪模怪样大胡子的巴比伦人,给我们留下了整座整座刻满了宗教观念的楔形文字的砖场,当他们虔诚地呼吁"谁还能够懂得天神的忠告?"时,脑子里想的是什么呢?他们不断地祈求神灵,竭力阐释神灵的律条,把神灵的旨意镌刻在他们最神圣的城市的石柱上,他们是如何看待这些神灵的呢?他们有时是最宽容的人,鼓励其教士研究天国,开发陆地和海洋,但同时又是最残忍的刽子手,把骇人听闻的刑罚加诸在其邻人头上,只因为那些人对如今已无人过问的神圣仪式有所疏忽,其中的道理又何在呢?

时至今日,我们对此一无所知。

我们派出了探险队去尼尼微①,在西奈的沙漠中发掘,破译的楔

---

① 古代亚述帝国的都城。

形文字足足数英里长。我们在埃及和美索不达米亚竭尽全力寻找能够开启这座神秘的智慧宝库前门的钥匙。

之后,突然之间,我们几乎是偶然地发现,后门始终都敞开着,我们可以随便走进。

但是那道方便的小门并不坐落在阿卡达或孟菲斯①附近。

而是隐藏在丛林深处。

而且几乎被异教庙宇的木柱遮挡得严严实实。

※ ※ ※

我们的先人在寻觅易于掠夺的对象时,曾经接触过他们乐于称作"野人"或"野蛮人"的人。

他们的相遇并不令人愉快。

那些可怜的异教徒,误解了白人的意图,用一排排长矛和箭矢

东西方相遇

---

① 阿卡达是古巴比伦城北三十英里处的商业中心;孟菲斯为尼罗河西岸的古埃及地位显赫的城市。

来迎接。

来访的不速之客则报以大口径手铳。

这样一来,便难得有机会进行心平气和、不带偏见的交流了。

野蛮人就一律被描写成肮脏、懒惰、一无是处的游民,崇拜鳄鱼和枯树,什么不幸都是对他们的报应。

随后便是第十八世纪的转折。让·雅克·卢梭开始透过伤感的模糊泪眼观察世界。他的同时代人被他的观念感动至深,便掏出手帕,一起落泪了。

蒙昧的野蛮人成了他们最热衷的话题。在他们眼里(虽然他们从未曾与野蛮人谋面),野蛮人是环境不幸的牺牲品,却是人类在三千年的腐朽的文明体制中被剥夺了一切美德的真正代表。

如今,至少在这个特定的调查领域里,我们有了更多的了解。

我们研究原始人就如同研究高等家畜,通常来讲,其关系并不很疏远。

在多数情况下,我们的付出都有充分的回报。上帝保佑,野蛮人就是在恶劣环境中的我们自己。通过对他们的仔细考察,我们开始了解尼罗河谷和美索不达米亚半岛的早期社会,而依靠对他们的彻底认识,我们得以瞥见人类许多奇特的天性,在过去五千年中形成的举止和习惯的薄薄的外壳下,这些天性都被深深地埋藏起来了。

这一邂逅不一定总能满足我们的自尊心。但另一方面,由于对我们已经摆脱的环境有所认识,加之对业已取得的成就的欣赏,就会给予我们新的勇气做好自身的工作,如果还有其他,就是要对落伍的我们的远亲持更宽容的态度。

这不是一本人类学的手册。

这是一部献给宽容题材的作品。

而宽容是个十分广阔的命题。

漫游的诱惑力会很大。我们一旦离开大道，天晓得我们会在哪里落脚。

我因此想占用半页的篇幅，准确而具体地陈述我所指的宽容。

语言是人类最具欺骗性的一项发明，所有的定义都难免专断任意。因此，一个谦恭的学子就要听命于使用那种语言（本书也是用那种语言写就的）的大多数人最终接受的权威。

我指的是《不列颠大百科全书》。

在该书第二十六卷第 1052 页上这样写道："宽容（来源于拉丁文"容忍"一词）容许他人有行动或判断的自由，对有别于自己或公认的途径或观点的耐心和公允的容忍。"

或许还有其他定义，但就本书的目的而论，我宁愿遵从《不列颠百科全书》的引导。

而既然我已把自己置于明确的方针之下，好也罢，坏也罢，我还是回到野蛮人那里，向你们叙述我从现有记载的早期社会形态中发现的有关宽容的故事吧。

※ ※ ※

人们仍然普遍认为，原始社会十分简单，原始语言只包含几个简单的咕哝声，原始人具有一定程度的自由，只是在世界变得"复杂"之后，那种自由才消失了。

最近五十年来，由探险家、传教士和医生在中部非洲、北极地区和波利尼西亚的土著人中进行的调查表明了截然相反的情况。原始社会极其复杂，原始语言比俄语或阿拉伯语有更多的形式、时态和变格，原始人不仅是面对现在的，也是面对过去及将来的奴隶；

总之,他们是生于忧虑死于恐惧的凄惨不幸的生灵。

这似乎与普遍认定的那种红皮肤的勇士在草原上开心地游逛,寻找野牛和对手的画面大相径庭,不过倒是更接近实情。

而且,又怎么可能会是另一种情景呢?

我曾经阅读过许多奇迹般的故事。

但是有一桩奇迹始终没有涉及:那就是人类何以能够生存下来的奇迹。

在所有哺乳类动物中最没有自卫能力的人类,是以什么方式、怎样又为何能够抵御细菌、柱牙象、冰雪、炎热而存活下来,并最终成为万物之灵长的呢?这个问题我还不准备在本章中加以解决。

不过,有一点是确定无疑的:人类不可能靠一己之力完成这一切。

为了取得成功,人们不得不将他们的个性融于部落的共性之中。

※ ※ ※

因此,主宰原始社会的只有单纯的一个观念:压倒一切的求生欲望。

但求生又谈何容易。

结果,一切其他的想法都要为高于一切的要求——生存而牺牲。

个人微不足道,集体却至高无上;部落就成了一座流动的堡垒,一个部落要依靠自身,依靠群力,为己谋利,只有独立排他才有安全感。

可是问题要比初看时更加复杂。我刚刚所说的,只对可见世界有效,但在早年间,与不可见的世界相比,可见世界根本不值一提。

为了充分理解这一点,我们必须牢记:原始人类和我们是迥异

的。他们对因果法则毫不熟悉。

假如我坐到了有毒的常青藤上,我就会怪自己不小心,赶紧去看医生,并叮嘱我的小儿子尽快除掉那东西。我明辨因果的能力告诉我,毒藤已引起皮疹,医生会给我止痒的药,而除掉毒藤会防止这种痛苦的经历再次发生。

真正的野蛮人的反应就会大不一样。他根本不会把皮疹和毒藤联系起来。在他生活的世界里,过去、现在和未来完全纠缠在一块,无法分清。他那些死去的头人全都成了天神,死去的邻居变成了精灵,他们仍然是氏族中看不见的成员,时时陪伴着每一个活着的人。他们和他同吃同睡,并且站在那里守御着他的门户。让他们待在身边或赢得他们的友情,是他的本分。若是他做不到这一点,就会当即遭到惩罚,而由于他不大清楚应该如何随时随地地讨好这些精灵,他会始终担惊受怕,唯恐天神的报复会给他带来不幸。

因此,他并不把普通的事情归结于其初始的原因,而是归咎于某一种灵魂的插手:当他注意到双臂上起了皮疹时,他不会说什么"该死的毒藤!"而会嘀咕:"我惹了一个神灵了。神灵惩罚了我。"他跪到医人那里,不过不是去讨一剂治藤毒的药,而是去求一种"符咒",一定要比动怒的天神(而不是毒藤)加给他的"符咒"还要强大得能够镇服的才行。

至于造成他全部痛苦的初始原因的毒藤,他却听凭它依旧长在原来的地方。若是刚好来了一个白人,用一桶煤油把毒藤烧掉了,他还会嫌那白人多事。

于是,在把一切事情的发生都归结于某个看不见的灵物直接干涉的一个社会里,就要将其持续生存依赖于严格服从看似可以平息神怒的律条。

依照野蛮人的观念,这样的律条是存在的。他的祖先创立了律条,并传授给他,而他最神圣的职责就是把那律条丝毫不变地原原本本地再传给他的子孙。

在我们看来,这当然荒诞不经。我们坚信的是进步、发展和始终不断的改进。

然而,"进步"不过是近代才形成的观念,而在一切低级的社会形态中非常典型的是,人们是看不到在他们眼中已经尽美尽善的世界还有什么应该改进的理由,因为他们从来不知道还有别的天地。

※ ※ ※

既然这一切都被理所当然地视作真理,那又如何防止对律条和社会的既成形态加以变革呢?

答案很简单。

就是有赖于对那些拒不承认公共约法的条例是上天意旨的表达的人当即惩办,或者说得直白一点,就是靠僵化的专横制度。

※ ※ ※

如果我由此说明,野蛮人是最专横的人类,我并无意侮辱他们,因为我要赶紧找补一句:在他们那样的生存条件下,专横是在所难免的。若是他们容许任何人敢犯全部落赖以保持人身安全及心情平和的众多律条的话,全部落的生存就会处于危险之中,那可是不可饶恕的罪过。

然而,值得一问的是,人数相对有限的一小伙人又如何能够维护一套十分复杂的口口相传的规矩体系呢?如今,我们动用数百万的军队和好几万的警察,依旧难以执行几条明晰的法律呢。

答案还是很简单。

野蛮人可比我们要聪明得多。他们精明地估算出什么事情是使用武力所无法实现的。

他们发明了"禁忌"这一概念。

禁　忌

或许"发明"这个字眼用得不够恰当。这类事情很少是灵机一动的产物，而只能是在长年累月的摸索中发展出来的结果。不管怎样吧，非洲和波利尼西亚的野人发明了禁忌，由此而使他们自己免除了许多麻烦。

"禁忌"一词源自澳大利亚。我们或多或少地都了解其含义。我们自己的世界里就充满了禁忌，就是我们干脆不能做或说的那些事情，比如在饭桌上忌谈我们刚刚做的手术，或者把小勺放在咖啡杯里不拿出来等等。只是我们的禁忌从来没有那么严重的本质罢了，无非是礼节上的一些规定而已，对我们个人的幸福影响不大。

但是对于原始人来说，禁忌可就至关重要了。

这就是说，某些人或无生命体始终"超然物外"，若用希伯来的同义语，就是"神圣的"，不能冒当场死亡或长期折磨的风险去谈论或触及。对于胆敢违背祖先魂灵的意愿的人要毫不怜惜地加以诅咒。

※　※　※

到底是教士发明了禁忌抑或为了维护禁忌才创立了教士这种身份，仍是个有待解决的问题。由于传统要比宗教古老得多，因此更像是禁忌早在世上有巫师一说之前就存在了。但巫师甫一露面，就

第一章　无知施虐　　29

成了禁忌观念最坚定的支持者,并极尽其能事地加以利用,政治禁忌成为史前时期的"禁止"的象征。

我们最初听到巴比伦和埃及的名称时,那些国家都处于禁忌盛行的发展阶段。虽说不像后来在新西兰所发现的禁忌那样有其粗糙和原始的形式,但已郑重地演变为约束行为的消极规则,就像我们都通过基督教十诫中的六条一样熟知的那类"汝不能"戒律。

毋庸赘言,在那些土地的早期阶段,"宽容"的概念是完全不为人所知的。

我们有时误以为是宽容的表现,其实只是由于无知而造成的漠视。

不过我们绝对看不到君主或教士有任何心甘情愿(哪怕是模糊不清)的迹象,肯于容许他人行使"行动或判断的自由"或者"对有别于自己或公认的见解或观点的耐心和公允的容忍",这可已经成为我们现代社会的理念了。

※　※　※

因此,除非以一种十分否定的方式,本书对史前历史或通常称作"古代史"并无兴趣。

争取宽容的斗争直到承认个性之后才开始。

一切现代的发现之中最伟大的是承认个性,其荣誉应归于希腊人。

第二章 希腊人

地中海一个偏僻的角落里那座多石的半岛，在不足两百年的时间里，何以为我们的世界提供了当今时代在政治、文学、戏剧、雕塑、化学、物理以及天晓得还有哪些领域试验的完整框架呢？这一问题困扰了许多人有数世纪之久，不同时代的所有哲学家都曾在其一生中试图给出答案。

可敬的历史学家们与他们在化学、物理、天文和医学上的同僚不同，总是以居心叵测的轻蔑来看待意欲发现所谓"历史规律"的一切努力。在研究蝌蚪、细菌和流星方面行之有效的做法似乎在人类领域中毫无作为。

或许我自己大大地误解了，但依我看，历史是应该有其自身的规律的。确实，我们迄今尚未多有发现。可是话说回来，我们也从来没有下足工夫去探讨。我们一直忙于积累事实，以致无暇顾及对事实加以蒸馏和升华，直至从中抽象出片鳞只爪的智慧，那些东西或许对我们人类这哺乳动物具有某些实际价值。

我怀着诚惶诚恐的心情走进这一新的研究领域，借助科学家著作中的一纸精辟之论,我献上下列的历史原理。

遵照现代科学家的最佳认知,当所有物理和化学成分一旦达到为创造第一个活细胞所需的理想比例时,生命(有别于无生命存在的生物存在)就开始了。

把这句话翻译成历史学的字眼,就成了:

"当一切种族的、气候的、经济的和政治的条件在这个并不健全的世界中达到或接近一种理想的条件和比例时,一种高级形式的文明才可能突然地、似是自动地崛起。"

让我用几个反面的观察来阐述这一观点。

一个头脑尚处于穴居人发展阶段的种族,哪怕在天堂里,也不会兴旺发达。

希腊

若是出生在爱斯基摩人的圆顶茅屋里,并只能把他们的大部分白天花费在盯着冰原上的海豹洞,伦勃朗就绘制不出美术作品,巴赫也谱写不出受难曲,伯拉克西特列也创作不出雕塑。

若是达尔文只能在兰开夏的棉纺厂里谋生,就不会对生物学作出贡献。亚历山大·格雷厄姆·贝尔若是个供人驱使的农奴,而且生活在罗曼诺夫沙皇治下的穷乡僻壤中,也就发明不了电话了。

在第一处高度文明形态发祥地的埃及,虽然气候条件优越,但原住民体魄不健且进取心不强,其政治经济环境就必然欠佳。在巴比伦和阿西利亚也是一样。后来移居到底格里斯河及幼发拉底河之间的闪米特人是体格强健、精力旺盛的民族。气候条件也没什么问

题。不过,政治和经济环境却远不够美好。

在巴勒斯坦,气候不值一提。农业落后,除去连通亚非、横亘境内的大篷车道之外没有商业可言。况且,巴勒斯坦的政治完全掌握在耶路撒冷寺庙的教士手中,这当然不会有助于鼓励个人的开创精神。

腓尼基的气候影响不大。那里的人种强悍,贸易条件良好。然而,该国经济饱受失衡体制之苦。一小伙船主一直控制着全部财富,建立了严格的商业垄断。于是,早期的泰雅和西顿的政府便落入了豪富之手。而被剥夺了行使起码的勤劳的权利的穷人,则变得麻木冷漠,腓尼基最终重蹈迦太基的覆辙,由于其统治者目光短浅和自私贪婪而走向毁灭。

总之,在各个文明的早期中心,总是缺乏成功所需的某些因素。

当完美平衡的奇迹最终于纪元前五世纪出现在希腊时,它只维系了很短的时间,而且奇怪的是,即使该奇迹也不是发生在希腊本土,而是出现在其爱琴海对面的殖民地。

我曾在另一部书①中,描述了连接亚细亚和欧罗巴大陆的那些著名的岛屿桥梁,正是跨越那道岛桥,早在尚无文字历史的时期起,来自埃及、巴比伦和克里特的商人就通过这些岛屿到达了欧洲。他们从亚洲运到欧洲的,既有商品又有思想,他们的足迹留在了小亚细亚西岸的一个狭长地带,叫做爱奥尼亚。

在特洛伊战争的数百年前,这块九十英里长、仅有数英里宽的狭窄的山地,被来自大陆的希腊部落征服,他们在那里建立了许多殖民城市,其中以弗所、福赛、艾丽斯莱和米莱图斯最为著名,正

---

① 指《人类的故事》。

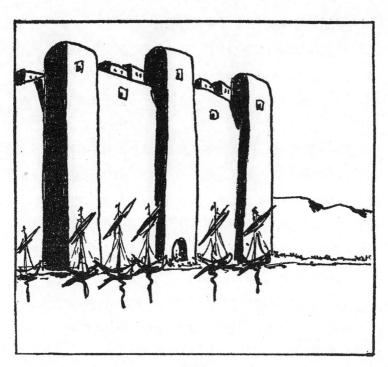

商业城

是在这些城市周围,成功的环境终于达到了完美的比例,使文明造诣之高,后来者至少可与之相伯仲,却从未超越它们。

首先,这些殖民地中居住着来自十几个不同民族的最活跃和最富开创精神的人物。

其次,那里有通过新旧世界、亚欧之间的贸易而获得的大量财富。

再次,这些殖民地中的政府形态给予了大多数自由民以尽其所能发挥他们天赋的机遇。

如果说我没有提及气候,其原因便是:在那些毫无例外地全力投入商业的国家中,气候的关系不大。不管下雨还是晴天,船只可以

照旧建造,货物可以同样装载。只要没有冷到港口封冻,城市没有遭到水淹,居民们对每日的天气报告可以不屑一顾。

况且,爱奥尼亚的气候对知识阶层的发展却是得天独厚。在不存在书籍和图书馆的时代,知识靠的是口传心授,城里的水泵周围就成了最早的所有社会活动中心和最古老的大学所在地。

在米莱图斯,人们在一年三百六十五天中可以有三百六十天围坐在城里的水泵四周。而早年的爱奥尼亚教授们曾充分利用气候上的优越条件,从而成为后来一切科学发展的先驱。

根据记载,现代科学第一位真正的奠基人是个出身可疑的人。这不是说他曾经抢过银行或者杀过家人而从不明之地逃到米莱图斯的。只是没人知道他的祖先是何等样人。他到底是比奥夏人还是腓尼基人?或者用我们博学的人种学专家的行话来说,是游牧民族的人还是闪米特人?

这倒表明了,在那些日子里,麦安德尔山口这座古老的小城确是个国际中心。如同今日的纽约一样,其居民由多种不同成分的人群组成,人们只是凭表面印象判断自己的邻居,从不去过分仔细地深究其家系祖先。

既然本书不是一部数学史或哲学手册,泰勒斯[①]的思想就不该在此占据篇幅;不过,由于他那些思想有一种对新观念采取宽容态度的倾向,而且就在罗马仍是一个遥远的不为人知的地域中一条泥泞河流上的一座小小的集市城镇,而犹太人还是阿西利亚土地上的俘虏,北欧和西欧只不过是一片虎啸狼嚎的荒野之时,那股宽容之风已经吹遍爱奥尼亚。

---

① 泰勒斯(约前624~约前546),据说是古希腊第一位哲学家。

为了理解这样的发展何以成为可能,我们就该了解自从希腊的酋长们乘船驶过爱琴海,企图掠夺特洛伊这座富有的城堡以来发生的一些变化。那些闻名遐迩的英雄不过是文明及其初始形式的产物。他们都是些成长迅速的孩子,他们视生命如同充满了激情的角斗、赛跑以及许多诸如此类的漫长又光荣的暴力竞技,我们现代人如今若不是被迫为谋求吃喝的日常工作所占据,也会巴不得去一显身手的。

那些性格暴烈的勇士与其天神之间的关系率直而简单,亦如他们对待日常生存严肃问题的态度一样。因为在纪元前第十世纪时统治海伦那个世界的高踞于奥林匹斯山上的神祇,和地面上的人一样实在,与平常人并没有什么两样。说得确切些,人和这些神在哪些地方、在什么时候、又是如何分野的,多少是个谜团,从来没有理清过。即使在当时,那些居住在云霄之外的神祇,始终对匍匐于地面的他们的居民抱有情谊,而且绝对没有中断过,始终保有个人的和亲切的接触的特色,使希腊的宗教具备了特有的魅力。

当然,所有希腊的小男孩都会得到教导说,宙斯是个蓄着大胡子的非常强悍的君主,偶尔会以电闪雷鸣耍起威风,让世界似乎到了末日一样。但当孩子们长大,能够自己阅读那些古老的传说时,就开始欣赏起这些从童年就耳熟能详的可怕的神人的局限性,他们这时看到的神灵如今以愉快的家庭聚会的面目出现,从不间断地相互取笑,并且在其凡间朋友的政治争论中苦苦地站在一方,以致希腊的每次争吵都会在天上的诸神中引起一场轩然大波。

当然啦,宙斯尽管有人类的弱点,仍不失为一位伟大的天神,他在所有的统治者中最为强大,是个若被触犯就要降祸的人物。但他毕竟"通情达理"——该字眼的这一含义被华盛顿议院的院外说客们心

领神会。宙斯确实通情达理。只要走对了路子，是可以接近他的。而最主要的是他有幽默感，从来不把他本人或他的世界看得太重。

这或许不是对一个神祇的最崇高的看法，不过却提供了某些非常突出的优越之处。在古希腊人当中，从来没有严格和严密的规定：人们应该把什么信奉为真理，又把什么藐视为谬误。而且由于没有现代意义的"信条"以及死硬的教理和一群职业教士，随时可能用绞架来强制推行教规，国内各地的人民都能够以最适合自己好恶的愿望来修订他们的宗教思想和天国概念。

住在与奥林匹斯山近在咫尺的塞萨利人，比起远在拉科尼亚湾小村中的阿索庇人，当然对可敬的诸神的崇拜要差得多了。雅典人自以为处在自己的保护神雅典娜的直接荫庇之下，便可以对她的父亲宙斯大胆放肆；而住在远离通商大道的偏僻峡谷中的阿卡迪亚人却固守更加朴素的信仰，对宗教这一严肃问题的一切轻浮之举都深表不满；至于福西斯的居民，他们靠前往德尔法的朝圣者谋生，故此坚信在那个可以挣钱的神殿中供奉的阿波罗是诸神中最伟大的，值得那些来自远方、口袋中仍有两三枚硬币的人的特别效忠。

犹太人只信奉一个上帝，这使他们没过多久就和其他民族分隔开了。若是犹太人没有聚居在一个强大得足以摧毁所有与之匹敌的朝圣之地的城市里，从而维持了对宗教的排他性垄断几达连续的千年之久，这种单神信仰是绝不可能的。

在希腊，这样的条件并不具备。无论雅典人还是斯巴达人，都始终未能成功地使自身成为统一的希腊祖国的公认的首都。他们朝此方向的努力只是导致了旷日持久的无利可图的内战。

难怪由具有如此强烈个性的人们构成的民族会为独立思考的精神提供广阔的发展天地了。

哲学家

《伊利亚特》和《奥德赛》有时会被称做希腊人的《圣经》。其实完全不是一回事。这两部著作就是书籍而已,从来都没有归入"经书"之列。书中讲述了一些非凡英雄的冒险故事,被人们津津乐道地认定那些英雄就是希腊人的直系祖先。书中还刚好包含了一些宗教知识,因为天神无一例外地都参与了争斗中的一方,把正经事儿都撇到一边,尽享观赏在他们的领地内空前罕见的夺奖大战之乐。

然而,荷马的作品并非直接或间接地受到宙斯、米纳瓦及阿波罗的启迪而写成的,对这一点希腊人从来没有走过脑子。反正那两部史诗是精彩的文学作品,是漫长的冬夜里的良好读物。何况,它们还激发了孩子们对自己的民族感到骄傲呢。

而这就是一切。

在这样的知识及精神自由的氛围中,在一座充满了来自四海的船舶强烈气味的城市里,在色彩斑斓的东方丝绸的映照下,在餍饱

得心满意足的居民的欢声笑语中,泰勒斯诞生了。他在这样一座城市中工作、教授,并在这样一座城市中去世。如果说他得出的结论与他的大多数邻居所持的意见大不相同,切记他的观点从来没有超出一个十分有限的范围。米莱图斯人大概都听过泰勒斯的大名,就像纽约人差不多都听说过爱因斯坦一样。问一个纽约人爱因斯坦是谁,他就会回答说,那是一个留着长发、吸着烟斗、拉着小提琴的家伙,还写过一个人从火车这头走到那头的故事,并刊登在星期日的报纸上。

至于这个吸着烟斗、拉着提琴的陌生人抓住了真理的一星火花,最终会推翻(或至少是修正)六千年来的科学论断,是数百万慵闲的纽约市民毫不在意的问题,他们在数学上的兴趣不会超越他们热衷的击球手试图颠覆万有引力定律时所引起的冲突。

古代史教科书通常都回避这一难题,只是印出来"米莱图斯的泰勒斯(纪元前624～前546),现代科学的奠基人"这样一句话。我们几乎能够想见《米莱图斯报》上的标题:"本地毕业生发现了真正科学的秘密"。

泰勒斯是在什么时间和地点如何脱离老路,自己独辟蹊径的,我恐怕无法讲给你听。但有一点可以肯定:他并非生活在知识的真空中,他的智慧的发挥也不是出自内心的感觉。在纪元前七世纪,科学领域中的许多开拓性的工作已经完成,在数学、物理和天文学方面有大量的资料足供学者使用。

巴比伦的观星家们已经研究了天空。

埃及的建筑师们经过事先大量的计算,才大胆地把两三百万吨重的石头堆砌到处于金字塔核心的小小墓室的顶部。

尼罗河谷的数学家们认真研究了太阳的运转,于是便可以预见

希腊神话

干湿季节,为农夫提供可以借之调节他们农活的历法。

然而,解决了这些问题的人们,依旧认为自然力是某些看不见的神祇的个人意志的表现,是那些神掌控着季节更迭、星球运行和海洋潮汐,犹如总统的内阁成员们管理着农业部、邮电部或财政部一样。

泰勒斯反对这一观点。但如同那个时代大多数受过良好教育的人们一样,他并不想自找麻烦公开讨论这个问题。如果海滨的水果贩在遇到日食时匍匐在地,在对这种非常景象的畏惧中乞求宙斯保佑,那只是他们自己的事,泰勒斯绝不会说服他们。任何一个具有天体运转基本知识的小学生都会预测出:在纪元前585年5月25日的某时某刻,月球会处于地球和太阳之间,因此米莱图斯城会经历几分钟的相对黑暗。

日蚀当真出现了,就在那次著名日蚀发生的当天下午,波斯人和利迪亚人正在战场上厮杀,由于阳光不足,他们只好停止了杀戮,即使在那时,泰勒斯也拒不相信,是利迪亚的神祇仿效了几年前在阿迦隆山谷的一场战役中的先例,又表演了一次奇迹,使天光突然熄灭,以使胜利属于他们中意的人们一方。

因为泰勒斯已经达到了那一境界(那正是他的伟大功绩所在):他大胆地把一切自然现象视为一种**永恒意志**的体现,是要遵从一种**永恒的规律**的,是完全超出人们始终按照自己的形象创造出来的神灵的个人影响力的。因此他认为,在那个特定的下午,即使只有以弗所街道上狗咬狗或者在哈利奇有一场婚宴,而没有重大事件发生,日蚀还是要照旧出现的。

泰勒斯从他的科学观测中提取了逻辑的结论,便提出了万物产生的普遍和不可避免的法则,并推测(在一定程度上推测得正确无误)出:万物之始源于水,水在四面八方包围着世界,而且从时间开始时就存在了。

可惜,我们没有泰勒斯亲手撰写的任何文稿。他很可能把他的理念写成了文字形式——因为希腊人已经从腓尼基人那里学会了字母,但由他直接书写的文稿,如今荡然无存。因此我们对他及他的理念的了解都依靠他同时代人的书稿中发现的片鳞只爪的资料。不过,我们仍据此得知,泰勒斯在个人生活上是个与地中海沿岸各地均有广泛联系的商人。顺便说,这在早年的大多数哲学家中是很常见的。他们是"智慧的恶人"。但他们从来都大睁着眼睛看待这一事实:生命的秘密存在于生灵之中,那种"为智慧而智慧"的观点和"为艺术而艺术"或"为食品而就餐"一样是危险的。

对他们而言,具有各种个性——好的、坏的和中间的——的人

天文学家

是世间万物的最高标准。因此,他们用闲暇时间耐心地研究这一奇妙生灵的本质,而并非凭他们的想象去臆造。

这就使他们可以与其他居民们保持极其和睦的关系,并使他们具备大得多的影响力,若是他们对邻居一味说教,指给他们通向太平盛世的捷径,效果并不一定更好。

他们并不提出限制人们活动的森严戒律。

但他们以自身的榜样成功地表明了:对自然力的真正理解应该必然导向内心的平和,那是一切真正幸福所依赖的。在这样赢得了邻里的好心善意之后,他们才有了充分的自由去研究、探索和调查,甚至获准在普遍认为是天神禁地的领域中去冒险。泰勒斯作为这一新福音的一个先驱,奉献了他颇有价值的人生岁月。

虽然他分解了希腊人的全部世界,并分别考查了每一个细微部分,还公开质疑大多数人从来就认为是既成事实的各种事情,但他仍得以平静地死在他的卧榻之上,即使彼时曾有人要他对他那套异端邪说做出解释,反正我们未见有关记载。

而他一旦指明了道路,就有许多其他热心人士追随而上。

例如,克拉宗玛尼的阿那克萨哥拉[①]在三十五岁时从小亚细亚来

---

① 阿那克萨哥拉(约纪元前 500～前 428),古希腊哲学家。

到雅典,并在此后的多年里,在希腊各城邦担任"诡辩家",即教授哲学及修辞学的私人教师。他以天文学为专长,在他讲授的内容中,特别指出太阳不是像人们普遍相信的那样,由一位神灵驱赶的天车,而是一个比整个希腊要大上千百万倍的炽热的火球。

既然他平安无恙,上天也没因他的鲁莽放肆而用雷电劈死他,他就把自己的理论更推进了一步,大胆宣称月球表面覆盖着高山低谷,最后他甚至暗示说,有那么一种"原质",是万物的源起和归结,从亘古时代就已存在。

后来许多其他科学家追随他进行探索发现的这样一个领域,他在当时涉足时却是危险的,因为他所议论的正是人们所熟悉的事情。太阳和月球远在天边。普遍的希腊人并不在意哲学家们想怎么给它们命名。但当那位教授开口争辩说,万物的逐渐生长和发展都源自一种说不清的叫做"原质"之物——他可就肯定是走得太远了。这样一种论断与丢卡利翁和皮拉的故事大相径庭:那一对夫妻在大洪水之后把小石子变成了男男女女,才使世界上重新人丁兴旺。要否定所有希腊儿童自幼便听到的那个最庄严的故事的真实性,对现存社会的安宁是极其危险的,会使孩子们怀疑他们长辈的智慧,这当然绝不可行。于是,阿那克萨哥拉就成了雅典父母同盟一场令人生畏的攻讦的对象。

若在君主制或者共和制初期,城邦的统治者本来有极大的能力来保护一个宣扬鲜为人知的道理的教师免受无知的雅典农夫的愚蠢敌视。但此时的雅典已达至民主制的巅峰,个人的自由与此前不再相同。何况,当时失宠于多数群众的伯里克利[①]恰恰是那位伟大的天

---

① 伯里克利(约纪元前 495 ~ 前 429),古雅典政治家。

文学家的得意门生,从而使人们借以对阿那克萨哥拉的合法迫害掀起一场反对该城老独裁者的杰出政治运动。

在人口最密集的一个郊区担任行政官的叫做奥莫非特斯的教士,使一条法律获得通过,该法律要求"对一切不信现存宗教或就某些神明之事持自己理念的人,要当即治罪"。依据这一法律,阿那克萨哥拉便被投入监狱。不过,该城的开明势力最终占了上风。阿那克萨哥拉在交纳了一小笔罚金之后便获得了自由,移居到小亚细亚的朗萨库斯,并于纪元前 428 年怀着极大的荣誉,颐养天年。

他的事例表明,官方对科学理论的压制从来收效甚微。因为尽管阿那克萨哥拉被迫离开雅典,他的观念却留在了那里,两个世纪之后,这些观念受到亚里士多德的注意,他又以之为基础,提出许多他

普罗塔格拉

自己的科学假想。经过长达千年的黑暗时代,总算愉快地把这些观念传授给伟大的阿拉伯医生伊本·路西德①,他又在西班牙南部的摩尔人各大学的学生中普及了这些观念。随后,结合他个人的观察,他撰写了许多著作。这些书被及时地运过比利牛斯山脉,直抵巴黎和布隆的各大学。在那里被译成拉丁文、法文和英文,为西欧和北欧的人民彻底接受,至今它们已成为每一门学科入门的核心部分,视为与乘法口诀一样没有危害了。

现在回头再说阿那克萨哥拉。差不多在他受审的整整一代人之

---

① 伊本·路西德(1129～1198),出生于伊斯兰教治下的西班牙,当时欧洲人将其名字拉丁化,称他为阿威罗伊,是哲学家、自然科学家、医生和法学家。

后,希腊的科学家获准教授与普遍信仰相悖的各种学说。这时已经是纪元前第五世纪的最后几年,又发生了第二个案件。

这次的牺牲品是个叫普罗塔哥拉①的流浪教师。他来自希腊北部爱奥尼亚殖民地的阿希戴拉村,该村因是德谟克利特②的出生地而名声可疑。德谟克利特是位见解独到的"大笑哲学家",他提出的法则是:"只有使大多数人以最小的痛苦换取最大幸福的社会才是可贵的。"因此他被视为激进分子,应该置于警察的监督之下。

普罗塔哥拉深受这一观念的影响。他前往雅典,在那里经过多年的研究之后,向人们宣告:人是衡量万物的标准,生命之短促使我们不该把宝贵的时间浪费在探究原本就可疑的任何神祇的存在上,我们的全部精力应该用在使生存更加美好和更加彻底的欢乐的目的上。

这一论述当然击中了要害,比起此前口述或书写的所有东西都更能震撼人们的信仰。何况,这一论述恰恰出现在雅典和斯巴达之间交战的十分重要的危急时刻,人们饱受一系列战败及疫病之苦,处于彻底绝望的状态。最明显的是时机不当:不该在这时因质疑神祇的超自然力量而激怒神祇。普罗塔哥拉被指斥为"心中无神",并被勒令要将其理论屈从于法庭。

本来可以保护他的伯里克利这时已经去世,而身为科学家的普罗塔哥拉则对殉道兴趣索然。

他出逃了。

不幸的是,他乘坐的船在去西西里的航程中触礁,他似乎溺水身亡,因为我们再也没有听到他的消息。

---

① 普罗塔哥拉(约纪元前490~前420),古希腊智慧派哲学家。
② 德谟克利特(约纪元前460~前370),古希腊哲学家。

至于落入雅典人毒手的另一个牺牲品戴阿哥拉斯。他根本算不上哲学家，只是一位青年作家，由于神祇没有在一次诉讼中给予他支持，他便把怨恨发泄到了他们头上。他认定自己苦情难诉便郁郁寡欢。他的思想终于大变，他四处呼号，对当时北部希腊人普遍敬仰的"神圣玄机"大放厥词。由于如此胆大妄为，他被判死刑。但在临刑前，这个倒霉蛋却借机逃跑。他前往科林斯，继续亵渎他那些奥林匹斯山上的敌人，最终因脾气太坏而一命呜呼。

我们终于看到了史料所载的希腊人毫无宽容之心的最为臭名昭著的案例：对苏格拉底的死刑判决。

只要人们谈论起，世界一如既往，雅典人心胸之狭窄与后人无异时，苏格拉底的名字就被拉进辩论中，作为希腊人偏执的可怕例证。如今，经过对该案皓首穷经的研究，我们有了更清楚的了解。这位才华横溢又易于激怒他人的街头演讲家的漫长而又平静的生涯，对于纪元前第五世纪遍及整个古希腊的思想自由精神是个直接的贡献。

在普通百姓依旧坚信一大批神灵之时，苏格拉底就自诩为上帝的预言家。在他谈到他的"精灵"（即内心深处神启之音告诉他做什么和说什么）时，雅典人虽然并不大清楚他的意思，却全然领悟了：对于他的大多数邻人依旧奉若神明的那些理念，他是持十分否定的态度的，对于事物的既定秩序，他是完全缺乏尊重的。然而，政治需要最终杀死了这个老人，而神学（只是为了满足群众而生拉硬拽进来）其实与审判的结局没什么关系。

苏格拉底是一个石匠的儿子，那位父亲子女多而钱财少。因此这个男孩子从来都没法付费学习正规的大学课程，因为大多数哲学家都是讲求实际的，往往为一门课就要收高达两千元的讲课费。再者，探

求纯粹的知识和研究无用的科学事实,对于年轻的苏格拉底似乎仅仅是浪费时间和精力。依他之见,一个人只要能够培养自己的良知,没有几何学的知识照样可以成功,而为了解救灵魂,有关彗星和行星真正本质的知识并无必要。

这个鼻梁塌陷、衣衫褴褛的朴实的小个子,终日在街角与无业游民争论,入夜则聆听妻子的满腹牢骚(为了养活一大家人,她只好在家里替别人洗衣服,而她丈夫却把挣钱糊口看作生存中完全应予忽略的琐事)。他是历经战斗和远征的荣誉老兵,雅典参议院的前议员,却在那个时代人数众多的教师中被选来为自己的观点而蒙难。

为了理解事情的始末,我们必须对当年雅典的政治了解一二,因为苏格拉底正是在那样的时代为人类的知识和进步做出了痛苦而崇高的奉献。

终其一生(他被处死时已年逾七旬),苏格拉底都在竭力向其邻人表明:他们在浪费他们的机遇;他们在虚度年华;他们把过多的时间耗费在空洞的享乐和虚无的胜利上,为了求得数小时的轻浮、荣誉和自我满足,几乎无可避免地滥用了伟大而神秘的上帝所赐予的天赋。他完全相信人的崇高命运,冲破了一切旧哲学的束缚,甚至比普罗塔哥拉走得更远。普罗塔哥拉曾经教导说:"人是万物的标准",而苏格拉底却宣称:"人的不可见的良知是(或应该是)万物最终的标准,不是神灵而是我们自己塑造了我们的命运。"

决定苏格拉底命运的法官确切地说足有五百人之多,都是由他的政敌仔细挑选出来的,其中一些人实际上会读书写字。苏格拉底在这些法官面前所做的那次演讲,对任何听众来说——不管其同情与否——都是最令人欢欣鼓舞的通情达理的道理。

这位哲学家据理力争道:"世上没有一个人有权告诉别人,他该

苏格拉底

信奉什么，或者剥夺他乐于思考的权利。"他进一步说，"人只要保持自己的良知，即使没有朋友们的赞同，没有金钱，没有家庭甚至没有住房，仍会有所成就。但是如果没有对一切问题自始至终的彻底检验，谁也不可能得出正确的结论，人们必须得到有充分自由讨论所有问题的机会，当局不得干涉。"

可惜，对这位被告来说，这是在错误的时刻进行的完全错误的陈词。早自伯罗奔尼撒战争以来，在雅典的富人与穷人之间、在资方与劳方之间，一直进行着艰苦的斗争。苏格拉底是个"温和派"——是个既能看到政府里两大派中的利与弊，又想尽力找出使一切有理智的人都感到满意的调和方案的自由派。这当然使他失去了双方的人心，但此前双方实力难分伯仲，顾不上对他采取行动。

到了纪元前403年,百分之百的民主派完全控制了政权并排除了贵族派,苏格拉底就在劫难逃了。

他的朋友们深知此理,都建议他趁早离开这座城市,这诚然是个明智之举。

但苏格拉底的敌人和朋友一样多。在大半个世纪里,他始终是一个口头的"专栏作家",一个聪慧过人的大忙人,揭露那些自命为雅典社会支柱的人的伪劣和思想骗术简直成了他的嗜好。结果,人人都对他有所了解,他的名字在希腊东部已经家喻户晓。他在上午说了句有趣的话,到了晚上全城就都传遍了。还有人把他的事儿写成剧本。到他终于被捕入狱之时,全雅典城邦的人对他一生的细枝末节都已了如指掌了。

在实际审判中起主导作用的那些人(例如那个目不识丁却通晓一切天神意旨,因此在起诉中叫得最响的高尚的粮食贩)毫无疑问地坚信,他们为城邦除掉一个所谓"知识界"的极端危险的人物——他的教诲只能导致懒惰、犯罪和奴隶们的不满情绪,是为大众尽到了一份职责。

回忆起来相当有趣的是,即使在那种环境下,苏格拉底仍以他精湛的舌辩之才为自己辩护,以致陪审团的大部分人都主张给他自由;他们提出,只要他肯于放弃争论和说教的恶习,总之,只要他肯于让他的邻人及他们的偏好平静地生活,不再用他那永无休止的怀疑

苏格拉底之死

干扰他们,他就会获得原宥。

但苏格拉底不肯就范。

"绝对不成,"他大声疾呼。"只要我的良知尚存,只要我微弱的心声还在,要我前进并向人们显示通往理智的真正途径,我就将继续拽住我遇到的每一个人,我将道出我心中所想,不计后果。"

在这之后,除去判处这名囚犯以极刑,已别无他途。

苏格拉底获得三十天的缓刑。一年一度赴戴洛斯朝圣的圣船尚未返航,按照雅典的法律,在圣船归来之前不准行刑。在这整整一个月中,这位老人就安详地待在他的地牢里,尽力改进他的逻辑体系。尽管他有多次逃跑的机会,但他都拒绝了。他已经不虚此生,尽到职责。他已经疲乏了,准备离去。直到执刑之时,他还在和他的朋友们谈话,设法以他认定的正确和真理教导他们,要求他们把头脑用到精神上而不要浪费在物质世界上。

随后他就饮下毒酒,躺到卧榻上,以长眠结束了进一步的争论。

苏格拉底的门徒们曾一度被铺天盖地而来的众怒吓得乱了方寸,觉得离开他们先前活动的场地才是明智的。

但在一切都平息无事之后,他们又回来重操旧业,当起公众教师。那位老哲学家死后不过十年,他的思想却比以往更加普及了。

雅典城此时经历了一个艰难时期。争夺希腊半岛领导权的战争已经结束五年了,在那场战争中雅典失败,斯巴达取得了最后的胜利。这完全是一场体力战胜脑力的胜利。不消说,这样的胜利是不会持久的。斯巴达人从未写过一行值得记忆的文字,也没有对人类知识的总体贡献过一个观点(只有某些战术是例外,那些战术在我们当今的足球比赛中得以重现)。当他们敌人的城垣被推倒,雅典的舰队被压缩到十余条船只时,斯巴达人认为自己的任务已经完成。

但雅典人的头脑丝毫没有失去精明和智慧。伯罗奔尼撒战争结束十年以后,古老的比雷埃夫斯港就又泊满了来自世界各地的船只,雅典的海军将领再次率领希腊的联合海军投入战斗。

再者,伯里克利的贡献虽然生前没有得到他的同时代人的赞赏,却使雅典成为世界的知识之都——成为纪元前第四世纪的今日巴黎。在罗马、西班牙或非洲的人只要有足够的钱供应他们的子嗣接受时髦教育,就以儿子们得以造访卫城附近的学校为荣。

我们现代人对古代社会难有恰当的理解,当时把生存问题可是看得无比重要的。

在早期基督教与异教文明为敌的影响下,人们想当然地认为,一般的罗马人或希腊人都是毫无道德之辈,他们浅薄地崇拜某些说不清的神灵,余下的时间便耗费在大吃大喝,倾听埃及舞女的靡靡细语,偶尔还要奔赴战场,纯粹为了嗜血之乐而去屠戮无辜的日耳曼人、法兰克人和达西雅人。

当然啦,在希腊,尤其在罗马,都有许多商人和战争贩子累积起成千上万的家财,而无视苏格拉底曾经在法官面前慷慨陈述的那些道德原则。因为这些人极其富有,人们也就对他们无可奈何。然而,这并不意味着这些富人受到社会的尊敬,也不会被当作彼时值得称赞的文明的代表。

我们发掘了埃帕菲罗迪特的别墅,这个人及其同伙帮助尼禄掠夺了罗马及其殖民地,从而集聚了百万家财。我们看着这个老奸商用他的不义之财修建的四十个房间的宫殿的废墟。我们摇着头,说:"多腐败啊!"

随后我们便坐下来阅读爱比克泰德①的著作。爱比克泰德曾经是埃帕菲罗迪特那个老坏蛋家中的奴隶。阅读他的著作，我们仿佛与一个世间罕见的高贵灵魂相伴。

我知道，对我们的邻居和其他民族加以概括评论是人们最爱做的户内活动，但是我们不要忘记爱比克泰德，这位哲学家不愧为他生活时代的真正代表，恰如埃帕菲罗迪特是帝国的走狗一样。两千年前人们追求完美的欲望与如今的人们同样强烈。

毫无疑问，当年的完美和如今的实际概念大不相同。那是本质上属于欧洲的一种产物，与东方毫无关系。但是那些作为自己的理解并把它作为最高贵追求的"野蛮人"，终归是我们的祖先，他们慢慢地发展成一种生活哲理（如果我们都赞成，倒是极为成功的）：即明确的良知和质朴的生活，以及健康的身体和适当又足够的收入，是普遍幸福和满足的最佳保证。灵魂的归宿并非这些人十分关注的事情。他们接受这样一个事实：他们是一种特殊的哺乳动物，靠运用知识的理性高踞于在地面上爬行的其他生灵之上。如果说他们频频提起神祇，他们使用这个字眼犹如我们使用"原子"、"电子"或"以太"一样。万物之初总要有个名称，在爱比克泰德的嘴里，宙斯不过是个待解难题的未知数，与欧几里得解题时设的 X 或 Y 相仿，意思可大可小。

那时的人感兴趣的是生活，之后才是艺术。

因此，他们研究形形色色的生活，采用的是苏格拉底创立并加以普及的理性方法，并取得了令人瞩目的成果。

有时候，他们以追求完美精神世界的热情而走向了荒谬的极端，

---

① 爱比克泰德（约 66 ~ ? ），古罗马哲学家。

52　宽容

这是令人遗憾的,但毕竟是人犯下的错误。不过,柏拉图在古代的导师中是唯一一个从单纯热爱完美的世界最终发展成鼓吹不宽容主张的人。

众所周知,这个年轻的雅典人是苏格拉底的得意门生,也是苏格拉底言论的文字记录人。

柏拉图以他的这种能力,很快就搜集了苏格拉底全部的思想和言论,编纂成一系列的对话录,堪称《苏格拉底福音书》。

柏拉图完成这项工作之后,又着手对其先师的某些比较模糊的论点加以阐述,并在一系列才华横溢的论文中做出解释。最后他又主持了许多讲座,将雅典人的公平及正义的理念传播到雅典城邦境外。

柏拉图在这一切活动中表现了全心全意的无私奉献精神,我们简直可以将他比作圣保罗。不过,圣保罗过的是一种最冒险和最危险的生活,始终东奔西走,南呼北吁,把上帝的福音传遍环地中海的每一个角落,而柏拉图却从未离开过他那舒适的花园座椅一步,只是让世界各地的人来求教于他。

他之所以可以这样做,是由于拥有优越的出身和独立的财产。

首先,他是雅典市民,从其母的血统可以追溯到梭伦①。其次,他刚一成年,就继承到一笔财产,远远超出其简单生活的需要。

最后,他能言善辩,以致人们只要能够获准在柏拉图的大学里听上几次课,就会心甘情愿地来到爱琴海畔。

至于其他方面,柏拉图和他那个时代的别的青年大体相仿。他曾在军队中服役,却对军事没什么特别兴趣。他也曾参与过户外运动,是个挺好的摔跤手和很不错的赛跑手,不过从来没在赛场上取

---

① 梭伦(约纪元前 638~约前 559),古雅典政治家、诗人,当选执政官,颇有政绩,以致其名衍出的名词为"贤哲"之义。

学　院

得过什么荣誉。还有，和那时的多数年轻人一样，他也花了不少时间到国外旅行，如同他那著名的外曾祖父梭伦那样，曾驶过爱琴海到埃及北部短期访问。不过，他从此返回家乡，再也没有出门，在连续五十年的时间里，他一直都在一座令人心旷神怡的花园的浓荫角落里讲授他的教义。这座被称作"学院"的花园就坐落在雅典郊外赛菲萨斯河畔。

他起初是个数学家，但逐渐转向了政治学，在该领域中，他奠定了现代政治机构的理论基础。他内心是个坚定的乐观主义者，相信人类进化的稳定过程。照他的教导，人类的生活从较低水平缓慢提升到较高水平。世界从美好的个体发展到美好的机构，再从美好

的机构发展出美好的理念。

柏拉图的这种思想写在羊皮纸上倒是蛮好的,可是当他设法为建成他理想中的完美国家制订某些固定的原则时,他追求公平的热情和追求正义的愿望就高涨到对别人的考虑闭目塞听了。他心目中的共和国始终被空谈的乌托邦缔造者视为人类完美的终极目标,实际是一个非常奇特的共同体,极其微妙地反映了并继续反映着那些退伍上校们的偏见——他们始终享受着私人收入带来的舒适,喜欢到彬彬有礼的圈子里走动,并极端怀疑下层阶级,以免那些人忘记了"自己的地位",妄想在只有"上层阶级"才有权独占的特权中分上一杯羹。

不幸的是,柏拉图的著作在西欧中世纪的学者中颇受推崇,在他们的手中,著名的共和国成了他们与宽容对垒中的最可怕的武器。

这些博学的学者用心叵测地忘记了:柏拉图是从全然不同的前提下得出他的结论的,与十二三世纪的普遍情况不可比拟。

比如说,按照基督教的观点,柏拉图无论如何都不是一个虔诚的人。对于祖先们的神灵他始终抱着极度的轻蔑,把他们看作是来自遥远的马其顿的举止不端的土老帽儿。他以特洛伊战争大事记中涉及的神明们的丑行深感羞耻。但是随着他年龄增长,日复一日地坐在他的小橄榄树林里,对他祖国各小城邦之间愚蠢的争吵也越来越愤怒了。他目睹了旧的民主理想彻底失败,益发坚信,对普通百姓来说,某种形式的宗教是必要的,否则,他想象中的共和国将会立即陷入一种失控的无政府状态之中。因此,他力主模范社会的立法机构应该建立起针对所有市民行为的明确规章,并强制自由民和奴隶都遵守这些规定,违者就要处死、流放或坐牢。这种主张听起来与苏格拉底不久前曾为之英勇奋斗过的广泛的宽容精神和良知的

亚里士多德

自由大相径庭，但柏拉图的立意确实如此。

态度上发生这一转变的原因不难找到。苏格拉底始终生活在群众之中，而柏拉图却畏惧生活，从丑陋不快的世界逃逸到他自己的白日梦王国之中。他诚然清楚，他的理想绝无丝毫可以实现的机会。小型独立城邦的时代，无论是想象的还是现实的，都已经过去。集权时代已经开始，不久，整个希腊半岛就要归并进那个横跨从马里查河畔到印度河岸的庞大的马其顿帝国了。

但在征服者沉重的铁拳落在这座古老半岛的难以驾驭的民主城邦之前，那里却出现了一位力压群雄的最伟大的思想家，他使全世界都永远受惠于如今已不复存在的古希腊民族。

我当然指的是亚里士多德，他是来自斯塔吉拉的神童，在那个时代就已通晓了所有应为人知的一切知识，并为人类知识的总体增加了许多宝藏，他的著作成为智慧的源泉，欧亚两洲约五十代人都能够从中心满意足地汲取营养，而无法穷尽其纯学术的丰富才情。

亚里士多德十八岁时就离开了他在马其顿的家乡，前往雅典，就读于柏拉图的大学。毕业后他在许多地方讲学，直到纪元前336年返回雅典，在阿波罗神庙附近的一座花园中开办了他自己的学校，这就是众所周知的亚里士多德学园，它很快就吸引了来自全世界的学生。

奇怪的是，雅典人并不热衷于在其境内增加学院的数量。该城终于逐渐丧失了其古老商业上的重要地位，城中所有精力充沛的市民都在迁往亚历山大港、马赛及南方和西方的其他城市。留下来的人不是太穷就是太懒，无法走脱的。他们是自由民中守旧又动荡的不良残余，那群人曾为长期受难的共和国增辉，也造成了其毁灭。他们对柏拉图花园中的进展没有好感。在柏拉图死去十余年之后，他最出名的门徒居然回来，公然教授有关世界起源和神祇有限能力的更令人无法容忍的教义。那些守旧的老派人物便摇起道貌岸然的头，嘀咕着见不得人的威胁，诅咒这个把他们的城市变成自由思想和不拘信仰的场所的人物。

若是任守旧派随意行事，他们会强迫亚里士多德离开他们的国家的。但他们明智地没有采取行动。因为这位眼睛近视、体魄健壮的绅士以其嗜读书本和考究的衣着著称，在彼时的政治生活中可不是个等闲之辈，绝非雇上两三个流氓就能赶出城去的无名教授。他是马其顿宫廷御医之子，与皇家王子一起长大。更重要的是，他刚一结束学业就被任命为太子的教师，在八年之中，他日日陪伴着年轻的亚历山大。因此，他享有有史以来最强大的君主的友谊和庇护，在那位大帝前往印度前线时期，掌管希腊各行省政务的摄政王对他认真关照，以免会有灾难降临到皇帝挚友的头上。

然而，亚历山大的死讯一传到雅典，亚里士多德的生命便陷入了危险。他想到了苏格拉底的遭遇，便打定主意绝不重蹈覆辙。他像柏拉图一样，小心翼翼地避免将哲学与现实政治搅在一起。但他对政府民主形式的厌恶和对平民执政的缺乏信心已经众所周知。当雅典人一怒之下，驱逐了马其顿的卫戍部队时，亚里士多德便渡过埃维亚海峡，到卡尔希斯寄寓，并在那里逝世，几个月之后，马其顿人重克雅典并惩治了叛民。

由于时间已久远，要想弄清指控亚里士多德不忠诚的真凭实据并非易事。但既然在那个国家里，随便哪个人都可以发表演说，他的情况必然与政治纠缠不清，而他不受欢迎则是由于对少数当地实力派人士所持偏见的不屑，而不在于发表了什么令人瞠目的新的异端，以至可能使雅典遭受宙斯的严惩。

其实这都无关紧要。

独立小城邦的气数已尽了。

不久之后，罗马人成为亚历山大在欧洲遗产的继承人，希腊成为其众多行省之一。

所有争吵到此宣告结束，因为罗马人在大多数情况下比起黄金时代的希腊人还要更加宽容。他们允许其臣民随意思考，只要不对有史以来罗马政权借以平稳建立起来的和平繁荣的政治上的权宜通变置疑即可。

同样，激励西塞罗一代人的理想与帕里克利的追随者们视为神圣的理想之间也存在着微妙的差别。希腊思维体系的老辈领袖人物将他们的宽容基于经过几百年的认真实践和思想得出的某些明确的结论之上。而罗马人都觉得他们无需预先的研究。他们对理论漠然处之，对事实却颇感骄傲。他们的兴趣在于实际的东西。他们重在行动，对高谈阔论深恶痛绝。

若是异国人愿意在一株古老的橄榄树下度过他们午后的时光，讨论政府理论方面的问题或是月球对潮汐的影响，罗马人还巴不得他们这样做呢。

若是他们的知识能够进一步付诸实践，那就值得罗马人重视了。不然的话，这类哲学说教，连同唱歌、跳舞、做饭、雕塑和科学，最好都留给希腊人和其他外国人去做,他们都是朱庇特开恩创造出来的族类,为世界提供真正的罗马人不屑一顾的玩意儿。

与此同时,罗马人自己则把注意力投到治理日益扩大的版图上;他们会操练必需的外国步兵和骑兵连队去保卫外围的省份;他们会巡查连通西班牙与保加利亚的大道;他们通常还会把精力花到保持五百多部落和民族间的和平相处上。

让我们把荣誉给予当之无愧的人吧。

罗马人尽职尽责地建立起来一种结构,至今仍以这样或那样的形式存在,这可是件了不起的贡献。当年,只要缴纳必要的赋税,并对由罗马主人制订的为数不多的行为准则表现出某种表面的尊重,称臣的部落就会享有极大程度的自由。他们可以随心所欲地喜欢什

对立的宗教

么或不喜欢什么。他们可以崇拜一个天神或十几个天神或整个庙堂中的全部神祇。怎么做都没关系。但不管他们选择什么信仰，这个包罗世界的庞大帝国里的奇特的混杂的成员必须永远牢记："罗马和平"之成功，取决于对"自己活也要别人活"的原则的灵活运用。在任何情况下，他们都不得干涉他们的邻人及他们自己大门内陌生人的事情。万一他们觉得自己的神灵遭到了亵渎，也不要找官府来出气。如台比留大帝在一次值得纪念的场合上所明确指出的："因为，若是天神认为他们感到不满，他们肯定会照顾自己的。"

有了这样安慰人心的泛泛之谈，类似的一切案子都可不予受理，并要求人们不要把个人见解带进法庭。

如果一伙卡帕迪西亚的商人决定在哥罗西人当中定居，他们就有权随身带来自己的天神，并在哥罗西城建起自己的神庙。但如果哥罗西人出于类似的理由迁入卡帕迪西亚的地域，他们当然有同样的权利并获得同等的崇拜自由。

始终有人争辩说，罗马人之所以能够摆出一副至高无上和极度宽容的姿态，是因为他们对哥罗西人、卡帕迪西亚人及居住在拉丁姆外围的其他蛮族抱有同等程度的轻蔑。这话可能属实，我不敢确定。但一直存在着这样的事实：五百多年间，在文明及半文明的欧洲、亚洲和非洲始终严格遵循着一种形式上的几乎是彻底的宗教宽容，而且罗马人创建了一种治国之术；在造成最小的摩擦的同时取得最大的实际结果。

在许多人看来，太平盛世已经到来，这种相互容忍可以永远持续下去。

但是没有永存的东西。至少，建立于武力之上的帝国是不能永存的。

罗马征服了世界,但同时也摧毁了自己。

罗马年轻战士的尸骨在上千座战场上变白。

在差不多五个世纪中,罗马最聪慧的市民把自己的生命虚度在治理从爱尔兰海到黑海的殖民帝国的庞大任务上。

恶果终于显现了。

由一座城市统治整个世界这一难以实现的重任,使罗马筋疲力尽。

随后,一个可怕的情况发生了:整个民族对生活产生了厌倦,失去了生存的热情。

他们逐渐拥有了所有乡下和城里的住房,拥有了他们能够指望使用的全部的游艇和驿车。

他们还发现自己拥有了世界上全部的奴隶。

他们尝遍一切美味,饱览一切眼福,听过一切乐音。

他们曾经饮过所有的佳酿,踏遍所有的土地,与从巴塞罗那到底比斯的所有女人寻欢作乐。他们的图书馆里收藏着所有的书籍。他们的墙上悬挂着最好的绘画。他们就餐时,全世界最杰出的乐师为他们奏乐。他们在孩提时代就接受名师的教育,学会应知的一切。结果,所有的佳肴美酒都失去了味道,所有的书籍都变得枯燥,所有的女人都令人不感兴趣,连生活本身都变成一种负担,许多人巴不得获得一个体面的机会躺倒死去。

只留下了一种慰藉:对未知和不可见世界的冥思苦想。

然而,原有的神祇早已死去多年。有头脑的罗马人再也不会看重有关朱庇特和密涅瓦[①]的愚蠢童谣了。

---

① 分别为罗马神话中的主神和智慧女神。

当时已有伊壁鸠鲁、斯多葛和犬儒主义的哲学体系,他们都宣扬仁爱、克己和无私的美德,人的一生要有所作为。

但是他们那套说教太空洞了。在随处可见的芝诺、伊壁鸠鲁、爱比克泰德和普卢塔克的书本中倒是讲得头头是道。

不过从长远来看,这种纯理性的食物缺乏必要的营养成分。罗马人开始寻求某种作为精神食粮的"情感"。

于是纯哲学性的"宗教"(如果我们把宗教的观念与追求有益及高贵的生活联系起来,也确实如此)只能对极少数的人有号召力,而且他们几乎都属于享有能干的希腊教师私人教育的上层人士。

对于广大群众来说,这些鲜衣靓饰的哲学家们狗屁不如。他们同样认识到,大量的古代神话无非是粗浅祖先的幼稚创作。他们毕竟尚未企及所谓的知识高层,难以否认天神的存在。

在这种情况下,他们的所作所为就同所有教育欠缺的人们一样了。他们郑重其事地在表面上敬奉共和国官方的天神,私下里却为了谋求真正的舒适和幸福而投靠某种神秘的宗教——许多这类宗教在过去的两百年里在台伯河畔的这座古老的城市里已经大受欢迎。

我先前使用过的"神秘"一词源于希腊语。原先的意思是"受到启示的人们"的一种聚集——其中的男女信众"不准泄露"只有神秘会社的真正成员才可以知晓的最神圣的秘密,这样就如同大学兄弟会的咒语或"海鼠"独立帮会的神秘符咒一样将他们约束在一起。

然而,在公元一世纪时,一种神秘无异于一种特殊形式的崇拜、一种宗派、一种宗教。若是一个希腊人或一个罗马人(请原谅时间上的小小混淆)离开了长老会而加入了基督教科学派,他就得告诉他的邻居们他已转投"另一种神秘"了。因为"教堂"、"英国北部

教会"、"贵族院"这类用语都是比较新近的,当时尚不为人知。

若是你恰好对这一题目特别感兴趣,并且希望了解在罗马发生之事,就在下周六去买一份纽约的报纸吧,什么报纸都可以。你会在报上找到四五栏声明,都是关于从印度、波斯、瑞典和中国以及十多个其他国家引进的新教旨、新秘方,提供的都是对健康、财富和永恒的拯救之类的特殊承诺。

当时的罗马与我们纽约这座大都会十分近似,也同样充满了本地的和外来的各种宗教。那座城市既然是国际性的,这就必不可免。从小亚细亚北部爬满青藤的山坡上传来了弗里基亚①人尊为神母的自然女神的崇拜,这种崇拜与感情狂欢的不体面发泄联系到了一起,致使罗马的警方只好一再被迫关闭自然女神的庙堂,最后还通过了果断的法律,禁止进一步宣扬鼓励公开酗酒以及许多其他更有伤风化的宗教。

埃及这块充满自相矛盾和神秘色彩的古老土地,为世界奉献了六七位奇特的天神,奥赛利斯、塞拉皮斯和爱西斯②这些名字对于罗马人来说,就如同阿波罗、迪梅特和赫耳墨斯③一样耳熟能详。

至于希腊人,在几个世纪之前曾把抽象真理和基于道德的行为实用法典的雏形体系献给世人,如今又向坚持对偶像焚香膜拜的外国人提供了闻名遐迩的艾蒂斯、迪奥尼修斯、奥尔费斯和艾多尼斯④的"神秘宗教",就公共道德而论,这些神都经不起推敲,却广受

---

① 弗里基亚,位于今土耳其亚洲部分。
② 分别为埃及传说的主神、六翼天使和司生育及繁殖的女神。
③ 在希腊神话中,迪梅特为司谷物及果实的女神,赫耳墨斯为众神的使者,也是灵巧之神和盗贼、赌徒的保护神。
④ 他们依次是希腊神话中的英俊牧羊人,司管富饶及发育之神,诗人及音乐家和传说中为维纳斯所爱的美男子。

第二章 希腊人 63

欢迎。

腓尼基的商人们时时光顾意大利海岸已有上千年之久,使罗马人熟悉了他们的大神巴尔①(耶和华的死敌)及其妻艾斯塔蒂②。所罗门曾在其晚年为这位陌生的女神在耶路撒冷的中心建造了一座"高坛",令他所有忠实的臣民大为震惊;这位令人敬畏的女神在争夺地中海霸主的长期战争中一直被认作迦太基城的保护神,女神的庙宇在亚洲及非洲全部遭毁后,却在欧洲以基督教最受尊敬的娴静圣者身份重现辉煌。

然而,最重要的一位神灵,由于其声名在军队中无人不晓,其破碎的雕像至今仍能在从莱茵河口到底格里斯河流的罗马边境沿线的每一堆废墟下发现。

这位神灵就是米思拉斯。

如我们所知,米思拉斯本是司光明、空气和真理的古老的亚细亚神,在里海低地的平原上备受崇拜。当时我们的先祖占据了那片牧草肥沃的田野,准备在那一带的山坡和谷地中定居,那里后来就成为被称作欧洲的地方。对那些先民来说,米思拉斯神是所有美好东西的提供者,人们相信,这片土地的统治者们全靠他万能意旨的恩赐才能行使他们的权力。于是,作为他天恩的象征,他有时把始终围绕着他的天火的星星点点降在那些身居高位的人们头上。虽然他已离去,他的名字也已被遗忘,但中世纪那些善良的圣者头上的光环,却在提醒我们远在宗教成形的数千年之前就已开始的一种古老的传统。

---

① 此称谓源于纪元前1400年的迦南地区,为古闪米特人所习用,在希伯来语中意为"当家的"。
② 闪米特人的女神,司性别、母性、爱情及战争。

虽然米思拉斯在不可思议的长年累月中受到极大的崇敬,要想比较准确地重构他的一生实非易事。其中的原因是多方面的。早期的基督教传教士对米思拉斯神话恨之入骨,比起对普通的日常神话的刻骨仇恨还要大上何止千百倍。那些教士的内心深处,明知印度的天神是他们最难对付的敌手,于是他们就竭尽全力驱除一切可能使人们记起他的存在的东西。他们干得相当彻底:不但所有的米思拉斯神庙毁废殆尽,连书面记载也荡然无存,一个如同今天在美国盛行的美以美教派和长老教派一样,它在罗马活跃了五百多年最终却销声匿迹了。

所幸当年还没有发明炸药,依靠几处位于亚洲的古地和对几处遗址的认真搜寻,我们总算克服了这些最初的障碍,现已掌握了这位引人遐想的天神及其轶事的相当精确的概念。

按照故事所传,许多许多年以前,米思拉斯神奇地诞生于一块石头。他刚刚躺在摇篮里,附近的好几位牧羊人就来朝拜他,并送礼物逗他开心。

米思拉斯在孩提时代,就历经过种种奇特的险境。其中的许多故事使人紧密地联想起使赫尔克利斯①成为希腊儿童心目中的英雄的事迹。不过,赫尔克利斯通常十分残忍,而米思拉斯却始终为善。一次他与太阳格斗,把太阳打败。但他胜而不骄,太阳和他便亲如手足,以致旁人常常分不清他们谁是谁。

当邪恶之神降下一场旱灾,威胁着要灭绝人类时,米思拉斯便用箭射中一块岩石,嘿!大雨即刻倾盆而下,浇灌了龟裂的土地。当那个邪恶之神艾赫里曼又想以一场可怕的洪水达到其恶毒的目的

---

① 宙斯之子,力大无穷,曾完成十二项英雄壮举。

时，米思拉斯得知后就警示一个人，告诉要他造一条大船，装上他的亲人和牲畜，从而拯救了人类。最后，他竭尽全力使世界免受自身弊病的后果之后，便飞升上天，永远主持公平和正义。

那些想参加米思拉斯崇拜的人们必须要通过一套严密的入会仪式，吃上一顿有面包和红酒的礼仪餐，以纪念米思拉斯及其朋友太阳神一起吃的那顿著名的晚餐。不仅如此，他们还要在水流中洗礼，还得做许多我们觉得没意思的事情，因为那种宗教仪式在一千五百年前就已彻底废除了。

一旦成为信众，大家便得到一视同仁的待遇。他们一起在烛光照亮的神坛前祷告。他们一起唱着同一首圣歌，他们一起参加每年十二月二十五日举行的活动，庆祝米思拉斯的诞辰。他们还要在每星期的第一天不工作（至今叫作星期日，即太阳日），以纪念那位大神。最后，他们死后要耐心地排成一队，等待复活日，届时，好人会得到应有的报答，而恶人则被投入永远不熄的烈火中。

这些形形色色神话的成功和米思拉斯在罗马士兵中的广泛影响，都表明了人们远非对宗教无动于衷。的确，罗马帝国早期的几百年，就是一个不断追求能够满足群众情感需要的某种东西的时期。

但是早在公元47年，就发生了一件事。一艘小船离开腓尼基驶向佩加城，那是通往欧洲大陆各地的起点。在乘客中有两个行李不多的人。

他们的名字是保罗和巴纳巴斯。

他们是犹太人，但其中一人持有罗马护照，还深谙非犹太人的智慧。

这是一次值得记忆的航程的起点。

基督教开始征服世界了。

第三章 约束的开始

基督教迅速征服西方世界有时被用作明证，表明基督教的观念应该来自天国。我无意卷入这一争论，我只想提出，当年罗马的多数人生活的那种恶劣条件，与早期传教士所宣扬的言之成理的教义及他们传教的成功关系极大。

至此，我已经向你们展示了罗马的一个画面——士兵、政客、富有的制造商、科学家的世界，这些幸运儿住在拉特山坡上、坎帕尼亚的沿山及谷地中或者那不勒斯海滨一带赏心悦目、明亮舒适的宅第里。

但这是画面的一个方面。

在城郊密密麻麻的贫民窟里，则是看不到什么使诗人们歌颂太平盛世、激发演说家将屋大维比作朱庇特的那种繁荣景象的。

在一眼望不到头的肮脏、拥挤、凄凉的出租房里居住着那些广大群众，对他们来讲，生活就是无休止的饥饿、流汗和痛苦。对那些男人和女人来说，一个住在海对岸的一座小村里的简朴的木匠的奇妙故事倒是确确实实的：他靠自己双手的劳作挣得面包，他热爱穷困潦倒的人，并因此被他的穷凶极恶的敌人杀害了。是啊，他们全都听过米思拉斯、爱西斯和艾斯塔蒂的奇迹。可惜这些神灵都死了，而且死于千百年之前，他们对这些神灵的了解无非是死于千百年前的别人留传下来的故事。

可是拿撒勒的约书亚，就是基督——就是希腊传教士称之为救世主的，不久之前还活在世上。许多活着的人都可能知道他，若是在台比留皇帝统治时期刚好到过叙利亚南部，还可能听过他讲话呢。

还有别的情况。街角的那个面包师，邻街上的那个水果贩，都曾在阿皮恩大道①旁的一座幽暗的小花园里和一个叫彼得的人谈过话，那人是来自卡皮尔诺村的渔夫，当先知被罗马总督的士兵钉在十字架上的那个骇人的下午，那人实际上就在戈尔塔格山附近。

当我们设法理解对这一新信仰突然普遍的热衷时，我们应该记住这些。

正是那种亲身接触，那种亲切的直接的个人感受，赋予了基督教高于其他教义的优越性。再加上耶稣不断表达的、从他说的每一件事中迸发出的对各国被压迫和被剥夺的人们的热爱。至于他表达那种慈爱时所说的话是否由他的追随者分毫不爽地传达了，是非常无关大局的。奴隶们有耳朵可以听，他们听懂了。他们在光辉未来的崇高承诺前战栗了，他们有生以来第一次看到了新希望的光芒。

终于有人说出了让他们获得自由的话。

在可见的现世的权势面前，他们不再是贫穷、卑微和罪恶的东西了。

相反，他们是一位慈父所疼爱的孩子。

---

① 从罗马向南长达350英里的大道。

他们要继承这个世界上的一切。

他们要分享那些一直住在萨姆尼亚别墅的高墙背后得意的主人们独霸的欢乐。

这就形成了新信仰的实力。基督教是给予普通人均等机遇的第一个实在的宗教体制。

当然,我正在谈论的基督教是作为灵魂的一种感受——作为一种生存和思维的模式——而且我已尽力解释了,在一个充满腐朽奴隶制的世界里,好消息如何会以愤怒情感的燎原大火之势迅速地传播开来。但是,除了罕见的例外,历史是不涉及私人——不管他是自由民还是奴隶——的精神历险的。当这些卑微之众被规整进国家、行会、教会、军队、兄弟会及联谊会时,当他们开始听命于单一的指挥头脑时,当他们积累起足够的财富交纳赋税并能为了国家的征伐而被迫进入军队时,只有这时他们才能够引起编年史家的注意并给予认真的关注。于是,我们了解到许多早期宗教的情况,却极少涉及它真正创始人的事迹。这实在是个遗憾,因为基督教的早期发展在任何历史中都是一个最饶有趣味的片断。

最终建立在古老的罗马帝国废墟上的基督教,实际上是两个对立利益相结合的结果。一方代表的是包罗博爱和慈善理想的最高境界,是由基督亲自教导的。而另一方则根深蒂固地受缚于地方主义的枯燥精神,从有史以来就把耶稣的同族人与世界其他地方的人分开了。

用直白的语言来说,基督教结合了罗马人的效率和犹太人的褊狭,结果就对人们的头脑建起了一种恐怖统治,既行之有效又蛮横无理。

为了理解这种情况如何得以出现,我们应该再次回到基督死后最初五十年的保罗时代,我们应该牢牢把握这样一个事实:基督教始于犹太教内部的一场改革运动,而且一直是一场纯粹的民族主义运动,起初威胁到的只是犹太国家的统治者而非他人。

耶稣在世时当权的法利赛人对此再清楚不过了。他们极其自然地畏惧颇具威胁的鼓动,这种宣传大胆质疑基于野蛮武力之上的精神垄断。为使自己不致被驱逐,便在惊慌之中采取行动,趁罗马当局未及干预并剥夺他们的权力之时,便把他们的敌人送上了绞架。

若是耶稣还活着,他会如何作为,这是不可能说清的。他早已被杀害,无法把他的门徒组成一个教派,而且他也没有留下书面的只言片语,使他的追随者们能够明确他想让他们如何行事。

然而,最终这反倒成了福音。

由于没有固定的文字规矩,没有明确的条令条例,门徒们便能够自由地追随其导师言谈的精神而不是他的教规条文。若是他们被一本书束缚住了,就很可能会把他们全部的精力用于有关逗号和分号的始终诱人的神学讨论之上了。

当然,在这种情况下,在少数专业学者的圈外,没有谁能对这一新的信仰表现出兴趣,而基督教也就会步许多宗教的后尘:以详尽的文字提纲开始,却以招来警察将争吵不休的神学家抛到大街上而告终。

在遥远的近两千年之后的今天,我们弄清了基督教曾经对罗马帝国造成了多么巨大的损害,说来奇怪,当权者居然没有采用有效的措施来平息这一运动。因为该运动对于国家的安全完全构成了威胁,与匈奴人或哥特人的入侵等量齐观。他们诚然清楚,那个东方先知的命运已经在他们家里的奴隶当中引起了极其激动的情绪,妇女们也不停地相互诉说着天国之王很快就要重现,相当多的老年人

也庄严地预告这个世界即将在一团火球中毁灭。

不过,这并不是贫苦阶层第一次为某个新宗教的英雄发狂。很可能也不会是最后一次。同时,警察也在关注着,这些发狂的穷人并没有搅扰国家的安宁。

情况就是如此。

警察确实十分警惕,却没找到机会动手。这一新宗教的追随者们以一种最值得推崇的方式行事。他们并没有试图推翻政府。起初,有好些奴隶还曾期望着上帝普遍的父爱和人们普遍的手足之情会终止旧的主仆关系。可是,圣徒保罗却匆匆出面解释,他所说的王国是看不见、摸不着的灵魂王国,现世之人最好还是逆来顺受,寄希望于在天国等待他们的最终善报。

类似的是,许多妻子出于对罗马严厉法律确立的婚姻束缚的怒气,当即得出结论:基督教与解放及男女平等平权是同义语。可是,保罗又站了出来,用许多动听的字眼恳请他心爱的姐妹们切莫走向极端,否则保守的异教徒会对他们的教会生疑,并劝说她们维持自亚当和夏娃被逐出天堂以来始终是妇女本分的半奴隶状态。这一切都表明对法律的一种最值得赞赏的尊重,因此,基督教传教士能够随意走来走去,以最适合自己的方式和意愿进行布道活动,当局也不予过问。

但诚如历史上常常出现的情况那样,群众表现出来的宽容不如他们的领导者。正因为他们贫困,他们就不会像精神高尚的人那样,即使良知允许他们为财富积累而做出让步,他们也不会感到富足和幸福。

几个世纪以来沉湎于恣意饮食和职业格斗的罗马最底层的人,也免除不了这种积习。起初他们从一伙板着面孔的男人和女人那里得到许多粗俗的乐趣,那些男人和女人全神贯注地倾听讲述耶稣像一个普通罪犯一样,屈辱地死在十字架上的离奇故事,还为向他们的集会投掷石头泥土的流氓大声祈祷,认为这样祈祷才算尽职尽责。

然而,罗马的教士们却无法对这一新动向泰然处之。

罗马帝国的宗教是国教。包含在某种特定场合举行的肃穆的祭祀典礼。人们要为此付现金,那笔钱却进了教会神职人员的腰包。当成千上万的人开始抛弃旧的神坛而转入另一个根本无需他们任何花费的教会时,原先教会的教士就面临着收入急剧下降的窘境。这当然会让他们于心不甘,他们高声诅咒那些背弃了父辈神祇却为一个外国的预言家进香礼拜的心无神圣的异教分子。

城中还有另一阶层的人更有理由憎恨基督教。他们都是些借宗教行骗的人,如印度瑜伽的信徒和爱西斯、艾什特[①]、巴尔、西贝尔和艾蒂斯这类单一大神的祭司长之辈,多年来花着容易轻信的罗马中产阶级的钱,过着脑满肠肥的舒适生活。若是基督教成为一个竞争对手,为其特殊的天启收取可观的费用,那么巫医、手相术士、巫师的行会也就没理由抱怨了。生意就是生意嘛,占卜的行当让别人分一杯羹也未尝不可。可是这些基督徒们——他们的蠢主意真该死!——竟然拒绝报酬。是啊,他们甚至把自己的东西送给别人,给挨饿的人食物,让无家可归的人住进家里。而这一切竟不图回报!不消说,这么做未免太过分,若不是拥有某种人所不知的隐蔽财源,他们才不会这么干呢。

此时的罗马已不再是自由民的城市了。它已经成了千百个来自帝国各地的无地无钱的农夫们暂时的栖身之地。这群游民只服从主

---

① 巴比伦和阿西利亚神话中的女神。

导群众行为的神秘法则,始终痛恨那些与他们举止不同的人,并怀疑那些无缘无故要过体面又节制的生活的人。那些会喝上一杯,偶尔还肯为别人付账的人是好邻居和好伙伴。但那些自命清高,拒绝去斗兽场看野兽表演,看到成批的战俘被拖着在凯西特兰山①的街道上游街而不欢呼的人却令人扫兴,甚至被视为大众的公敌。

公元64年,一场大火烧毁了罗马的穷人区,那场火被视为对基督徒第一次有组织的发难。

最初的传闻是:皇帝尼禄在一次发酒疯中下令在首都放火,以便清除贫民窟,以便按照他的规划重建该城。不过群众洞悉了实情。原来是犹太人和基督徒闯的祸,他们不停地互相议论当大火球从天而降,恶人的住所便会烧成灰烬的大喜日子。

这个故事有了成功的开头,其余的便迅速接踵而至了。一名老妇听到基督徒和死者谈话。另一个人得知,他们偷盗儿童,切断儿童的喉咙,把血涂到他们那个外国天神的祭坛上。当然,从来没有人亲眼目睹过这类谣传的行为,那只是因为基督徒过于狡猾,并向警察行过贿。但这次他们被当场抓住,他们得为自己的恶行遭罪了。

有多少为此惨遭私刑的忠实信徒,我们不得而知。说不定保罗和彼得也在其中,因为从那之后,再没听到他们的名字。

这次群众性蠢行的大爆发一无所获,这是毋庸赘述的。那些殉道者面对厄运时的高贵尊严,都是对新信仰和牺牲的基督徒的难得的最好宣传,一个基督徒死了,当即有十多个异教徒迫不及待要补上他的缺。尼禄在他短暂又无意义的生命中(他于公元68年自尽),做了唯一一件像样的事:基督徒重返故地,一切恢复如常。

---

① 位于罗马城南的一座山峰。

到这时，罗马当局有了一个重大发现。他们开始生疑：基督徒和犹太人并不雷同。

别忘了，耶稣本人便是犹太人，他始终诚惶诚恐地谨遵先辈的古老法规，而且他只对犹太听众演讲。他只离开过他的祖国一次，而且为时很短。他为自己定下的任务，是要靠犹太同胞的协助，目的也是为了犹太人。在他的言论中没有一句话能够给普通的罗马人那种印象：在基督教义和犹太主义之间有着审慎的差异。

耶稣实际上试图做的一如下述。他清楚地看到了充斥先辈的犹太教会中的流弊陋习。他曾大声疾呼，有时也曾成功地对此抗辩。但他的战斗是从教会内部进行改革。他从来没有明确地想过他可能会创建一个新的宗教。若是有人向他提及这种可能，他会认为荒诞不经而加以拒绝。但恰如他生前死后的许多改革家一样，他逐渐被推上了不再可能妥协的地位。他的过早死去简直挽救了他避免遭受路德和许多别的改革鼓吹者的那种命运：他们突然发现自己处于一个崭新的派别之首，却在原先所属组织之外，其实他们的本意只是想从内部做些好事，此时却深陷困扰之中。

在耶稣死去多年之后，基督教（当时这个名称还没有创立）仍是一个犹太人的小教派，只在耶路撒冷城、朱迪亚[①]和加利利一些村落中有为数不多的支持者，从未听说超出叙利亚行省。

正是犹太血统的一位正牌罗马公民盖尤斯[②]最先发现这一新宗教可能成为全世界的宗教。耶稣遭遇的故事告诉我们：犹太人的基督教如何始终坚决反对世界性宗教的观点，他们要的是一种纯粹的

---

① 古巴勒斯坦南部地区，今巴勒斯坦南部及约旦西南部一带。
② 盖尤斯（约130～180），古罗马法学家，后于五世纪被罗马皇帝宣布为五个罗马法学权威之一。

民族宗教，只接受本民族的人入教。他们深恨那个大胆向犹太人和非犹太人一概宣讲拯救灵魂的人保罗。当保罗最后一次来到耶路撒冷的时候，若不是他的罗马护照保护他未受他的愤怒的同胞的加害，他肯定会遭遇和耶稣一样的厄运了。

当时亏得有半营的罗马士兵保护着他，把他平安地领到滨海城镇，从那里搭船回罗马，那场著名的审判也就烟消云散了。

他去世几年之后，他生前时时担心并反复预言的事情终于发生了。

耶路撒冷被罗马人摧毁了。在耶和华庙堂的原址上竖起了朱庇特的新神庙。该城也更名为爱利亚首都，朱迪亚成为罗马的叙利亚巴勒斯坦行省之一部分。至于原来的居民，或者被杀害或者遭流放，在废墟方圆数英里之内不准有人居住，违者处死。

这是犹太基督徒圣城的最后毁灭，对他们是灾难性的。在随后的好几个世纪中，在朱迪亚内地的移民点小村子中会见到一些自称为"穷人"的陌客，他们以极大的耐心和持续的祷告等待着即将到来的世界末日。他们是耶路撒冷老犹太基督徒的残存。我们不断地在第五和第六世纪的书中看到他们被提及。他们远离文明，形成了自成体系的奇特教义，其中对使徒保罗的痛恨占主导地位。不过，在七世纪之后，我们就再也见不到这些自称为拿撒勒人和伊比奥尼派①的踪迹了。获胜的穆斯林们将他们残杀殆尽。不过，即使他们能够残存数百年之久，也无法改变历史的必然了。

把东西南北统一成一个庞大的政治联合体的罗马，使世界得以

---

① 拿撒勒是耶稣的故乡，伊比奥尼派为早期基督教的苦修派别，强调基督教义中的犹太教成分。他们奉耶稣为弥赛亚，仅用《马太福音》，反对背弃犹太律法的保罗。

第三章 约束的开始

接受世界性宗教的观念。基督教由于既简朴又可行，并且充满了对上帝的直接吁求，便注定要成功，而犹太教、米思拉斯教以及其他参与竞争的教会也注定要寿终正寝。然而不幸的是，这一新信仰从来没有摆脱显然背离了其初衷的某些相当令人不快的特点。

那条把保罗和巴纳巴斯从亚洲载到欧洲的小船也带来了希望和仁慈的讯息。

但第三名乘客也偷偷上了船。

他罩着神圣和美德的面具。

但面具下面的面孔却打着残酷和仇恨的烙印。

他的名字就是宗教的专横。

第四章　上帝的曙光

早期的教会是个十分简单的组织。人们很快就看清了：世界末日不会转瞬即至，最后审判日也不会随耶稣之死立刻到来，基督教还会在泪谷中拖延好长时间，于是就感到了建立一种多少比较定形的管理体制的必要。

本来，基督徒（由于教徒都是犹太人）是在犹太教堂内聚集到一起的。但是当犹太人和非犹太人之间出现了裂痕，非犹太人就到某个人家中的一间屋子里聚会，如果找不到足够大的房间容纳所有虔诚的（还有好奇的）信徒，他们就在空场上或废弃的采石场上集会。

起初，这样的集会都在安息日①举行，后来犹太人基督徒和非犹太人基督徒之间的龃龉日增，非犹太人基督徒便放弃了以星期六为安息日，把聚会改在星期日——也就是死者的复活日。

不过，这些庄严的仪式证实了整个运动的感情和普及特色。集

---

① 或称主日，犹太教为星期六，基督教为星期日。

会时没有固定的演讲或布道，也没有传教士。无论男女，只要觉得受到了圣火的激励，就在会上站起身来，证实自己内心的信仰。有时候，若是我们相信保罗的信函的话，这些虔诚的兄弟们"舌辩有口"，使这位圣徒内心充满了对未来的憧憬。因为大多数教众都是没受过多少教育的朴实的人。没有人怀疑他们即兴发言的真诚，但他们往往过于激动，像是狂人呓语。教会虽然不怕迫害，却受不住嘲弄。于是保罗和彼得及其后继者们便努力把某种秩序之类的规矩引进这种精神宣泄和宗教热情的混乱状态。

这些努力起初收效甚微。规章条文似乎与基督教信仰的民主本质大相径庭。不过，最后还是实际的考虑占了上风，集会服从了固定的仪式。

集会开始时先读一段赞美诗（以安抚可能在场的犹太人基督徒）。然后，教众就会唱一曲新近为罗马和希腊信徒谱写的颂歌。

唯一事先备好的演说是耶稣总结其全部人生哲学的著名祷文。不过，布道在好几个世纪中一直是自发的，而讲道则仅由那些感到有话要说的人来发表。

但是，在这样的集会次数增多之后，始终对秘密结社保持警觉的警察就开始盘查了，这时就有必要选出某些人代表教徒们与外界打交道。保罗曾高度赞扬过领导的才能。他曾把他在亚洲和希腊拜访过的小群体比作数量众多的小舟，在汹涌的海面上颠簸，若想逃过大海怒涛的一劫，就必须要有一个机敏的舵手。

于是信徒们便再次聚集在一起，选举男女执事，虔诚的男女信徒是群体的"仆人"，负责照顾病者和穷人（这是早期基督徒十分关心的一件事），并管理群体的财产，料理一切日常琐事。

再后来，随着教众人数的持续增加和管理工作复杂得非业余兼

顾可以胜任,就委托给一小伙"长者"负责。这些人在希腊语中被称作"长老",也就是我们所说的"教士"。

过了多年之后,每个村镇都有了自己的基督教堂,因此又有了执行共同政策之必要。这时,一个"总监"(即主教)就被选出来监督全区的教务,并指导教区与罗马政府交涉。

不久,整个罗马帝国的所有主要城镇都有了主教。而在安提阿、君士坦丁堡、耶路撒冷、迦太基、罗马、亚历山大港和雅典的主教都成了声名显赫的权力人物,其重要性堪与他们行省中的行政和军事长官相比。

在开始阶段,主教堂管着耶稣当年生活、遭难和死去的那部分地区,并享有无上的尊崇。但在耶路撒冷被毁之后,期待世界末日和天国胜利的那一代人从地面上消失了,那位可怜的主教在他遭毁的宫殿里眼看着自己被剥夺了先前的威望。

作为教众领袖的地位很自然地便被"总监"所取代。总监住在文明世界的首都里,护卫着西方伟大的圣徒彼得和保罗殉道的地方——他就是罗马的主教。

这位主教和其他主教一样,称作神父——即对神职人员表示爱戴和尊敬的共同称谓。在几百年的过程中,"神父"这个头衔在人们的心目中几乎专门与在主教管理教区的首脑相联系。当他们说到"教皇"时,特指一位神父,即罗马的主教,而绝不是君士坦丁堡或迦太基的主教。这完全是个自然的发展。当我们在报纸上读到"总统"字样时,没必要再加上"美国"来限定。我们知道,那指的是我国政府的首脑,而不是宾夕法尼亚铁路局长或哈佛大学校长或国际联盟主席。

"教皇"这一称谓第一次正式出现在文件中是在公元258年。当时,罗马仍是强盛帝国的首都,教皇的权力完全被罗马皇帝的权势所掩盖。但是在随后的三百年中,恺撒的继承人在国内外侵扰的不断威胁下,开始寻找一处更安全的新居所。他们在国土的另一个部分里找到了一座城市。那座城市叫拜占庭,是以一位传奇英雄拜扎斯命名的,据说在特洛伊战争之后不久,拜扎斯曾在此地登陆。该城坐落在分开欧亚两洲的海峡处,扼住黑海和地中海之间的商贸通途,控制着好几座重要都会,由于其在商业上的重要性,斯巴达和雅典曾为拥有这一富饶的要津争斗过。

不过,拜占庭在亚历山大大帝时代之前始终独立,在短时期内成为马其顿帝国之一部分以后,最终被并入罗马帝国。

如今,历经千年的日益繁荣,其号称"金号角"的海港里泊满了来自上百个国家的船只,这时它便被选作罗马帝国的首都。

罗马的人民被抛给了哥特人、汪达尔人以及天晓得什么其他蛮族,任其蹂躏。当帝国的皇宫多年空无一人,政府部门一个接一个地搬迁到博斯普鲁斯海峡岸边,罗马首都的居民要听命于千里之外制定的法律时,罗马人感到世界的末日已经来临了。

但是在历史的运转中,也有人在逆境里火中取栗。随着皇帝一走,留下来的主教们就成了城中最为显赫的人物,成了帝国皇冠荣耀的唯一看得见、摸得着的继承人。

他们抓住这一无人约束的大好时机大显身手。由于教会的声望和影响吸引了全意大利的精英,这些主教们也都是精明的政治家。他们俨然以永恒信念的代表自居。故此他们不慌不忙,有意以一种冰川消融的缓慢来渐进,在机会到来时大胆抓住,他们不像别的人急功近利,仓促决定,唐突行事,最终落得个失败。

但更重要的是,他们都是认定一个目标,并且坚持不懈地朝那

个目标前进的人。他们的所有思想、言论和行动,都由为上帝增光的愿望及为加强在凡世代表神意的教会的权势所指引。

他们工作的成效如何,随后十个世纪的历史即将表明。

当其他城邦尽在蛮族横扫欧洲大陆的洪水中消失,当帝国的城垣一个接一个地坍塌,当如同巴比伦的平原一样古老的上千体制像众多无用的废物被冲走的时候,基督教居然巍然屹立,成为时代尤其是中世纪的中流砥柱。

不过,最终取得的胜利都付出了可怕的代价。

崛起于马厩的基督教最终却得以登堂入室。它始于对一种挟制形式的抗议,在那种宗教桎梏中,教士自命为人神之间的媒介,执意要所有的平民百姓都绝对服从。这一力求革命的新团体壮大了,在不足一百年间发展成了一个新的超级神权集团,与之相比,古老的犹太国家反倒是无忧无虑的幸福市民的温和自由的联合体了。

不过,所有这一切都完全合乎逻辑又几乎不可避免,现在我就向你们展示。

到罗马旅游的大多数人都要去朝拜科利西姆,在风沙侵蚀的围墙里,人们会看到一个大坑,数千基督教的殉道者曾在这里倒下,成为罗马专制的牺牲品。

然而,尽管有好几次对新信仰教徒的迫害,但确实与宗教专制无关。

这类迫害纯属政治性的。

基督教徒公然宣称由于自己的和平主义信仰而拒服兵役,即使国家受到外来侵略的威胁时仍然如此;而且不顾场合,公开反对土地法,这样的基督徒被视为国家的敌人而被处决。

虽说他们依照自己最为神圣的信条行事,但对一般的法官而言,毫无怜悯之心的触动。这些教徒设法解释其道德的确切本质时，那些大人先生们都满脸困惑，茫然无知。

罗马法官终归是人。当他突然发现自己受命要审判的人不过是些在他看来犯有无伤大雅的小毛病之时，简直就不知所措了。长期的经验教会了他对所有神学上的争论要超然处之。何况，他还记得许多皇家敕令，告诫公务员在对付新教派时要便宜行事。于是他便圆通地加以辩解。但当全部争论集中到一个原则问题时，诉诸逻辑就难以通融了。

最终，法官面临着抉择：是令法律的尊严扫地，抑或坚持无理地维护国家最高的权力。然而，监禁和刑罚对那些人毫无意义，因为他们坚信生命只有在死后才开始，听到获准离开这一恶毒世界奔向天国的愉悦的消息时，他们还欢呼雀跃呢。

因此，在当局和信奉基督教的臣民之间终于爆发了漫长而痛苦的游击战。我们没有掌握什么有关全部死亡人数的可靠数字。按照第三世纪著名神父奥利金——他的好几位亲属在亚历山大城的一次迫害活动中遇害——的说法，"为信仰而死的真正基督徒的人数是不难计数出来的"。

另一方面，当我们追寻早期圣徒的生平踪迹时，就会发现一系列的血腥故事，我们不禁纳闷：一个遭受长期不断的屠戮迫害的宗教，何以竟然能够幸存呢？

不管我拿出什么数字，肯定都会有人说我是个心存偏见的骗子。因此我将保留己见，而由读者去得出自己的结论。只要研读一下罗马皇帝德西厄斯（公元249～251年在位）和瓦莱利安（公元253～260年在位）的生平，读者自会看清罗马专制在最猖狂的迫害时期的真正本性了。

再有，若是读者还记得，连马库斯·奥勒留如此英明开通的皇帝都承认，无法成功地把握他的基督教臣民的问题，大家就会明白地处帝国偏远角落的无名小官员们在忠于职守时面临的难题了：他们要么背离自己就职时的誓言，要么就得处决自己的亲朋好友，这些人不能也不肯遵守帝国政府为保存自己而坚持的几条简单法令。

与此同时，基督徒们不为其异教徒乡邻的虚伪温情所阻，依旧稳定地扩大势力范围。

在四世纪晚期，格拉希恩皇帝应罗马元老院中基督徒成员之请，下令将在尤里乌斯·恺撒修建的大厅内已经矗立了四百多年的胜利女神雕像搬走，因为那些基督徒元老们抱怨说，聚在一个异教神像的阴影下有伤他们的感情。有好几位元老抗议此举，不但毫无益处，而且还造成了他们中间的好几个人被发配流放。

此时，一位声名宏大的忠诚的爱国者昆塔斯·奥里利厄斯·希马丘斯写下了他那封著名的信函，提出了一个折中的建议：

他问道："我们异教徒与基督徒邻居为什么不该平静和谐地相处呢？我们抬眼望着同样的繁星，我们是并肩走在同一个星球上的伙伴，而且居住在同一个苍穹之下。每个人寻求最终真理的途径不同又有何关系呢？生存的奥秘深不可测，不该只有一条通向某个答案的途径。"

他并非有如此感受并看到古罗马宗教宽容政策的传统受到威胁的唯一人物。伴随着在罗马城内搬迁胜利女神，已在拜占庭找到庇护所的基督教的两个对立派别之间却爆发了一场剧烈的争论。由此引发了一场世上前所未闻的涉及宽容的最为聪慧的讨论。发起人哲学家西米斯蒂厄斯对其先辈的神祇信仰不二。但当瓦连斯皇帝在正统和非正统的基督徒臣民的争执中偏向一方时，西米斯蒂厄斯觉得有必要提醒皇帝不要忘记自己的职责。

他说道:"有这样一个王国,没有一个君主能够指望在国内行使任何权势。那就是美德之国,尤其是个人宗教信仰自由之国。在其国内实行强制造成了基于欺骗之上的虚伪和皈依。因此,君主最好能够容忍一切信仰,因为只有宽容才能防范市民间的冲突。不仅如此,宽容还是一种神圣的道义。天神本人就已经最为鲜明地表达了容忍多种不同宗教的意愿。而且只有天神才能判断人类追求理解神圣玄妙的方法。天神在对他奉献的各种崇拜中感到欣慰。他喜欢基督教使用某种典仪,也喜欢希腊人、埃及人的其他典仪。"

说得多好啊。可惜说也白说。

古老的世界与其观念及理想一起泯灭了,所有让历史时钟逆转的努力都注定要失败。生活意味着进步,而进步则意味着磨难。旧有的社会秩序正在崩溃。军队成了从国外雇佣来的反叛的暴徒。边境处于公开叛乱状态。英格兰及其他外围地区早已屈从于蛮族。

当大灾难终于爆发时,在过去几个世纪中投身政界的聪明的年轻人发现,除去一条晋身之阶,其他坦途都被剥夺了。那就是教会生涯。效仿西班牙的基督教主教,他们就能指望行使先前由总督执掌的大权。效仿基督教作家,只要他们肯于全身心地投入神学命题,他们就肯定能够拥有广大读者。效仿基督教外交官,只要他们肯于在君士坦丁堡的宫廷中代表罗马主教,或者冒险到高卢或斯堪的纳维亚的腹心地带去赢得某个蛮族酋长的欢心,就肯定能飞黄腾达。最后,效仿基督教司库,他们就能指望在掌管飞速增加的领地中发财致富,此前拉特兰宫的占有者就曾借此手段成为意大利最大的地主和当时的豪富。

我们在过去的五年里就曾目睹过同样性质的事情。直到1914

年,不靠手工劳动谋生的野心勃勃的欧洲青年几乎悉数进入了政界。他们成为不同的帝国和王国陆军及海军的军官。他们占据着法官的高位,掌管财政,或在殖民地混上几年,担任总督或驻军司令。他们并不期待变得多么富有,但他们职务的社会声望极高,而且只要发挥一定的智慧、勤奋和真诚,他们就能拥有愉快生活和备受尊敬的晚年。

随着战争的来临,旧有封建社会结构的最后残余被扫荡殆尽。下等阶层掌握了政府。原先的官员中有少数人已经老得难以改变终生的习惯。他们典当了自己的勋衔,便告别了人世。然而,大多数旧官员还是顺应了大势所趋。他们从儿时就受到教育,生意是贱业,不屑一顾。或许生意当真是贱业,但他们只好在办公室或济贫院二者之中择其一。甘愿为其信念而忍饥挨饿的人总是相对的少数。因此,在大动乱之后的几年之内,我们就发现多数军官和政府官员都已操起十年之前不会去沾的行当,而且并非不心甘情愿。何况,他们中的大多数人都出身于世代从政的家庭,因而完全习惯于驾驭他人,他们感到在新生涯中相对容易取得进展,而且比自己所期望的要兴旺得多也幸福得多。

如今的商业,就是十六世纪前的教会。

要让可把先祖上溯到赫拉克勒斯、罗姆勒斯或特洛伊战争中的英雄人物的青年人听命于一个从奴隶之子成为简朴牧师的教诲,并非总是易事。然而,那些从奴隶之子成为简朴牧师的人所传授的,正是那些可把先祖上溯到赫拉克勒斯、罗姆勒斯或特洛伊战争中的英雄人物的青年人所急切需要的。因此,如果双方都是聪明人(这是完全可能的),就会很快赞赏对方的优秀品德而相安甚悦。这是又一条奇特的历史法则:表面上的变化越大,实际越一成不变。

自有史以来,似乎就有一条不可避免的规矩:一小伙聪明的男女治人,大部分不那么聪明的男女则治于人。这两伙人在不同时期有不同的称谓。其中一方必然代表权势和领导,而另一方则代表懦弱和屈从。他们被分别叫做帝国、教会、骑士、君主和民主、奴隶、农奴、无产者。但左右人类发展的神秘法则在莫斯科、伦敦、马德里或者华盛顿都同样起着作用,因为它不受时间和地点的限制。它

逃离一个罪恶的世界

往往以怪异的形式和面目表现出来。它不止一次地穿上低劣的罩袍并高声宣称对人类的博爱，对天神的奉献，为大多数人带来最大利益的谦卑的愿望。但在这令人心怡的表象之下，它始终并将继续隐藏着原始法则的残忍真理：坚持认为人的第一职责是求生。对于哺乳动物世界求生事实感到不满的人们，对这种论述自然会恼火。他们称我们是"物质第一主义者"、"玩世不恭的人"等等，不一而足。因为他们始终视历史为赏心悦目的童话故事，一旦发现历史是一门遵从掌控着宇宙的铁的定律的科学，便大惊失色。他们说不定也会起而反对平行线的规则或乘法口诀表的运算呢。

我个人愿意忠告他们还是接受规则为好。

因为只有这样，历史才能在某一天变成对人类有实用价值的东西，而不再是一伙从种族偏见、部落专制以及广大公民群众愚昧无知中渔利的某些人的联盟。

若是有谁怀疑这一论述的真理性，就让他到我前面所写的那些世纪的历史中去寻找证据吧。

让他研究一下最初四百年间基督教伟大领导者的生平好了。

他定会发现，这些人几乎毫无例外地都来自古老的异教社会，都曾在希腊哲学家的学校里接受过教育，只是后来到了必须选定生计时才转到基督教会。他们当中诚然有好些人是受到了新观念的吸引并全心全意地接受了基督的言词。但大多数人从效忠于尘世的主人转变成效忠于天国的主宰，则是因为进取的机遇对后者来说要大上许多。

教会从其自身来说，总是十分明智和善解人意地不去过分追究促使许多新门徒采取这一突然步骤的动机，而且还会谨慎地努力对所有的人尽心尽意。让那些向往讲求实惠的世俗生存的人得到在政治和经济领域获益的机遇。而对那些更热衷于信仰的秉性不同的人，教会则提供各种可能的机会，逃离拥挤喧嚣的城市，以便他们得以静思生存的邪恶，甚至达到他们认为其灵魂获得永恒幸福所必需的个人超凡入圣的修为。

起初，过这种奉献和冥思的生活是相当自在的。

基督教存在的最初几百年间，不过是远离权势机构的穷苦人之间的一种松散的精神联结体。但当教会继罗马帝国之后成为世界的统治者并且变成了在意大利、法国和非洲拥有大量地产的强大的政治组织的时候，隐居生活的可能性就减少了。许多善男信女开始留恋"美好的昔日"，那时候所有的基督徒都把睡眠以外的时间投入善举和祈祷。为了再次获得幸福，如今只好人为地再造当年本是自然形成的环境。

这场过修道院式生活的运动对后来一千年间的政治和经济发展产生了巨大的影响，并为基督教会同异教的战事中提供了一支忠实有用的突击部队，究其源头则来自东方。

这是不会使我们惊异的。

在毗邻地中海东岸的国家中，文明极其古老，人类已经筋疲力尽。单以埃及为例，十种各不相同、彼此隔离的文化圈，自第一批居民占据尼罗河谷时期起，就相继循环往复。在底格里斯河和幼发拉底河之间的肥沃平原上事同此理。生活的空虚和人类努力的徒劳，在成千上万的昔日庙宇和宫殿的废墟中昭然显现。欧洲的年轻民族可能把基督教作为一种对生活的急切期望，一种对他们重新获得精力和热情的不断呼唤而接受。但埃及人和叙利亚人对他们自身的宗教生活却抱有不同的看法。

对他们来说，宗教意味着摆脱生存遭诅的有吸引力的解脱。在

对愉快的死期的巴望中,他们逃离了安放自己记忆的厝尸所,躲进荒漠以便与他们的悲哀和他们的天神独处,再也不去回望生存的现实。

出于某种莫名其妙的原因,改革一事似乎对士兵总是具有特殊的号召力。他们比其他人更直接地接触到文明的残忍和可怖。不仅如此,他们懂得没有纪律就一事无成。为基督教而战的最伟大的勇士,就是查理五世皇帝军队中的一个上尉。那位第一个把精神上的彷徨者集结成组织的人是君士坦丁大帝的军队中的一名列兵。他名叫帕肖米厄斯,是埃及人。在他服役期满后,便参加了一小伙隐居者的团体,头目是他的同胞名叫安东尼的人,他们离开了城市,在荒漠中与豺狗宁静地一起生活。由于隐居生活似乎会导致种种怪异的精神折磨并引起某种十分不幸的过分虔诚,便如在古老的石柱顶上或在荒野的坟墓里面度日(从而授异教徒以笑柄并让真正的信仰者悲伤)。帕肖米厄斯决定把整个运动置于更现实的基础之上,并借此成为第一个宗教团体的奠基人。从第四世纪中期起,共同生活的隐居者都服从叫作"最高统帅"的单一指挥官,那人再指定负责各个修道院的院长,他们把那些修道院当作天主的众多堡垒。

在帕肖米厄斯于公元346年去世之前,他的修道院主张由亚历山大城主教阿塔纳修斯从埃及带到罗马,并有数千人借此机会逃离了世俗世界,躲开了凡世的邪恶和死死逼债的债主。

不过,欧洲的气候和人们的本性使奠基人原先的计划要稍加修改。冬季的饥寒交迫可不像在尼罗河谷中那么容易忍受。再者,更讲求实际的西方头脑,对于似是东方的神圣理念不可分割的肮脏邋遢的表现,所感受的是厌恶而不是启迪。

于是,意大利人和法国人就会自问:"早期教会如此苦心孤诣地做下的善举又有何用呢？一小伙瘦弱又狂热的信徒住在距各地千里之遥的山中潮湿的帐篷里苦苦自修，那些孤儿寡母和病者当真能从这种行为中获益吗？"

因此，西方人的头脑力主要将修道院体制沿着更为合理的路线加以改进。此举要归功于亚平宁山中纳西亚镇的一个人。他名叫本尼迪克特，通称圣本尼迪克特。他的父母把他送到罗马受教育，但那座城市却使他的基督徒心灵充满了恐惧，于是他便逃往阿布鲁齐山中的苏比亚克村，在很久以前属于皇帝尼禄的一座乡间行宫的废弃的遗址中住了下来。

他完全与世隔绝地在那里生活了三年。随后，他美德的盛名开始传遍乡间，而愿意住在他附近的人的数量迅速剧增至足以住满十余座修道院。

于是，他便走出了地窟，成为欧洲修道院制度的规章制订人。他首先起草了一部法典，其各个细节都显出了本尼迪克特本人的罗马出身。发誓要遵守他的规则的修道士休想过闲散的生活。用于祈祷和静思之外的时间全都要在地里干农活。年老不宜农业劳动者，就去教导年轻人如何做好的基督徒和有用的市民。他们的工作卓有成效，在差不多一千年的时间里，本尼迪克特修道院自成一统，在中世纪的大部分时间里，获准培训了大多数有特殊才干的年轻人。

作为对他们辛勤劳动的回报，修道士们衣着体面，食物充足，每人还有一张床，可以在每天祈祷和工作之余，躺下睡上两三个小时。

但从历史的观点来看，最重要的莫过于修道士们不再仅仅是逃离俗世及义务，一心为灵魂的来世做准备的凡人，而是成为上帝的仆人。他们必须在漫长和最为痛苦的考察期内使自己合乎新的尊严标准，还要进一步在传播天国的荣耀及权势方面发挥直接和积极的

作用。

在欧洲不信教的人群中最初的传教任务已经完成。但为了使使徒们的成果不致落空,个别传教士的活动必须继之以固定居民和官员们有组织的努力。此时,修士们便肩扛他们的铁铲和斧头,手捧他们的祷告书,来到日耳曼、斯堪的纳维亚和俄罗斯以及遥远的冰岛的荒野中,他们耕种,收获,祈祷,教书,把文明的启蒙之光第一次带给了那些偏远的蛮荒之地,对那里的大多数人来说,文明还只是靠道听途说而来的一知半解。

全教会的最高执行人教皇就此利用了人类精神的一切方面的力量。

务实的人获得了相当充分的机遇使自己名声显赫,犹如梦幻者在树林的静寂中找到了幸福。没有无效的行动。什么都没有浪费。结果便是教会权势大增,不久之后,无论是皇帝还是国王都无法在实施统治时忽视其臣民中皈依基督的人的愿望。

取得最后胜利的方式颇耐人寻味。因为它表明,基督教的胜利是出于实际的原因而不是像有些人相信的那样,是突然全面爆发的宗教热情的结果。

对基督徒最后一次大规模的迫害发生在戴奥利先皇帝统治时期。

奇怪的是,戴奥利先无论如何都不是靠其近卫军之威势进行统治的欧洲众多君主中最坏的一个。但他却遭到了在应召治理人类的人物中相当普遍的(天啊!)非议。其实,他对基础经济的命题全然不知。

他发现自己拥有的帝国在迅速地四分五裂。他戎马一生,相信弱点存在于罗马军事体制的组织之中,这种体制将外围地区的防务交给占领地的士兵,而那些士兵已逐渐丧失了作战的习惯,变成了过平静生活的村夫,向理应在边境的安全距离之外的蛮族出售白菜和胡萝卜。

戴奥利先根本不可能改变这一积习成患的制度。因此他就设法创建一支新的野战军来解决这一难题:这支新军由年轻机灵的男人组成,可以在命令下达的几周之内进军到帝国遭到入侵的任何地域。

这个主意很高明,但如同一切高明的军事主意一样,是要花费大批钱财的。这笔钱只有从境内人民纳税的款项中获得。不出意料,此举导致怨声载道,人们宣称再交一文钱就要一贫如洗了。这位皇帝说,人们错了,便把此前只有刽子手才有的权力交给了收税官。但这一切都是徒劳。因为臣民们既然在其本行中辛苦一年到头来仍是入不抵出,便抛却家园,蜂拥进城或当起流民。然而,皇帝陛下

七山的罪孽之城

却不肯半途而废,为渡过难关,又颁布了一条法令,这表明古老的罗马共和国已经彻底堕落成东方的专制主义了。他大笔一挥,便使所有的政府官员、各行各业的工匠和商人都成为世袭的职业。这就是说,官员的儿子还要继续为官,不管本人愿意与否。面包师的儿子,哪怕在音乐或典当业有更大的才能,也还要烤面包。水手的儿子注定要终生待在船上,即使他们在台伯河上划船都会晕船。最后,逐日打短工的人虽然理论上说他们仍是自由民,但从生到死都被束缚在同一片土地上,无非就是变相的奴隶罢了。

要是指望这些刚愎自用的统治者能够或者愿意容忍相对为数不多的人凭自己的高兴只去遵守一部分法规,可就荒谬绝伦了。但是在评判戴奥利先苛责基督徒时,我们不要忘记,他已经背水一战,有充足的理由怀疑他的好几百万臣民的忠诚,他们从皇帝保护他们的措施中获益,却不肯分担共同的重负。

你们会记得,早期的基督徒不曾自讨麻烦地写下任何东西。他们期待着世界末日会随时到来。既然如此,何必浪费时间和金钱写些不出十年就要被天火付之一炬的文字东西呢?但当新的基督教未能兑现其预言,而且有关基督的故事(经过一百年的耐心等候之后)开始被胡编乱造地重复直到真正的信徒都莫衷一是的时候,人们就都感到在这个题目上拥有一本权威书籍的必要。于是,不少耶稣的小传和门徒的原始信函就此被纂成一部大书,叫做《新约》。

在这部《新约》中有一章《天启录》,其中包含着涉及建在"七山"上的城市的某些引证和预言。罗马建在七山之上的事实自其创建者罗姆勒斯时代起就广为人知。确实,这一奇特章节的匿名作者小心翼翼把该城称为他深恶痛绝的巴比伦。但是此举没有逃过帝国行政官员犀利的目光。当他读到那些愉快的影射时就明白了其中的含义,说那座城是什么"妓女的母亲"、"大地的污点",饮醉了圣者和殉道者鲜血,一切魔鬼注定的栖身之地,藏污纳垢之所,所有肮脏可憎之鸟的巢窠,以及凡此种种大不敬的说法。

这类词句可以解释成某个可怜狂人的呓语,他是想到了最近五十年来遇害的许多朋友而被悲愤蒙蔽了双眼。这种解释也就说得过去了。但这番话成了教堂里庄严礼拜仪式的一部分,一周又一周地在基督徒聚会的场所翻来覆去地重复着,旁观者就自然会认定,它们代表了所有基督徒对台伯河上这座强大城市的真正情感。我不想暗示基督徒们没有充足的理由怀着这种感情,但我们难以责备戴奥利先未能与此共鸣。

但还不仅如此。

罗马人对前所未闻的说法越来越熟悉了,那就是"异教徒"。最初,"异教徒"只用于那些选定了信仰某些教义,或如我们所说,某一"教派"的人。但其含义逐渐缩小到指称那些选定信仰不被业已确立的基督教的权威认可为"正确"、"合理"、"地道"或"正统"的教义的人,因此,换用圣徒的话说,指的就是"异端、谬误、虚假和永远错误"的人。

少数固守古老信仰的罗马人,理论上说不在指责为异教徒之列,因为他们仍然置身于基督教圈外,所以,严格地说,他们也无权解释其私人观点。《新约》的某些部分,诸如"异端邪说,一如通奸、猥亵、淫荡、偶像崇拜、巫术、怒火、争斗、凶杀、

君士坦丁大帝

叛乱和酗酒,都是可怕的邪恶"以及一些其他事情,出于公众的礼仪,我就不在这里赘述了。反正这类话读起来是不会使皇帝的尊严受到吹捧的。

这一切导致了摩擦和误解,而摩擦和误解又进而导致了迫害。罗马的监狱再一次塞满了基督徒囚犯,罗马的刽子手们也增加了基督徒殉道者的数量,虽然血流成河却一无所获。戴奥利先在无可奈何之中,最终回到了达尔马提亚马海滨的家乡撒罗纳,弃政归隐,全心全意地从事更饶有兴味的消遣:在后园中种起大白菜。

他的继任者没有继续压制政策。相反,由于无法指望靠武力根除基督教的邪恶,他便决定通过一场不得已的交易取得最好的结果:以为其敌人提供特惠来赢得他们的好感。

此举发生在公元 313 年,而由官方率先"承认"基督教会的荣誉就属于君士坦丁。

有朝一日我们将有一个"修正历史家国际理事会",在那些历史学家面前,所有皇帝、国王、教皇、总统和市长拥有"伟大"头衔的人都将在这一特定的标准下加以衡量。要在这一法庭前必得接受仔细审查的人士之一就是前面提及的君士坦丁大帝。

这位狂野的塞尔维亚人曾经在欧洲的各个战场上挥舞长矛,从英格兰的约克到博斯普鲁斯海峡旁的拜占庭。在一生的作为中,他曾经杀害过他的妻子、姐夫和年仅七岁的侄儿,还处决了好几个地位不高但重要的亲戚。尽管如此,就在他向最危险的对手莫克赞蒂厄斯发动进攻之前的慌乱时刻,他为得到基督教的支持而大胆许愿,从而赢得了"摩西第二"的美名,并最终被亚美尼亚和俄罗斯的教会奉为圣者。他至死都是个野蛮人,虽然表面上接受了基督教,其实直到他临终之日还试图用蒸祭羊的内脏来占卜未来。这一切却统统被忽略了，人们只记得这位皇帝在著名的《宽容法》中向他亲爱的基督教徒臣民保证的"自由表达己见和集会不受骚扰"的权利。

此前我曾再三陈述，在四世纪上半叶，教会的领导人都是务实的政治家，当他们最终迫使皇帝签下这一永世难忘的法令时，就把基督教从一个小教派的级别提高到钦定国教的尊位。但他们深知这一成果是以什么方式如何取得的，而且君士坦丁的后人们也对此了如指掌。虽然他们试图以铺天盖地的演说加以掩盖，但那一安排从来没有失去其最初的特色。

※ ※ ※

"交付给我吧，噢，强大的统治者，"内斯特主教对狄奥多西皇帝呼吁，"把教会的全部敌人都交付给我吧，我将给你天堂以作回报。与我站在一起，压制那些不赞成我们教义的人，作为回报，我们将与你站在一起，消灭你的敌人。"

在过去的二十个世纪里，还有其他交易。

但是以妥协使基督教掌握大权这样厚颜无耻的行为，当属鲜见。

第五章　囚禁

就在帷幕最后一次降落在古代世界之前，一个人物穿过舞台，他的命运并不像他过早的死去那样不济，他的"圣徒"称号也并非溢美。

我所说的就是朱利安皇帝，他是君士坦丁大帝的侄子，于公元331年诞生在帝国的新都。公元337年他那位著名的叔父去世。其三个子嗣立即陷入继承权之争，以饿狼般的暴怒互相厮打。

为了排除一切可能染指部分赃物的人，他们下令杀死住在首都内外的所有亲戚。朱利安的父亲就是其中的一名遇害者。朱利安的母亲在他出生几年之后就死去了。这样，这个年仅六岁的男孩便成了孤儿。他的一个疾病缠身的异母哥哥分担了他的孤独，并陪伴他读书。他们的学业内容主要是讲述基督教信仰的优越，授课的是一个善良又平庸的老主教，叫做尤斯比厄斯。

但在孩子们长大些之后，他们周围的人明智地决定把他们送到更远的地方，以便掩人耳目，也就可能逃过拜占庭小王子们的那种劫难。他们被送到小亚细亚腹心地带的一个小村庄。生活虽然枯燥，

废弃的庙堂

却使朱利安有机会学到许多实用的东西。因为他的邻居都是凯帕多西亚的山民,这些纯朴的人依然信奉他们祖先的天神。

这个少年毫无身居显位的机会,当他要求专心求学时,便得到了准许。

他先是去了尼科姆迪,那是硕果仅存的几处继续传授古希腊哲学的地点之一。他在那里装了满脑子的文学和科学,已经把尤斯比厄斯教过的东西排挤掉了。

随后他获准去了雅典,以便在充满对苏格拉底、柏拉图和亚里士多德崇敬回忆之地研读。

与此同时,他的异母哥哥已遭暗杀;他的堂兄,也就是君士坦丁唯一留下来的儿子君士坦蒂厄斯想起来此时只有他和他那个小哲

学家堂弟是皇室幸存下来的两个男性成员,便派人召回朱利安,和善地接纳了他,还好心好意地把自己的妹妹海伦娜许配给他,吩咐他前往高卢,保护该省不受蛮族侵犯。

看来,朱利安从他的希腊教师那里学到了比舌辩之才更实用的东西。公元357年,当日耳曼的阿拉曼尼部落威胁法兰西时,他在斯特拉斯堡附近摧毁了他们的军队,并把默慈河及莱茵河之间的大片土地并入高卢行省,就此住进巴黎,在他的图书馆里填满了他所喜爱的作家的新著,这个生性严肃的人也喜形于色了。

当这些胜利的消息传到皇帝的耳中时,却没有点燃欢庆胜利的希腊之火。恰恰相反,皇帝制订了周密的计划,要铲除这个功高盖主的对手。

但朱利安在他的士兵中广受拥护。当军士们听说他们的总司令要奉命回国(以礼貌的方式邀请,回去即被斩首)时,便涌进了他的宫殿,当场宣布他为皇帝。同时,他们还散布说,若是朱利安拒绝,就把他杀死。

朱利安是个聪明人,当即接受了。

即使当时已是帝国的暮年,罗马各大道仍旧养护得很好。朱利安以迅雷不及掩耳之速,从法兰西的腹地进军到博斯普鲁斯海岸。但在他抵达首都之前,却听到了他的堂兄康斯坦蒂厄斯亡故的消息。

就这样,一个异教徒又一次成为西方世界的统治者。

当然,朱利安一心要做的事情是不可能实现的。说来确实奇怪,这么聪慧的一个人怎么会觉得,死去的昔日何以会依靠武力而起死回生;他竟然以为,只消一模一样地重建卫城,并在荒芜的学院园林中住上穿着往昔宽袍的教授,用五个世纪之前已经在地面上消失的语言彼此交谈,伯里克利的时代就会复苏。

然而这确实是朱利安想要做的。

他在位的短短两年时间里,他的全部努力都花费在重现当时他的大多数臣民都嗤之以鼻的古老科学的辉煌上了;都用在重燃研究精神之上了——可是那时的世界是由一伙文盲教士统治着的,他们理所当然地认定一切值得知晓的东西都包含在一部书中,个别的调查研究只能导致丧失信仰,招来地狱之火;朱利安还努力要在朝气蓬勃、热情洋溢的人们中间重新建立欢乐的生活。

反对之声从四面八方涌向朱利安,许多比他更坚忍的人在这种情况下都会被逼得绝望发疯的。至于朱利安,简直被彻底压垮了。他曾一度向他的伟大先祖求救。哪怕安提阿的基督教民众向他投掷石头和泥块,他也拒不惩罚那座城市。哪怕愚钝的教士想激怒他又重演迫害的悲剧,这位皇帝仍执意指示他的官员"不要造成任何殉道者"。

公元363年,一支仁慈的波斯箭矢结束了这人奇特的生涯。

对这最后一位最伟大的异教徒君主而言,这恐怕是再好不过的结局了。

若是他活得再长些,他的宽容力和他对愚昧的憎恶或许会把他变成那个时代最专横的人。如今,他在医院的病榻上能够说起:在他的统治期间,没有一个人由于个人见解而遭到处决。对于他的仁慈,他的基督教臣民却报以无休止的仇恨。他们夸耀说,是皇帝自己的士兵(一个基督徒军团的士兵)射死了他,他们还精心炮制了颂歌赞美那名凶手。他们大肆宣扬,朱利安在弥留之际如何忏悔他那种做法的错误,并认同了基督的神权。他们用尽四世纪词汇库里极其充实的肮脏字眼,给这位一生简朴苦行,时时关注为人民谋福的正人君子的名声抹黑。

当他被抬进坟墓时,基督教的主教们终于能够自诩为帝国名副其实的统治者了,他们当即动手搜遍欧洲、亚洲和非洲的偏远角落,摧毁反对他们的一切势力。

在瓦林廷尼安和瓦林斯兄弟俩从公元364年至378年的统治时期,通过了一项法令,禁止所有罗马人向他们古老的神祇祭献牲畜。异教的教士就此被剥夺了收入,被迫另谋生计。

但比起狄奥多斯皇帝下令让所有臣民不仅要接受基督教义,还要接受天主教形式的法律,这些规定还算是温和的呢。狄奥多西自命为天主教的庇护人,而天主教则独霸了人们的精神世界。

在该法律颁布之后,所有固守其"错误观念"的人,所有坚持其"发疯邪说"的人,所有仍然忠于其"恶毒教义"的人,都要自食以身试法的恶果,要被流放或处以死刑。

从那时起,旧世界即快步走向最终的消亡。在意大利、高卢、西班牙和英格兰,异教的神庙已毁废无存。这些庙堂或者被拆成石头移做修建桥梁、街道、城墙或水利工程之用,或者改建成为基督教的聚会场所。自罗马共和时代以来累积的成千上万的金、银神像被公然没收或私下盗窃,残存的也被打碎。

六百多年来为希腊人、罗马人,以及埃及人崇敬至极的亚历山大城的塞拉佩尤姆神庙被夷为平地。自亚历山大大帝创建以来便闻名遐迩的那所大学仍保留在原地,继续教授古老的哲学,结果吸引了地中海沿岸各地的大批学子。虽然有亚历山大城主教的谕旨,这所大学未被关闭,但其教区的教士却自行其是。他们闯入课堂,把硕果仅存的伟大的柏拉图学派的教师海帕蒂娅私刑处死,分尸之后扔到街上喂狗。

在罗马,情况也没好到哪儿去。

新的世界帝国

朱庇特的神庙被封了,古罗马信仰的基础《古罗马神言集》被付之一炬。朱庇特神庙成为一片废墟。

在著名的图尔斯主教治下的高卢,原先的天神被宣称为基督教

彼此匹敌的监狱

魔鬼的前身，因此供奉他们的神庙受命从地球上消失。

在偏僻的乡间，若是农民起而保卫他们爱戴的天神，士兵们便会奉命而至，用斧头和绞架平息这类"撒旦的暴乱"。

在希腊，破坏的进程要缓慢一些。但在公元394年，奥林匹克运动会终于被取消了。在不间断地存在了一千一百七十年之后，希腊民族生活的这一中心如此终结，其余的事情就易如反掌了。哲学家们被一个接一个地逐出国境。最后，奉贾斯蒂尼安皇帝的旨意，雅典大学被关闭。办学基金被没收。最后的七名教授被剥夺了生计，出逃到波斯。乔思罗斯国王殷勤地接待了他们，并恩准他们以下"棋"——一种新奇的印度游戏，来平静地度过余生。

在五世纪的上半叶，克莱索斯陀大主教已能底气十足地宣称，古代作者和哲学家的著作已经从地球上消失了。西塞罗和苏格拉底，维吉尔和荷马（更不消说那些数学家、天文学家和物理学家了，他们是所有好基督徒特别憎恨的对象）被遗弃在成千的阁楼和地窖中遭到忘却。要过六百年之后，它们才能重见天日，而在此期间，世人只好听任这样的精神食粮由神学家们恣意妄为。

这是一种奇特的减肥食谱，却绝不是（用医学行话来说）一个均衡的食谱。

基督教会虽然战胜了异教诸敌，却被许多严重的磨难所困扰。吵嚷着要为其古老的神祇焚香的高卢和卢西塔尼亚的贫苦农民可以轻而易举地加以制服。那些神祇是异端，而法律是站在基督教一边的嘛。但奥斯特罗戈斯、阿拉曼或朗戈巴德人宣称，亚历山大城的教士艾利厄斯有关基督真正本性的看法是正确的，而他的对头和同城的主教阿塔纳修斯却是错误的（或者恰恰相反）；朗戈巴德人或者法兰克人坚决主张，基督和上帝不是"同一体"而只是"相似体"（或者恰恰相反）；汪达尔人或撒克逊人坚持认为，内斯特称圣母玛丽亚是"基督之母"而不是"上帝之母"是真情实况（或者恰恰相反）；勃艮第人或弗利西人否认耶稣具有人、神二重性（或者恰恰相反），所有这些接受了基督教的头脑简单却武装精强的蛮族，虽说观念上不幸出了错，他们却都是教会坚定的朋友和支持者，确实无法用一般戒律加以处罚，也不能用永恒的地狱之火来恐吓。对他们只能好言相劝，要他们知错并将他们带回具有博爱和奉献的仁慈精神的信众中来。但在此之前，他们必须接受明确的教旨，让他们一劳永逸地了解什么是他们应该坚持的真理，什么又是他们必须反对的谬误。

人们意欲把从属于信仰的所有问题达至某种统一，这就最终导致了那些著名的聚会，合起来通称"基督教世界联合会"。自四世纪中期以来，这种会议就不定期地召开，以确定什么教义正确，什么

教义含有异端之嫌,从而应被指为错误、谬论、虚妄和邪说。

该联合会的首次会议于公元325年在距特洛伊废墟不远的尼西亚召开。第二次会议于五十六年之后在君士坦丁堡召开。第三次则于公元431年在以弗所召开。之后,会议接二连三地在博斯普鲁斯海峡东岸的查尔斯顿,两次在君士坦丁堡,一次在尼西亚相继召开,最后一次于公元869年在君士坦丁堡举行。

不过,这以后会议就在罗马或由教皇指定的某座西欧城市中举行了。因为自从四世纪以来,人们普遍认为,虽然皇帝在理论上有权召集这样的会议(这一特权附带要求他为忠诚的主教们付路费),但必须对强有力的罗马教皇的建议予以重视。尽管我们毫不了解是谁主持了尼西亚的首次会议,但后来的会议全都是由历任教皇主持的,而且这些神圣聚会的决议未得到教皇或他的代表批准,就不被视为有效力。

至此,我们可与君士坦丁堡告别,到西部我们更熟悉的地区中旅行了。

宽容与专横之争多年来始终反复进行,一派人认为宽容是人类最伟大的美德,另一派人则指责宽容是道德弱点的明证,我不拟对此命题的纯理论方面加以关切。不过应该承认,教会的斗士在为异教徒开脱时,都讲得头头是道。

他们这样分辩:"一个教会就和其他组织一样,如同一个村落,一个部族或一座堡垒,总得有一个总指挥,一套全体成员必须遵守的明确的法规及细则。由此,那些宣誓效忠教会的人也就不言而喻地发誓要尊重总指挥并遵守法律。若是他们觉得做不到这一点,他们就要对自己的决定自食其果并滚出教会。"

到此为止,这一切都完全正确而合理。

第五章 囚禁　　105

持异议者

如今,若是一位教长觉得他不能再信仰浸礼会教派的典章,就可改宗美以美教派,而如果出于某种理由,他不再相信美以美教

派,他还可以成为唯一理教派或天主教或犹太教的教徒,甚至还可以转投印度教或土耳其的伊斯兰教。世界是宽广的。门是敞开的。除了忍饥挨饿的家人,旁观者是不会对他说"不"的。

但如今是一个轮船、火车和拥有无穷经济机遇的时代。

而公元五世纪却不这么简单。当时是绝对没有一处罗马教皇没有施加影响的地区。人们当然可以像许多异教徒那样到波斯或者印度去,可是路途迢迢,而幸存的机遇却渺茫。何况这还意味着他本人及其子女的永世流放呢。

最后,若是一个人由衷地认定他心中的基督观念是正确的,而且他坚信,说服教会修改教规只是个时间问题,那么他为何不将他好端端的权利交付给他乐于信仰的教会呢?

这正是全部问题的关键所在。

早期的基督徒,无论忠诚还是异端,都认为,思想价值是相对的,而不是绝对的。

一伙数学家因为他们不能在 X 的绝对值上取得一致而互相把对方送上绞架,这种荒谬也抵不上一个联合会中博学的神学家们试图为不可能定义的东西下定义,并将上帝的本质归纳成公式那么荒唐可笑。

然而,自以为是和专横跋扈的精神已经彻底地掌控了世界,直到最近,主张在"我们永远不可能弄清是谁非"的基础上倡导宽容的人,依旧要冒生命的危险,而且通常只把他们的警告隐含在斟词酌句的拉丁文字中,也就只有一两个绝顶聪明的读者才能参透其中的玄妙。

第五章 囚禁 107

第六章　生活之纯正

这里有一个小小的数学问题,已经脱离了一部历史书的范围。

取绳一根,将其绕成一个圆圈,如图:

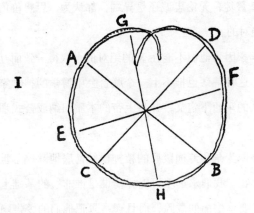

在该圆中,各条直径当然是相等的。

AB=CD=EF=GH,等等,以此类推。

但是,轻拉两边,将圆变成椭圆。完美的平衡立即被破坏。直径各不相等了。AB 和 EF 被大大地缩短了。而其余的,尤其是 CD

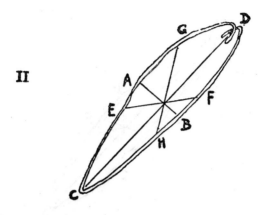

则加长了。

现将此数学问题转用到历史中。为说明问题，现假设：

AB 代表政治

CD 代表商贸

EF 代表艺术

GH 代表军事

在图 I 的完美平衡中，所有线段长度相等，故对政治的关注与对商贸、艺术及军事的关注相当。

但在图 II 中（已经不再是完美的圆），商贸受到过分优待，代价是政治和艺术几乎消失不见，军事显出增长。

或使 GH（即军事）成为最长的直径，其余则趋于全然不见。

你会发现，这是认识许多历史问题的方便钥匙。

用这把钥匙试着开一下希腊的锁。

在短期内，希腊人尚能维持全面成就的完美圆圈。但不同政派中间愚蠢的争吵很快就发展到把国家的剩余精力消耗在无休止的内战上了。战士们不再保卫国家，抵抗入侵。他们转而随意地把矛头

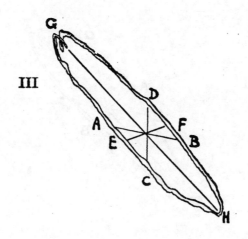

对准自己的同胞:那些投票选了别的候选人或者想要对赋税稍加修改的人。

在这些圆圈中最重要的直径——商贸,起初困难重重,后来完全无能为力,只好逃向世界的其他地方,以享有更大程度的稳定。

贫困从城市的前门进入之时,就是艺术从后门溜走之日,而且再也不会露面。资金乘着一百海里之内所能找到的最快的船只扬帆而去,由于智力活动是昂贵的奢侈,因此也就无法维持优秀的学校,最好的教师匆匆奔往罗马和亚历山大城。

留下来的是一伙二流公民,只知抱残守缺。

这一切之所以发生,是因为代表政治的那条线增长得超出了比例,因为完美的圆被毁弃。而代表艺术、科学、哲学等线段被压缩到零。

若是你把圆圈的命题用于罗马,你就会发现,那里的一条叫做"政治权力"的特殊线段变得长啊,长啊,直到其他各线段都化为乌有。那个带来罗马共和国荣耀的圆消失了。留下的仅仅是一条窄窄的直线,即成败之间的最短距离。

再举一例,若是把中世纪基督教的历史浓缩成这种数学,你就会发现下列情况。

最早的基督徒曾努力维持一个完美行为的圆圈。他们或许忽略了科学那条直径,但由于他们对世俗生活并无兴趣,就难以指望他们对医学、物理学或天文学十分重视,毫无疑问,那些有实用价值的东西,对那些单等末日审判,将现实世界视为进入天堂的前厅的善男信女们没有多少吸引力。

不过,基督教的其余忠诚信徒在千方百计地努力(无论多么不够完美)要过一种高尚的生活,既勤奋又慈善,既诚实又宽厚。

可是,他们的小团体一经成为一个强大组织,原有精神圆圈的完美平衡就被新的国际性的责任和义务粗暴地颠覆了。一小伙食不果腹的木匠和采石工很容易遵循他的信仰,即贫困和无私的原则。但罗马皇位的继承人,西方世界的大主教,全欧大陆上最富有的地主,却不可能像波美拉尼亚①或西班牙某个行省的一个小镇的低级执事那样过简朴的生活。

或者,运用本章中圆圈的术语,代表"世俗"和"外交政策"的直径被加长,代表"谦卑"、"贫穷"和"无私"以及其他基督教基本美德的直径被缩减到微乎其微了。

我们这代人一谈起中世纪愚昧的人民,很自然地会满怀同情心,因为我们深知他们生活在一团漆黑之中。确实,他们在教堂里点燃蜡烛,在摇曳的烛光中上床就寝,他们没有什么书,对许多事情一无所知,而那些事情如今在初级学校和较高级的精神病院中都在教

---

① 旧时普鲁士北部的一个行省。

授了。但知识和智慧是截然不同的两码事,那些具有杰出智慧的自由民建起了政治和社会结构,我们至今还生活其中,当然发展得更充分了。

如果说他们在很长时间里都要明显无助地在教会中忍受许多可怕的凌辱,我们在评价他们时还是慈悲为怀才好。他们至少还有勇气坚持信仰,而且对任何他们认为错误的东西可以无视个人幸福和舒适去战斗,往往在绞架上终结自己的生命而在所不惜。

除此之外,我们就无从说起了。

确实,在公元的最初一千年中,只有为数不多的人为他们的理念牺牲了性命。不过,并非是因为教会对异端不像后来那样反应强烈,而是因为教会为更重要的问题忙得不可开交,无暇顾及相对无害的持不同观点的人。

首先,欧洲还有许多地方依旧接受奥丁神①及其他异教神祇的最高统治。

其次,发生了一件极不愉快的事情,几乎对整个欧洲构成了毁灭性的威胁。

这件"极不愉快的事情"就是一位名叫穆罕默德的新先知突然出现,一群信奉新天神安拉的人们征服了西亚和北非。

我们儿时读取的故事满是"异教狗"以及土耳其人的暴行,我们早早留下了印象:耶稣和穆罕默德各自代表的理想彼此水火难容。

但事实上,这两个人属于同一种族,讲的是同一语族的方言,两人都宣称亚伯拉罕是其始祖,都追溯到一千年前矗立于波斯湾畔的共同祖居地。

---

① 北欧神话中的主神,掌管战争、死亡和文化、艺术。

然而，这两位堪称近亲的伟大导师的追随者却始终彼此虎视眈眈，他们之间的征战已经持续了一千二百多年，至今尚未结束。

时隔多年之后的今天，再去推测当年可能会如何如何，已经毫无意义，但确曾有一度，罗马的死敌麦加满可以轻而易举地接受基督教信仰的。

如同所有沙漠居民一样，阿拉伯人也花费大量时间豢养牲畜，因此，也有许多时间用于默祷。城里人一年到头都可以在集市上寻欢作乐，麻醉灵魂。但牧民、渔民和农夫却过着孤独的生活，需要嘈杂和激动之外的物质生活。

阿拉伯人在寻求拯救时，曾经尝试过好几种宗教，但他们只对犹太教情有独钟。这很容易解释：因为阿拉伯地域住满了犹太人。在纪元前十世纪，许多所罗门王的臣民，为其统治者的专制和高税所激怒，逃到了阿拉伯的地域，五百年之后的纪元前586年，巴比伦王尼布加尼撒征服了犹太人，成群结队的犹太人第二次逃往南部的沙漠地带。

因此，犹太教即为众人所知，而且犹太人只追求唯一天神的信仰，与阿拉伯部落的渴望及理想殊途同归。

稍知穆罕默德著作的人都会明白，那位麦地那的先知从《旧约》中借用了多少智慧。

从实玛利①（与其母海加②一起埋葬在阿拉伯腹心地带犹太神殿中的至圣所）的后裔对拿撒勒的那位青年改革家③所表达的观点并无敌意。相反，当耶稣说到唯一的上帝是所有人的慈父时，他们还

---

① 在《圣经》故事中被其父亚伯拉罕摒弃。
② 据《圣经》故事，她是亚伯拉罕之妾。
③ 指耶稣。

热切地追随了他。他们并不怎么情愿接受那位拿撒勒木匠的追随者们大肆宣扬的奇迹。至于复活，他们明确地拒不相信。但一般地讲，他们还是善意地倾向于新的信仰，并且情愿为其保留一个机会。

但是穆罕默德却在某些狂热的基督徒手中遭尽苦难，那些人通常缺乏判断力，不等他开口讲话，就宣称他是骗子、伪先知。由此，加之基督徒是信仰三位而不是一位天神的偶像崇拜者的说法，使得沙漠居民最终背离了基督教，宣布他们信服那个麦地那的赶驼人，因为他对他们只讲唯一的天神，而不用什么三个神祇为"一体"却又不是一个来搅得他们稀里糊涂：到底是三个还是一个，全靠主持的教士凭一时之便和兴之所至信口开河。

于是，西方世界就有了两个宗教，谁都宣称自己那个天神是唯一的真神，而且还坚持，其他的神祇都是假冒的骗子。

如此的观点冲突自然会引发战争。

穆罕默德于632年逝世。

没出十几年，巴勒斯坦、叙利亚、波斯和埃及全都被征服，而大马士革成了伟大的阿拉伯帝国的首都。

在656年年底之前，整个北非海岸都接受安拉成为其真主，穆罕默德从麦加逃往麦地那后不到一个世纪，地中海就成了穆斯林的内湖，欧亚之间的所有通道都被切断，欧洲大陆处于包围之中，这种状态一直延续到十七世纪末。

在这种局面下，基督教是不可能将其教义向东传播的。它只能指望保住已有的地盘。德意志、巴尔干半岛、俄罗斯、丹麦、瑞典、挪威、波希米亚和匈牙利已被选中作为深入精神耕耘的沃土，总的来说，收效颇丰。偶尔有查理曼大帝那样特例的粗鲁的基督徒，他好心好意可惜野性未退，会诉诸武力，屠戮信奉外国神祇的臣民。

第四次十字军东征

但是大体上说,基督教的传教士还是大受欢迎的,因为他们都是诚挚的人,讲的又是简单明了的故事,谁都能懂,而且还因为他们为这个充满血腥、争斗和拦路抢劫的世界,带来了秩序、整洁和慈爱。

但是当前方传教进展顺利之际,教会帝国的腹心地带却劫难丛生。用本章开头部分所讲的数学概念来看,世俗的线段不停地加长,直到基督教会内的精神元素最终完全沦为政治和经济的附庸。虽说罗马教廷在权势上增长了,且在随后十二个世纪的发展中具有极大的影响,四分五裂的因素已经显而易见,而且世俗的和教内的有识之士都看出了这一点。

如今的北方新教的教众把教堂想成一座建筑物,一周的七天中

第六章 生活之纯正

有六天空闲,那地方只有礼拜天人们才去听布道,唱几首赞美诗。我们知道,在我们的一些教堂里有主教,这些主教偶尔在镇上召开一次会。那时我们会发现周围都是些衣领后翻的慈眉善目的老绅士,我们还在报纸上读到,他们宣布自己喜欢跳舞或反对离婚。会后他们回到家中,在社区过着不受干扰的宁静幸福的生活。

我们很少把这样的教堂(哪怕就是我们自己的教堂)与我们的生死及所有社会活动联系在一起。

当然啦,政府就大不相同了。政府可以拿走我们的钱,而且还会为公众利益所需时杀死我们。政府是我们的主子,是我们的东家,而如今我们通常称作的"教会",却是我们信得过的好朋友,哪怕与它发生了口角,也还是无关紧要的。

但在中世纪时就完全不同了。当时,教会是看得见、摸得着的十分活跃的机构,它呼吸着,存在着,以政府想都想不到的许多手段束缚着每个人的命运。很可能,接受感恩戴德的亲王们馈赠的土地,从而放弃了古老的安贫乐道理想的第一批教皇的,并没有预见到这样的政策所必然引起的后果。起初,忠诚的基督徒对圣徒彼得的继承者献上一份他们自己的世俗物品似乎没有什么弊端或不妥。何况,从约翰格罗茨到特莱比松,从迦太基到乌普拉沙,都有无孔不入的复杂的管理体制在上面监督呢。想一想那些成千上万的秘书、教士和录事,更不消说不同部门数以百计的头目,他们人人都要有居所,都要穿衣吃饭。再想一想在整个欧洲大陆往来奔波的信使的开销;时而去伦敦,时而从诺夫格勒返回的外交使者的旅行花费;以及为保持教皇的廷臣与世俗的亲王会面时衣着要毫不逊色地得体入时的必要开支,哪一项不需要钱呢。

同理,回顾一下教会逐渐代表了什么,思考一下在这种稍稍优

越的境遇中教会可能会成为什么样子，这样的发展变化似乎是极大的遗憾。因为罗马教廷迅速地发展成了巨大的国上之国，其宗教色彩已消退得十分苍白，而教皇则成了统治世界的独裁者，将西欧各国全都掌握在手中，相比之下，古代帝王的统治反倒显得慷慨大度了。

这时，就在一定的范围内取得完全成功之际，发生了遏制统治世界野心的事情。

天主的真正精神，在群众中再一次掀起了轩然大波，这对于任何宗教组织都是最不舒服的一件事情。

异端邪说并非新鲜事。

单一信仰的统治一出现，就有了持异见者，人们可能对唯我独尊的信仰具有不同看法，而自基督教一经出现就有的争论，把欧洲、非洲和西亚在长达数世纪之久的时间内分裂成敌对的阵营。

但是，多纳图派、撒布里乌派、一性论者、摩尼教派和聂斯脱利派之间头破血流的争吵难以纳入本书的范围。总的来说，双方同样心胸狭窄，在阿里乌①的信徒和圣亚大纳西②的信徒之间难以取舍。

何况，这种争吵不可避免地基于某些神学的晦涩之处，如今已逐渐被淡忘。我若是把这些羊皮纸上的旧账从坟墓中挖掘出来，真是天理难容。我不想在本书的编写中浪费时间挑起神学的怒火。我宁可告诉我们的孩子们知识自由的理想，一些先人曾经冒着生命危险为之奋斗，还要让他们警惕傲慢的教条态度和自尊自大的作风，在过去的两千年间，那可是造成了许多可怕的灾难的。

但是当我写到十三世纪时，就是完全不同的故事了。

---

① 阿里乌（256～336），古代基督教神学家，其学说在尼西亚会议上被定为异端。
② 圣亚大纳西（296～373），古代基督教希腊教父，亚历山大城主教，卫护基督教正统教义，反对阿里乌教派。

那时候，异教信徒不再只是持异见者，为《启示录》中一处含混词句的误译或是圣约翰福音书中一个神圣字眼的错误拼写而固执己见。

他由此而成为维护那些理念的斗士，在古罗马皇帝提比略统治期间，一个来自拿撒勒村中的木匠为之赴死，看啊！他俨然以唯一的真正基督徒的形象巍然屹立！

第七章　宗教法庭

公元1198年，塞格尼伯爵洛太里奥继承了他的叔父保罗在位没几年的教皇，登上了至尊的宝座，成为英诺森三世。

他是拉特兰宫历任教皇中的佼佼者之一。他即位时年届三十七岁，曾是巴黎大学和布隆大学的荣誉学生。他富有、聪慧，精力充沛，雄心勃勃，善于利用他的职位，可以当之无愧地宣称，他管理的"不仅是教会，而且是全世界"。

他驱逐了罗马帝国的总督，从而摆脱了日耳曼人的干预；收复了由帝国军队控制的那些亚平宁半岛的地盘；并最终通过开除帝国皇位候选人的教籍，使那位太子身陷重重困境，只好彻底放弃了阿尔卑斯山另一侧的领地。

他组织了著名的第四次十字军东征，不过始终未曾看到圣地，而是奔向了君士坦丁堡，屠杀了该城的大批居民，掠夺了一切可以搬走的东西，那种野蛮的暴行使得之后的十字军不敢在希腊港口露面，害怕会被当作强盗处以绞刑。英诺森确曾表示过，他并不赞成这种声震天庭并使少数备受敬重的基督徒心怀厌恶与绝望的行径。

但他是个务实的人。不久之后见风使舵，任命了一个威尼斯人出任空缺的君士坦丁堡的最高主教一职。依靠这一妙笔，他将东正教再次纳入罗马教廷的治下，还同时赢得了威尼斯共和国的好感，自那时起，威尼斯人就把拜占庭的领土视为自己的东部殖民地并加以治理。

在精神事务方面，这位教皇也显示了高超的手腕和成就。

教会在差不多一千年的踟蹰之后，最终认定，婚姻不仅是男女之间的民事契约，也是最神圣的礼仪，需要教士的当众祝福方能生效。法国的菲力普·奥古斯特和莱昂的阿方索四世随心所欲地调整了他们的国内事务，当即受到警告让他们安分守己，由于他们都是小心谨慎的人，便连忙遵照教皇的旨意行事了。

甚至在新近接受基督教的远在北方的地区，那里的百姓也明确地意识到他们的主人是谁。国王哈康四世（被他的海盗伙伴称作老哈康）刚刚征服了一个小小的帝国，除去他所在的挪威之外，还包括了苏格兰之一部、冰岛、格陵兰、奥克尼群岛和海布里地群岛。他不得不向罗马法庭讲清楚他那有些纠缠不清的身世之后，才得以在古老的特隆赫姆大教堂里加冕。

事情就是这样。

保加利亚国王将其希腊战俘一概杀光，偶尔还要折磨一下拜占庭皇帝，看来他并不是一个笃信宗教的人，但他千里迢迢来到罗马，卑躬地祈求教皇承认他为封臣。而在英格兰，有几个男爵想要约束他们的主子，便接到了教会粗暴的通知，由于他们的宪章"依仗武力而获取"，因而无效，随后又因为他们给这个世界提供了称作《大宪章》的著名文献而被清除出教会。

从这一切看来，英诺森三世不会轻易放过对教会的法律质疑的

少数简朴的织布工和文盲的牧羊人提出的要求。

然而，我们即将看到，还是有些敢于挺身而出如此行事的人。

一切异端邪说都是极大的难题。

异教徒几乎无一例外都是穷人，并无宣传上的禀赋。他们间或写出一些阐述自己观点和抗敌自卫的笨拙的小册子，也会立刻落入掌权的宗教法庭派出时刻警觉的密探之手，并被当即销毁。因此，对这方面情况的了解只能依靠对多数异端分子的法庭审讯记录，及其异教徒的敌人所撰写的向虔诚信徒揭露新的"撒旦的阴谋"的文章——他们意在免除全世界受到欺骗，并对此种行为进行警告。

结果，我们通常得到的便是这样一幅混杂的图像：一个衣衫褴褛的长发人，住在贫民窟最低处的一处空地窖里，拒绝接触像样的基督教食品，宁肯吃素食，除去水之外别的一概不喝，不与妇女为伍，叨咕着有关救世主再次降临尘世的奇怪预言，指责教士的世俗和恶毒，利用对既定秩序心怀叵测的攻击来宣泄对令人尊敬的邻人的厌恶。

毫无疑问，许多异端分子使自己饱受伤害，似乎这就是过分自重的人的命运。

毫无疑问，他们中的许多人，受到并不神圣的狂热的驱使，遍身脏污，像是魔鬼，散发着怪味，用他们关于真正基督徒生存的奇特观念，把他们家乡的日常规则颠覆了。

但我们必须赞许他们的勇气和诚挚。

他们失去了一切却收获甚微。

按照常规，他们一事无成。

当然，这个世界上的一切都趋于组织化。最终，哪怕是那些根本不相信组织作用的人，若想有所成就，也要组成一个"非组织促进协会"。而中世纪的异端分子，虽说喜好神秘并沉迷于激情，同样概莫能外。自我保护的本能使他们聚在一起，而他们的不安全感迫使他们在神圣的教义外面包裹上层层神秘玄奥的典仪。

当然，忠于教会的人民群众却无法在这些教派和群体间加以区分。他们把这些人笼而统之地称作摩尼教徒或者其他一些贬义名称，觉得这样就解决了问题。

于是，摩尼教徒就成了中世纪的布尔什维克。当然我无意用"布尔什维克"的称谓暗指某个有明确纲领的政党成员，他们几年前在沙俄帝国建起自己的统治力量。我指的是那种语焉不明的辱骂，如同今天的人们撒在从上门收租的房东到没有把电梯停在正确楼层的电梯工的一切个人的怨气。

对于上等基督徒而言，摩尼教徒是最该反对的人。不过，由于拿不出任何明确的罪名来审讯他们，只好把他们指定为异端分子，这种办法比起正规法庭引人瞩目又程序缓慢的循规蹈矩，倒是具有确定无疑的优越性，不过有时会缺乏准确性，并造成许多误判错杀。

使得摩尼教备受指责是由于以下事实：其初始教派的创建者波斯人摩尼是仁慈的化身，在历史上实有其人。他于三世纪初生于叫做艾克巴塔纳的镇子里，其父帕塔克是颇有资财和影响的人物。

他在底格里斯河畔的科特斯丰接受教育，青年时期的成长环境，如同今日的纽约一样是个语言混杂的国际城市，集笃信宗教与不信天神，耽于物质享乐与满怀理想精神于一体。来自四面八方的各种异端、宗教、宗派、教派在造访美索不达米亚这一伟大的商贸中心时都会受到追随。摩尼倾听着各种不同的传经和预言，然后把佛教、基督教、密特拉光明神教和犹太教混在一起，再撒上一些古巴比伦迷信的东西，便提取出了自己的哲学。

除去他的追随者有时把他的教义发挥到极致之外，可以说，摩尼不过是复活了古老的波斯神话中关于善恶二神为争夺人类灵魂而无休止地争斗的观念。他把古老的恶神与《旧约》中的耶和华联系到一起，使耶和华成为魔鬼，而把万福之神与四部福音书中的天父相关联。而且在佛教的影响之下，摩尼进一步相信，人的肉身在本质上是肮脏可鄙之物；所有人都该尽力通过不断的苦修来摆脱尘世的野心，并严守节食的戒律并注意举止，以免落入邪神（魔鬼）的毒手，在地狱中遭焚。结果，他恢复了一大批饮食上的禁忌，为其追随者开出了只限于冷水、干菜和死鱼的食谱。只吃死鱼的戒律可能让我们吃惊，不过海中的动物由于冷血，通常被视为对人的不朽灵魂的危害要比陆地上的热血动物少，那些人宁死也不肯吃一小口牛肉，但他们高高兴兴地吃大量的鱼，一点也不会良心不安。

摩尼在轻视妇女上表现出他是个地道的东方人。他禁止门徒成婚，提倡人类缓慢消亡。

至于由犹太教派创立的、洗礼者约翰发起的洗礼及其他宗教仪式，摩尼一概深恶痛绝，他的圣职候选人不是把身体浸入水中，而是实施按手礼。

这位怪人二十五岁那年，开始向全人类解释他的观念。他首先访问了印度和中国，取得了相当的成果。然后他返回家乡，把教义的祝福带给自己的邻居。

但那些波斯教士们发现，由于那些超凡的教义的成功，他们减少了许多秘密收入，便转而反对他，还要求将他处死。起初，摩尼受到国王的保护，但国王死后，其继任者对宗教问题毫无兴趣，把摩尼交给了教士阶层。他们把他押到城墙边，钉上十字架，剥下他的皮，悬在城门前示众，以此警告那些对这位艾克巴塔纳预言家的异教表现出兴趣的人。

经过这场与当局剧烈的冲突，摩尼教本身分裂了。但这位预言家的观念片断，如同许多精神流星一样，在欧亚两洲的大地上广泛散落，并在随后的几个世纪中，继续在朴实贫苦的民众中激起动荡，他们本能地捡起了摩尼的观念，经过审视后，发现特别对他们的口味。

摩尼教到底在什么时候如何进入欧洲的，我就不得而知了。

最可能的是通过小亚细亚、黑海和多瑙河流传而来。随后便越过阿尔卑斯山，并迅速在德意志和法兰西备受欢迎。在这些地方，这一新教义的追随者给自己取了东方名字：凯瑟利，即"过纯洁生活的人"；这番苦情蔓延开来，在整个西欧，"凯策"或"凯特"成了"异端"的同义语了。

但是请不要认为"凯瑟利"指的是一个明确的宗教派别的成员。没人进行过建立新教派的努力。摩尼教的观念对一大批人产生了重大影响，而这些人却认定自己只是基督教虔诚的儿子，而不是其他教派。这就使得这一特殊形式的异端非常危险，难以分辨。

普通的医生比较容易诊断由省级医疗机构的显微镜下即可发现其存在的大型病菌引发的疾病。

但上天保佑我们不受在紫外线照射下仍能隐藏的微生物的侵害，因为它们也要继承世界。

从基督教的观点来看，摩尼教是最危险的社会流行病，它遍布基督教组织的高层，其可怕之处就在于它不像形形色色普通的精神苦恼那样能够早早发现。

虽说只是窃窃私议这些摩尼教的教义，但早期基督信仰的一些坚定的支持者确实表现出了这种病症的征兆。是啊，连基督教最英明的纯正的卫士,那个在摧毁异教最后堡垒中贡献最大的圣奥古斯丁,据说内心中都怀着摩尼教的情愫。

于385年死于火刑柱的西班牙主教普利西林,罪名就是具有摩尼教倾向,他因为是反异教法的第一个牺牲品而闻名。

甚至教会的首脑们似乎也堕入了令人生厌的波斯人的教义的魔咒之中。

他们开始鼓励世人不要阅读《旧约》,到了十二世纪终于颁布了那条著名的律令:所有神职人员今后一概不得成婚。切莫忘记,这些波斯人禁欲的理念,不久就对精神变革的一位最伟大的领袖产生了深刻的印象,使那个最受爱戴的好人,艾西斯的弗朗西斯,制定了充满严格的摩尼教纯洁精神的新的修道院规章,由此而为他赢得了"西方释迦牟尼"的美誉。

不过,当自发的贫困卑微的灵魂的这些高贵理想开始过滤到普

普罗旺斯

通百姓之日，恰逢世上另一场皇帝与教皇之争正酣之际，彼时，举着十字和鹰隼旗号的外国雇佣军正在为地中海沿岸珍贵的一块块土地打得不可开交；一群群东征的十字军带着从敌人和朋友手中夺来的不义之财正在驰返家园；修道院院长居住在奢侈的宫殿并蓄养着一伙廷僚；教士们匆匆应付着早弥撒，以便赶赴狩猎早餐。这种时候一些十分令人不快的事情就必然会发生，而且当真发生了。

不必惊诧的是，对教会状况的公开不满是在法兰西的一处地方发生的，那里的古罗马文化传统维持的时间最久，而且文明从未被野蛮主义所吸收。

那地方是在地图上找得到的，叫做普罗旺斯，处于地中海、隆河及阿尔卑斯山之间的三角地带。腓尼基人的前殖民地马赛，曾经是也仍然是普罗旺斯最重要的港口，那里拥有为数不少的村镇，始终是一片沃土，阳光明媚，雨量充沛。

当中世纪欧洲的其他地方仍在聆听长发的条顿英雄们的野蛮故事时，普罗旺斯的游吟诗人们就已创造了新的文学形式，日后促成了现代小说的诞生。再者，普罗旺斯人和邻人西班牙及西西里的穆斯林间有着紧密的商贸关系，这使人们能够了解到当时科学领域中最新的出版物，而在北欧，这种书的数量则屈指可数。

在普罗旺斯，恢复早期基督教的运动早在十一世纪的最初十年就已开始明朗了。

可是，无论如何生拉硬拽，这些也不能构成公开反叛的罪名。四下里在某些小村子中，总会有些人开始影射地说，他们的教士应该像教民一样过简朴的生活；他们拒绝（噢，想想那些古代的殉教者吧！）随他们的爵爷出征；他们还要学习拉丁文，以便自己研读福音书；他们也毫不隐瞒，他们并不赞成殛刑；他们不承认有"炼狱"存在，耶稣死后的六百年间"炼狱"始终被官方宣布为基督教天国的一部分；而且（一个最重要的细节）他们拒绝向教会缴纳什一税。

只要反对教会当局的叛逆领袖们一旦被搜寻出来，若是他们不听规劝，就一定会被清除。

然而，这种邪恶还在蔓延，最终必须召集普罗旺斯全体主教开会，商讨采取什么措施制止这一极具煽动性的危险骚动。他们不断开会，继续争论，直到1056年。

这时已经表明，普通形式的惩罚和革除教籍已无引人注目的效果。那些一心要过"纯洁生活"的平民百姓反倒乐于有机会在监狱的铁窗后显示一下他们的基督教慈善和原有精神。万一被判死罪，他们也会如羊羔般乖乖地迈步走向火刑柱。何况，一个殉道者留下的空位会马上被十余个圣洁的新人补缺。

罗马教廷的代表坚持要对此严惩不贷，而当地的贵族和教士（深知他们百姓的秉性）却拒不执行罗马的指令。他们争辩说，暴力只能刺激异端分子的灵魂更加坚定地反对理性的声音，白白浪费时间和精力。双方的争执差不多延续了一个世纪。

之后，在十二世纪末，该运动从北方得到了新的动力。

在隆河与普罗旺斯相连的里昂，住着一位叫彼得·沃尔多的商人。他是个严肃认真又极为慷慨的好人，他一心效仿救世主的榜样，简直到了发痴的地步。耶稣曾经教导说，骆驼穿过针眼都比一个富有的青年进入天国要容易。历经三十代的基督徒们一直想讲清楚，耶稣说这番话时的真实含义。彼得·沃尔多没去费那种心思。他读了这句话便信以为真。他将自己的全部财产分给穷人，退出商界，不再积累新的财富。

彼得·沃尔多

约翰曾经写道:"汝需自寻《圣经》。"

对于这句话,有二十位教皇都曾予以评论,并审慎地圈定,在什么条件下,一个俗人才可以不受教士协助直接研读《圣经》。

彼得·沃尔多却另有见地。

约翰说了:"汝需自寻《圣经》。"

好嘛。于是彼得·沃尔多就去自寻了。

当他发现自己读到的东西和圣杰罗姆的结论不相吻合时,他就将《新约》译成自己的母语,并把他的译稿在普罗旺斯的广大地区散发。

起初,他的活动并没有引起什么注意。他的热情施舍看来并不危险。说不定还能说服他为那些希望过真正清苦日子并抱怨现有的修道院过于奢侈和舒适的人,制订一些新型修道院苦修规章呢。

罗马一向善于为那些因笃信过度而惹是生非的人找到适当的宣泄口。

但是一切事情都应该循规蹈矩。在这方面，普罗旺斯的"纯洁人"和里昂的"穷苦人"就太出圈了。他们不仅不把他们的行为向主教通报，甚至还斗胆宣称了惊人的观点：不靠专职教士的帮助，照样能成为完美的基督徒；罗马教皇无权在其辖区之外对人们发号施令和强迫别人相信什么，这正如塔尔塔利大公和巴格达的哈里发也没有这种的权限一样。

教会陷入了进退两难，事实上，它拖延了好久最后才决定诉诸武力来消除这一异端。如果一个组织基于的原则是认定：只有一种思维和生活方式才是正确的，其余一概都该诅咒、该搞臭，那么其权威性一旦受到公开质疑，它必然会采取激烈的手段。

若是教会做不到这一点，很可能就无法维系下去。出于这一考虑，罗马终于被迫采取果断行动，炮制了一系列的惩治办法，让未来的持异见者心怀怵惧。

阿尔比教徒（因阿尔比城而得名的异教徒，该城为新教义的温床）和沃尔多教徒（因其创始人彼得·沃尔多而得名）由于其居住地没有太大的政治价值，因而也无法有效地自我保护，遂被拿来开刀。

一名教皇的代表统治普罗旺斯多年，简直把那里当作了被征服的领地，他被谋杀一案便被英诺森三世用作了干涉的借口。

他调动了一支正规的十字军去攻击阿尔比教徒和沃尔多教徒。

在四十天内加入讨伐队进攻异教徒的人，可以得到免除债务的实惠；还可以赦免过去和将来的罪孽，也可以在一段时间内不受一般法庭的审判。这样的优惠对北欧人极具吸引力。

既然一场攻打普罗旺斯富庶城市的战争能够同时获得精神和经

第七章 宗教法庭 129

济的奖励,又何必劳师动众、千里迢迢地到东方的巴勒斯坦去呢,用这种短得多的服役换取同等的荣誉又何乐而不为呢?

圣地一时被置之脑后,来自法兰西北部、英格兰南部、奥地利、撒克森和波兰的贵族士绅中的败类,便涌向南方,逃避地方法官,准备用普罗旺斯的财富重新填满他们业已空虚的钱箱。

被这帮豪勇的十字军绞死、烧死、溺死和肢解的男女老幼的数量众说不一。我也不清楚有几万人被斩尽杀绝了。反正无论在什么地方什么时候发生正规的屠杀,具体数字都是讳莫如深的,在这次事件中,根据不同城镇的大小,各处的死者应在两千到两万人之间。

贝济埃城被攻陷后,当兵的一时分辨不出谁是异教徒,谁又不是。他们把问题提交给教皇代表——他是随军充当精神顾问的。

"我的孩子们,"那个好人回答说,"去把他们统统杀死好了。我主自会晓得谁是他的顺民。"

一个正牌十字军的老兵,名叫西蒙·德·蒙特福特的英国人,以其花样翻新的杀人手段而著称。为了报答他的"有价值"的功绩,他

最后的沃尔多教徒

得到了在那里掠夺的大片土地,而他的下属也论功获赏。

至于从那场大屠杀中幸免于难的少数沃尔多教徒,他们都逃进了庇耶德蒙的人迹罕至的山谷,在那里建起了自己的教堂,一直坚持到宗教改革的年代。

阿尔比教徒更为不幸。经过一个世纪的鞭刑和绞刑之后,他们的名字从宗教法庭的报告中消失了。但在三个世纪之后,稍加改头换面,他们的教义得以复兴,由撒克森的教士马丁·路德加以宣扬,从而引起了宗教改革,打破了罗马教廷独享了差不多一千五百年的垄断。

这一切当然都瞒过了英诺森三世那双犀利的眼睛。他还以为,难关已然渡过,绝对听命的原则已胜利地得到确立。《路加福音》第十四章第23句中,耶稣讲了一个故事:某个打算请客的人发现在他的宴会厅中还有空位,好几位客人还没到,就对仆人说:"你出去到路上拉几个人进来。"——那条著名的命令再次得以实现。

那些异教徒就是被勉强拉进来的。

教会依旧面临着如何把他们留下来的问题,此事直到多年以后才得到解决。

之后,由于地方法庭多次试验未果,类似阿尔比教徒起事期间首次使用的特别询问法庭就在欧洲的各个首都中成立起来了。这些法庭专事审判所有异教案件,逐渐被简称为"宗教法庭"。

即使在宗教法庭早已废止的今天,只要一提起这个字眼,仍会使我们心中充满莫名的不安。我们仿佛目睹了哈瓦那的黑牢,里斯本的刑讯室,克拉科夫①博物馆中生锈的大锅和烙人的刑具,黄色的

---

① 位于波兰,"二战"前为犹太人聚居地。

兜头帽和黑色的面具，一个大下巴的国王斜睨着一眼望不到头的老年男女蹒跚着慢慢走向绞架。

写于十九世纪下半叶的好几部通俗小说，无疑都与这种罪恶暴行的深刻印象有关。因此，我们可以把其中的四分之一归于作者的主观想象，另外四分之一算作新教徒的偏见，那么剩余的一半也恐怖得足以证明：所有的秘密法庭都是难以容忍的邪恶，在文明人的社会中绝不能再允许其出现了。

亨利·查理·李用了八卷的长篇巨著论述宗教法庭的题目。我将其浓缩到两三页的篇幅，以如此短小的文字简述中世纪历史最复杂的问题实在勉为其难。因为没有一个宗教法庭堪与如今的最高法院或国际仲裁法庭相比。

在不同的国家中有形形色色的宗教法庭，都是出于各异的目的而创建的。

最臭名昭著的要数西班牙的皇家宗教法庭和罗马的神圣宗教法庭。前者处理地方事务，专门监视伊比利亚半岛及美洲殖民地的异教徒。

后者的魔爪伸向全欧各地，曾在欧陆北部烧死了圣女贞德，在南部烧死了齐达诺·布鲁诺。

严格地说，宗教法庭确实没有杀过一个人。

在教士法官宣判之后，异教徒罪犯便被移交给世俗当局。当局可以对罪犯为所欲为了。若是他们没有判处罪犯死刑，就会招致许多不便，甚至会被逐出教会或失去罗马教廷的支持。有时候罪犯会逃过这一劫，未被递解给地方法官，那么他只会更加倒霉。因为他会在一个宗教法庭的监牢中单独禁闭余生。

由于在火刑柱上速死强于在石砌城堡的黑洞中缓慢折磨到发疯，

许多罪犯一股脑地招认一切罪名,本来完全无辜的就被判处异教之罪,从而能够脱离终生囚禁的苦海。

折 磨

要不偏不倚地撰写这一题目绝非易事。

说来似乎难以置信，在长达五个多世纪的时间里，世界各地竟有成千上万与世无争的平民，只因为悄悄传了某些长舌邻居离经叛道的话，就被半夜从床上拖走；在脏污的地牢里监禁数月或数年等待不知姓名和身份的法官出现；他们根本不知道自己所犯何罪；不准了解与他们为敌的证人的姓名；也不准与他们的家人通话或者咨询律师；若是他们继续分辨无罪，就会遭到酷刑，直至打断四肢；别的异教徒可以对他们进行不利举证，若是有利举证，则不予听取；最后他们被送去一死，仍是一头雾水，不知所犯何罪才导致厄运。

更难以想象的是，已经埋葬了五六十年的男女，又会从坟墓中挖出来"缺席"定罪，而如此遭罪的人的后人还要在死者身后五十年后被剥夺世俗财产。

事实就是如此，由于宗教法庭的审判官们为了分享充公的全部财物，这样的荒唐之举绝非罕见。一些孙辈往往因为其祖辈被认定在两代人的时间之前做过什么而沦为乞丐。

二十年前在沙俄全盛时期读过报的人都记得密探这种人。通常，密探都是具有迷人个性和满腔"悲情"的地道的小偷和洗手不干的赌徒。他们不动声色地让人知道，是他的懊悔使他投身革命，常常以此来换取那些真心反对帝国政府的人的信任。他一得到新朋友的秘密，马上就把他们出卖给警局，装起赏钱，奔赴另一座城市，重操这一卑鄙行当。

在十三、十四和十五世纪，欧洲的南部和西部就遍布着这群歹毒的密探。

他们以告发那些据说批评过教会或对某些教义置疑的人来谋生。

若是邻里中没有异教徒，这种密探的工作便是凭空捏造。

因为他可以心安理得地相信屈打成招,不管被害人如何无辜,他也不会有风险,仍可继续以此为业,永无止境。

在许多国家中地道的恐怖统治都采用了这种允许匿名举报他人思想不端的制度。最后,没人敢于信任他至亲至爱的朋友了。一家人之间也被迫心怀戒意。

执掌大量宗教法庭工作的托钵僧充分利用了由此造成的恐慌,在几乎两个世纪中,他们靠着民脂民膏过活。

是啊,我们可以有理有据地说,宗教改革的主要原因就是大批群众对这些不可一世的乞丐已经深恶痛绝了:他们身披虔诚的教士袍服,强行进入正派人家,睡在最舒适的卧榻之上,吞咽着美味佳肴,还要人家待己为上宾,若是他们没有得到理所当然的享受,就会威胁向宗教法庭举报他们的施主,由此得以过上舒适的生活。

教会当然可以对这一切解释说,宗教法庭只起精神健康官员的作用,其信誓旦旦的职责就是防止错误思想在群众中蔓延。它可以用宽恕的例子向所有无意犯错的异教徒表明,对他们的观点可以既往不咎。它甚至还宣称,除了叛教者和屡教屡犯的人,没有人被判处过死刑。

但即使这样又怎么样呢?

把一个无辜者变成死囚的花招同样可以再用来使他表面上悔过自新。

密探和造假者从来就是密友。

那么在奸细行当中,几份伪造的文件又有何妨?

第八章　好学的人们

现代的不宽容，如同古代的高卢一样，分成了三部分：由懒惰造成的不宽容，由无知造成的不宽容，由自私造成的不宽容。

第一种情况或许最普遍，可以在每一个国家和所有社会阶层中遇到，尤以小村庄和老镇子中最常见，而且不仅限于人类。

我们老家有一匹马，在考利镇的一间暖和的马厩中度过了前二十五年的安稳生活，不过它却不喜欢西港同样暖和的仓房，原因只有一条：它一直住在考利镇，对那里的一草一木都很熟悉，它知道在康涅狄格州的山山水水间日日漫步时，不会受到新的陌生景象的惊吓。

科学界迄今为止花费了大量时间研究波利尼西亚群岛上不存在的方言，却漠然地忽略了狗、猫、马、驴的语言。假如我们懂得那匹名叫"杜德"的马对它先前在考利镇的邻居说的什么话，我们就会听到它无法容忍的最激烈的一番发泄。因为"杜德"的岁口已经不小，所以它的习惯早就"定型"了。它的习惯全都是许多年以前形成的，故此考利镇的所有风俗习惯对它似乎都是对的，而西港的

习俗举止直到它死的那天都会被看作是错的。

正是这种特定的不宽容使父母对子女的愚蠢表现大摇其头,还引起对"美好的老日子"荒谬的留恋;使得野蛮人和文明人都穿上了不舒服的衣服;使这个世界充满了多余的废话,也使抱有新观念的人成为人类的敌人。

不过,话说回来,这种不宽容相对而言是无害的。

我们迟早都会吃这种不宽容的亏。过去,这种不宽容造成千百万人离乡背井,因此它又是广大的无人居住地区出现永久定居点的原因,否则那些地方至今仍会荒无人烟。

第二种不宽容就要严重多了。

一个无知的人单单出于无知就会成为害群之马。

但是当他为自己的缺乏头脑杜撰借口时,他就益发可怕了。因为在这种时候,他在自己的灵魂中竖起了自以为是的花岗岩堡垒,从他那座顽固的堡垒的高顶上,他公然蔑视他的一切敌人(即那些不像他那样持偏见的人),要他们拿出他们在世上生活的理由。

遭受这种苦恼的人既苛刻又鄙俗。因为他们时时生活在一种恐惧之中,就易于变得残忍,乐于折磨他们憎恨的人。正是在这伙人当中,"上帝的特选子民"一类的怪念头率先出现。不仅如此,这种妄想的牺牲品总是不断地依靠想象他们和不可见的天神之间的关系给自己打气壮胆,当然,也为他们的不宽容增添了一点精神安慰。

比如说,这种人从来不说:"我们绞死丹尼·迪弗尔是因为他威胁到了我们的幸福,我们对他的痛恨无以复加,就是乐意绞死他而已。"噢,不!他们绝不这么说。他们郑重其事地召开秘密会议,一连数小时或几天或几周仔细考虑所说的那位丹尼·迪弗尔的命运。到了宣读最终判决时,那个可能只有些偷偷摸摸行为的可怜的丹尼

第八章 好学的人们 137

当场肃立,俨然成为一个胆敢冒犯上天意志(这意志私下授予特选子民,只有他们才能阐释这种意志的内容)的最可怕的罪犯,因此对他处以殛刑就成了神圣的职责,法官也因为勇气十足地给这名撒旦的同伙判罪而无限荣耀。

好心且善意的百姓,和那些心狠手辣的邻居一样,都这样轻而易举地陷入了最致命的幻觉魔力之中,这在历史学上和心理学上都已屡见不鲜了。

人们兴高采烈地观赏上千的可怜的殉道者遭难,这些群众绝对不是罪犯。他们是正派、虔诚的人,自以为正在他们的天神面前做着值得高兴和夸耀的举动呢。

若是有人跟他们说起"宽容"二字,他们就会加以驳斥,认为这是不光彩地承认道德弱点。他们或许没有宽容之心,但在那种场合下,他们反倒得意扬扬,言之凿凿。因为当时,在湿寒的清晨,丹尼·迪弗尔身穿藏红色的衬衫和点缀着小妖图案的马裤,站在那里,然后缓慢而坚定地走向市场的绞架。至于围观的群众,一看完这场示众,当即回到舒适的家中,吃起熏肉青豆的丰盛饭食。

这本身不就足以证明他们的思想行为是正确无误的吗?

不然的话,他们怎么会围观呢?难道不是位置颠倒了吗?

我承认这样的论据是苍白无力的,但却十分普通又难以辩驳,因为人们由衷地相信自己的观点就是天神的观点,若说有错,简直不可思议。

还有由自私引起的第三种不宽容。这诚然是嫉妒的一个变种,如同麻疹一样普通。

当耶稣来到耶路撒冷教导人们说,依靠宰杀十几只牛羊是收买不到全能上帝的青睐的,那些靠祭礼谋生的人全都高声指斥他是危

险的革命者，趁他来不及从根本上危害他们的主要收入来源之前，就设法把他处死了。

几年之后，圣徒保罗来到以弗所，在那里宣讲威胁珠宝商生意繁荣的新教义，因为珠宝商靠出售当地女神狄安娜的小圣像发了大财。为此，金匠公会差一点把这位不速之客施加私刑。

一些人依靠既定形式的崇拜谋生，另一些人则为了神庙的利益要把群众从原有的神庙中带走。这两种人之间始终公开争斗不止。

当我们准备讨论中世纪的不宽容时，应该时时记住我们在处理一个十分复杂的问题。只有在极为个别的情况下，我们才能面对这三种不宽容表现中的一种表现。通常，在引起我们关注的迫害案情中，这三种形式常常并存。

一个拥有大量财富，经营着成千上万平方英里土地，并占有千百万农奴的组织，自然会将其全部怒火发泄到要重新建立朴实无华"地上天国"的一群农夫身上。

在这种情况下，消灭异教就成为一种经济上的必然，其不宽容也就属于第三种，即源自自私自利。

但当我们开始考虑另一群感到官方非难沉重压力的人们即科学家的时候，问题就变得无边的复杂了。

为了理解教会当局对那些试图揭示大自然秘密的人的罪恶态度，我们应该回溯到许多世纪之前，研究一下在公元前六个世纪期间欧洲实际发生的事情。

蛮族入侵以其洪水泛滥的绝对无情横扫了欧洲大陆。古罗马七零八落的国家形态在污泥浊水中傲然挺立。但曾经存在于那些城垣中的社会已经不复存在。他们的书籍被波浪冲走。他们的艺术在深深的无知的泥潭中遭到遗忘。收藏、博物馆、实验室和积累起来的

第八章 好学的人们 139

大量科学事实，凡此种种都被来自亚洲腹心地带的粗鲁的蛮族用作燃料投入了篝火。

我们有好几份十世纪图书馆的书目。希腊的书籍（君士坦丁堡不计在内，它远离欧洲中心，就像如今的墨尔本那样遥远），西方人简直没有拥有多少。这说来不可思议，但确实全都消失不见了。对亚里士多德和柏拉图的著作中少数章节的片断译文（翻译质量极差），就是当时的学者想要了解古人思想时找得到的全部资料了。若是他打算学习古人的语言，是找不到人教授的，只有一小伙在拜占庭的神学辩论中铩羽而归的希腊教士，被迫逃离家园，在法兰西或意大利找到一处临时的救济所避难。

拉丁文的书籍倒是不少，但大多数都写于第四、第五世纪。硕果仅存的经典手稿被漫不经心地一再抄录，其内容已不再看得懂，除非有人终身研读那些古文。

至于科学书籍，除去欧几里得的一些简单命题，其他书已不复存在，而令人痛心的是，人们也不再需要这些书了。

由于世界的统治者敌视科学，而且不鼓励在数学、生物学和动物学，更不消说天文学领域中的独立钻研，科学已经地位低下，根本没有实用价值了。

用现代头脑去理解当年的状况，是极端困难的。

二十世纪的人，对也罢错也罢，都深信进步的概念。至于能否使这个世界尽善尽美，我们并不清楚。但我们觉得我们负有神圣的职责去努力。

是啊，有时候对于必然进步的信念似乎已经变成了全国的国教。

可是，中世纪的人都没有也不可能分享这样的理念。

希腊人梦想着一个充满美妙事物的世界，这样的美梦不过是昙

旧世界重新崛起

花一现！这样的美梦被笼罩那个不幸国家的政治变动粗暴地搅扰了，以致以后几个世纪的希腊作家都成了悲观主义者，他们观察着一度是幸福祖国的废墟，凄惨地认定，一切世俗的努力最终都是一场空。

而罗马的作者们则能够从上千年的连续不断的历史中得出结论，在人类的发展中发现了某种向上的趋势，其中最著名的伊壁鸠鲁就曾愉快地担起教育年轻一代争取更幸福美好未来的任务。

随后就是基督教到来了。

人们感兴趣的中心从这个世界转向了另一个世界。人们差不多当即就陷入了黑暗的深渊，只有无望地顺从了。

人是邪恶的。人之邪恶出于天性和偏好。人沉溺于罪孽之中，生于罪，活于罪，并在悔罪中死去。

但是在旧的和新的绝望之中存在着差别。

希腊人坚信（或许确是如此）：他们比别人更聪慧，受过更好的教育，他们还很怜惜那些不幸的蛮族。但他们不认为由于自己是宙斯的选民而与其他民族有任何区别。

而基督教却从未能摆脱其先祖。当基督徒采用《旧约》作为他们信仰的《圣经》的一部分时，他们就接过了难以置信的犹太人教义的衣钵，认为他们的族人与其他民族"不同"，只有公开信仰某种官方确认的教义的人才有望得到拯救，其余的人则注定要沉沦。

这种观念当然给那些缺乏谦恭精神、自诩为在成千上万的同类中备受上天垂青的人以巨大的直接利益。在许多至关重要的岁月里，这种观念使得基督教徒成为一个紧密相连、自成一家的小团体，在异教的汪洋大海中顾自漂流。

向四面八方伸展的水域中发生了什么事，对于特图利安、圣奥古斯丁或其他忙于将教义写成文字典籍的人来说，完全无关紧要。他们最终的希望是到达一处安全的海岸，并在那里建立他们的天国。与此同时，至于其他人希望实现和成就的东西则与他们毫无关系。

于是，他们便为自己创立了有关人类起源及时空有限的全新理念。埃及人、巴比伦人、希腊人和罗马人发现的奥秘引不起他们的丝毫兴趣。他们由衷地相信，一切过去有价值的东西随着耶稣的诞生全都付诸东流了。

比如说关于地球的问题。

古代科学家认为，地球是数十亿星球中的一个。

基督教徒公开反对这种概念。在他们看来，他们居住的这个小小的圆盘是宇宙的中心。

地球是为一群特定的人有个临时家园这一特殊目的而创造的。创造地球的方式十分简单，《创世记》的开篇中做了充分的描写。

到了有必要确定上述这群人到底在地球上待了多久的时候，问题就有点复杂了。处处都有大型古物、湮没的城市、绝灭的怪物和硅化植物为证。不过这些实

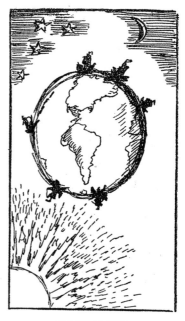

那个圆圆的世界

物都可以据理驳斥，视而不见，矢口否认或狂呼滥叫地否定其存在。这样做了之后，再来确定创世记的固定日那也就简单易行了。

在那样一个宇宙中，一切都静止不变，起始于某年某月某日，会在某年某月某日终结，其存在只是为了独一无二的宗教。在这样的宇宙中没有余地留给数学家、生物学家、化学家及其他一心关注普遍规律的人，因为这群人钻研的是时空领域的永恒和无限。

确实，许多科学家争辩说，他们在内心里是教会忠诚的儿子。但真正的基督徒更清楚：一个真心诚意地断言对信仰热爱和奉献的人是不会去知晓那么多或者拥有那么多书籍的。

一本书就足够了。

这本书就是《圣经》，其中每一个字母，每一个逗号、分号和感

叹号，都是由受到神启的人记录下来的。

帕里克利时代的希腊人若是闻知在一本定为圣书的里面包含着支离破碎的民族史的片断，令人生疑的爱情诗，半疯的先知含混不清的幻觉，以及对出于某种原因惹恼了亚洲许多部族神灵的那些人最下流的痛斥的整章篇幅，一定会不以为然的。

但是，三世纪时的蛮族几乎是卑躬地膜拜这部"文字"的，对他们来说，那是文明的一大奥秘，当这本书被他们接二连三的教会会议推荐为无懈可击的完美经典时，他们就心甘情愿地接受了这部非同小可的文献，把它看作人类所知或欲知的一切，他们还进而斥

无可辩驳的论据

责和迫害那些否认天国,将研究范围超出摩西和以赛亚限定界线之外的人。

甘愿为原则献身的人毕竟有限。

与此同时,某些人的求知渴望却是遏制不住的,应该为他们被抑制的精力找个宣泄口。作为好奇和压抑之间冲突的结果,长出了发育不全的弱小的智力幼苗,后来被称为"经院学派"。

这要追溯到八世纪中期。当时法兰西国王矮子丕平的王妃伯莎产下一子,他比那个好国王路易更有理由被称作是法兰西民族的恩主圣贤。法王路易花费国人的八十万土耳其金币作为其获释的赎金,事后为奖励臣民的忠心,路易王特恩准他们建立自己的法庭。

那位王子接受洗礼时得名卡罗鲁斯,如今在许多古代宪章的落款处都可以见到他的签名。他的签名有些笨拙。不过查理从来不善拼写。他在孩童时代曾经学习阅读法兰克文和拉丁文,但他提笔写字时,由于一生与俄罗斯人和摩尔人作战患上了风湿症,手指动作不灵,只好放弃了写字,雇了几个当时最出色的书写家充当他的秘书,替他撰写。

这个征战边疆的老兵,以五十年间只穿过两次"便服"(罗马贵族的长袍)而自豪,却对学识的价值有天才的领悟,他把朝廷变成一所大学,以便他及廷臣的子女可以就读。

这位喜欢休闲的西方的新王身边围着当时最著名的人士。他对学院式民主推崇备至,以致放弃了一切礼仪,并像简朴的大卫兄弟一样积极参与讨论活动,允许地位低下的教授和他对面争辩。

但是,当我们审视使这群人感兴趣的题目和他们争论的问题时,就会联想起田纳西州一所乡村高中辩论团选中的题目。

那些题目至少是十分幼稚的。在公元800年时认为真实的东西,

新的一贯正确

到了1400年仍然会抱同样的看法。这并非中世纪学者的过错,他们的头脑无疑与二十世纪的继承人同样好使。他们的处境和现代的化学家或医生相同,即使得到调查研究的充分自由,他的言行也绝不能偏离1768年初版的《不列颠大百科全书》中所收入的化学和医学资讯,而彼时的化学实际上是一门不为人知的学科,外科更是与屠宰相提并论。

结果(反正我已经把我的比喻搅乱了),具有巨大脑容量而实验却极其有限的中世纪科学家,使我们多少联想到装到旧时廉价小汽车上的罗尔—罗依斯发动机。只要一踩油门,就会出不知多少事故。等到他能安全操作,按照交通规则驾驶这辆奇特的玩意儿时,已经有点可笑了,费了好大的力气也到不了目的地。

当然,佼佼者们对被迫遵循的进展速度感到绝望。

他们千方百计地想逃避教会密探无时不在的监视。他们写出了浩繁的大部头作品,竭力验证与他们认定是正确的东西针锋相对的道理,以便暗示他们头脑中最重要的看法。

他们采用了各种瞒哄手段把自己包藏起来:穿着奇异的袍服;在天花板下挂上鳄鱼;在架子上摆满装着怪物的瓶子;把有怪味的草扔进火炉,从前门吓跑邻居。他们以此造成一种不为害他人的疯子的名声,这样一来,无论说些什么,就不致祸从口出了。他们逐

渐发展出一套完整的科学伪装的体系,直到今天,我们仍难以弄清他们的真实想法。

数世纪之后,新教徒对科学和文学表现出同中世纪教会一样的不宽容,虽然事实如此,但已离开本章的主旨,姑且不谈。

伟大的宗教改革家可以尽情地高声咒骂,但他们都难以把恫吓变成反对压制的行动。

而罗马教廷不仅拥有镇压敌人的权势,而且一遇机会,就能运用其权势。

对于那些喜欢对宽容和专横的理论价值进行思考的人而言,上述差别或许无关紧要。

但是对于那些面临要么当众宣布放弃信仰要么当众接受鞭刑的倒霉蛋来说,可就是个实实在在的难题了。

有时他们缺乏勇气坚持表述他们掌握的真理,宁可把时间浪费在由《天启录》中提到的动物名称构成的方格填字谜上,我们切莫对他们苛责才是。

我可以肯定地说,在六百年前,我是不会写现在这部书的。

第九章　向书开战

我越来越感到撰写历史的难处了。我就像一个自幼受训做提琴手,可是到了三十五岁突然拿到一架钢琴并受命像克拉威尔一样当演奏家,理由是"钢琴也是音乐"。我学会了一种技巧,却不得不在另一个截然不同的领域里实践。我学的是根据已经明确建立的秩序去看待过去的一切事件;那是一个由帝王、大公和总统在众议员、参议员和财政大臣的协助下较为有效地主管的世界。此外,在我的青年时代,上帝仍是默认的凌驾于一切之上的至尊,需要尽最高的崇敬和礼仪来对待。

随后便是大战临头。

事物的旧有秩序被彻底颠覆,皇帝和国王被废黜,负责任的大臣们被不负责任的秘密委员会取代,在世界的许多地方,天国被委员会的一纸命令正式关闭,一个不复存在的经济学的雇佣文人被官方宣布为自古以来一切先知的继承人。

这一切当然不会持久。但文明却要花费好几个世纪的时间去追赶,到那时我早就不在人世了。

当此之时,我必须充分利用现有的东西,但这谈何容易。

就拿俄国的问题来说吧。二十多年前,我在那块"圣地"上度过了一段时间,我们拿到手的外国报纸的四分之一版面都被涂得一片漆黑,技术上称作"鱼子酱"。涂黑的栏目是一个小心的政府为了遮蔽臣民的耳目。

世界普遍认为,这种监督是"黑暗时代"的复苏,让人难以接受,西方伟大共和国的人保存了几份被"鱼子酱"的美国滑稽报纸,以便向国内的人展示:那些闻名遐迩的俄国人实际上是多么落后的野蛮人。

随后伟大的俄国革命到来了。

在过去的七十五年中,那位俄国革命者一直在大声疾呼,他是被迫害的可怜虫,毫无自由可言,作为证据,他指出,所有倾心社会主义事业的杂志都受到了严密监视。但是在1918年,劣势者转而成为优势者。那么又怎样了呢?获得自由的朋友们取消了报纸审查吗?根本没有。他们封闭了所有不对新主子说好话的报刊,把许多他们不中意的编辑送到了西伯利亚或天使长那里(并无选择余地),总之,他们表现出的专横要比"小白父"为害四方的部长和警长表现出的超出上万倍。

我是在相当自由的环境中长大的,人们倾心相信弥尔顿的格言:"按照自己的良知去感知并自由地表达和争论的自由,才是最高形式的自由。"

如同电影所说,"打仗了"。于是我就看到了那一天:《神山布道》被宣布为亲德的危险文献,不准在千百万市民中自由发行,若是出版了,编辑和印刷人就会被处以罚款或监禁。

鉴于这一切,更明智的选择似是放弃对历史进一步的研究,而去写作短篇小说或从事房地产交易。

但这样做就是承认失败。因此我们要坚持己业,尽量想着:在一个十分规范的国度里,每一个正派的公民都应有权思考和表达他认为真实的东西,只要他不妨碍邻人的幸福和舒适,不做违背文明社会良好举止的事情,或者破坏当地法规,就没什么不可以的。

这当然就使我成为一切官方检查制度的敌人而被记录在案。依我之见,警察当局应该监视那些为了牟利而印制某些色情报刊的人。至于其他印刷品,应该准许各人自便。

我这样讲,不是以理想主义者或改革家的身份,而是作为一个痛恨浪费精力并熟悉近五百年历史的务实的人。这五百年清楚表明:用暴力手段强压出版或言论自由,从来没有任何益处。

胡言乱语如同炸药一样,只有封闭在一个狭小密闭的容器中,并受到外力的冲击,才会是危险的。一个脑子里装了半瓶经济学理念的倒霉鬼,就算听任他去演讲,也吸引不了几个好奇的听众,而且通常会招来哄笑,说他瞎费工夫。

而这个人若是被大字不识的粗鲁法官戴上手铐,拖进监狱,单独禁闭三十五年,他就会成为巨大同情的对象,最后被推崇为烈士。

但是还要记住一件事。

有多少为伟大事业献身的烈士,也就有多少为坏事送命的歹徒。这些歹徒狡猾至极,没人说得出他们下一步会做什么。

因此我会说:让他们说,让他们写吧,若是他们有话要说,那好嘛,我们应该知道他们要说的是什么,如不然也会很快被忘掉。希腊人似乎就是这样看的,罗马在帝国时代之前也是这样。但罗马军团的总司令官一旦成为帝国的半神人物成为朱庇特的后裔,离开凡人远及千万里,事情就变了。

镇 压

"欺君犯上"的滔天罪行被炮制出来。这纯粹是一种政治罪名,从奥古斯都到查士丁尼的统治时期,许多人被送进监狱,就因为他们对统治者发表意见时有些太随意了,若是人们都不去理睬那个当皇帝的人,罗马实际上就没有该避讳的话题了。

当世界被置于教会的控制之下时,幸福的环境就终结了。好与坏、正统与异端之间的界线有了明确划分,就在耶稣死后的几年。公元一世纪下半叶,圣徒保罗在小亚细亚的以弗所一带度过了很长一段时间,那是一处以护身符和符咒而知名的地方。他四处传教,驱逐妖魔,并且取得了极大的成功,他说服了许多人认识到轻信异教的错误。作为忏悔的表示,他们在一个晴朗的日子聚到一起,带来了全部的魔法书,烧掉了价值上万美元的秘密符咒,这是你可以在《使徒行传》第十九章中读到的。

不过,那伙人确是全然自愿的,而且《使徒行传》上也没有记载说保罗曾经试图禁止其他以弗所人阅读或拥有类似的书籍。

直到一个世纪之后才采取了这样的措施。

那时候,就在以弗所城中,根据一批主教开会下达的命令,一部讲述保罗生平的书遭到谴责,忠实的信徒奉命不去阅读该书。

接下来的两百年间,并没有什么书籍被审查。当然啦,那时的书也并不多。

但在325年尼西亚会议上基督教成为罗马帝国的国教之后,对书写文字的监督就成了教士们日常职责的一部分。一些书被彻底禁止了。其余的也被说成是"危险的",而且老百姓还受到警告:擅自阅读,自担其险。后来作者们发现,在出版著作之前,还是以先得到当局的认可为好,于是就形成了一种规矩:手稿先要送交当地主教批准。

即使如此,作者也并非总有把握自己的作品可以获准存在。一本教皇曾经宣布为无害的书,很可能被继任者认作是亵渎不尊。

不过,总的来说,这种办法倒也相当有效地保护了写书人不致有与其写在羊皮纸上的书稿一起遭焚的危险,而且这种体制行之有效,因为书籍都靠手抄,需要整整五年才能完成一部三卷的巨著。

这一切当然都随着约翰·古登堡或称约翰·古斯弗列什("鹅肉")的著名发明而改变了。

十五世纪中期之后,一个出版商可以在两周之内印出四五百本之多的书籍。在1453年至1500年的短期内,西欧和南欧的人民获得了不低于四万册的各种版本的图书,而在此之前,只有在一些库藏较好的图书馆才有这样的藏书量。

图书数量出人意料的增长,使教会忧心如焚。要抓住一个拥有自抄本福音书的异教徒,已非易事。那么,拥有两千万印制图书的两千万异教徒,又该拿他们怎么办呢?如此巨大的数量直接威胁到当局的思想观念,这看来必须指派一个特别法庭,专事从源头上审查全部即将出版的书籍,以决定哪些书可以出版,哪些永不能见天日。

从这个委员会不时公布的含有"犯禁知识"的禁书的不同名单中,发展出来了那本著名的《禁书目录》,它和宗教法庭一样令人不齿。

假如有人认为以这种对出版物的监督只是天主教独有,那就有失公允了。许多国家畏惧这种雪崩般突降的印刷品会颠覆王国的平静,他们已经强令当地的出版商把书稿送呈公共检查官,而且禁止他们印制任何没有盖上官方批准公章的东西。

不过除去罗马之外,没有什么地方把这种做法持续至今,而且即使在罗马,从十六世纪中期以来也做了大量改进。这是不得已而为之。由于印刷进展迅猛异常,哪怕最勤奋的红衣主教委员会,即所谓的《禁书目录》会议——他们理应审查一切出版物,也很快就力不从心了。更不消说那些如洪水般涌向山山水水的报刊及传单形式的单页和油印品了,一伙人再勤奋,也别指望能在两千年的时间里一一读遍,更何况还要审查和归类了。

这种专横如此可怕地报复了那些对其不幸的臣民强行禁书的统治者——这种自作自受的结局,恐怕难以找到更具说服力的例证了。

早在罗马帝国的第一个百年期间,塔西陀①就曾宣布他反对迫害作者,认为"这种蠢行会为那些从不引人注目的书籍做广告"。

《禁书目录》证明了塔西陀这番话千真万确。宗教改革刚一取得成功,一系列的禁书就成了那些想对当代文学彻底研读的人的方便的指导。还不仅这些。在十七世纪,德意志和低地国家的出版商还在罗马派驻专职耳目,其工作就是把禁止或删节的新书弄到手。一旦得手之后,就交给特别信使,由他们越过阿尔卑斯山下到莱茵河谷,在最短的时间内,把这些宝贵的资讯送到他们的东家手中。随后,德意志和荷兰的印刷间就着手工作,再把赶印出来的特别版本以暴利出售,并由一支职业的运书大军偷运到禁书的领土。

不过能够偷越边境的书籍的册数毕竟有限,而且在意大利、西班

运书人

---

① 塔西陀(公元 55 ~ 120),古罗马历史学家,曾任执政官等职。

牙和葡萄牙这样的国家，实际上不久之前也加强了禁书标准，这种压制政策的后果变得十分触目惊心。

这些国度在进步竞赛中逐渐落后了，原因不难找到。大学的学子不仅被剥夺了使用一切外国课本的权利，而且还被迫使用质量低劣的本国产品。

更糟糕的是，《禁书目录》使人无法认真从事文学和科学研究，因为一个有头脑的人是不会费力写出一本书，却要眼睁睁地看着他的作品被无能的检查官"修正"得支离破碎，或者被宗教法庭的调查理事会那些不学无术的秘书们修改得面目全非。

于是，作者就只好去钓鱼或者在酒馆里玩多米诺骨牌来虚度时光了。

或许他会坐下来，在对自己和国人的一派绝望中，写下《堂·吉诃德》的故事。

第十章　关于历史书，特别是本书的撰写

我要向那些厌倦了现代小说的人热情地推荐伊拉斯谟信札，他驯顺的朋友们寄给这位博学的求知者的许多信函中，总会有千篇一律的警告。

"我听说您在考虑撰写一本有关路德之争的小册子，"某位行政官写道，"务请切切慎重其事，因为您可能会轻易地触犯教皇，他希望您能好自为之。"

或者是："一位从剑桥回来的某君告诉我，您即将出版一部短篇论文集萃。看在老天的分上，切莫引起皇帝的不快，他可能会用权势加害于您。"

作者要密切关注的正是卢樊的主教，还有英国国王，巴黎索尔朋大学的同仁，或者剑桥那位骇人的神学教授的态度，以免被剥夺收入或失去必要的官方保护或落入宗教法庭的魔掌或被刑车分尸。

如今，车轮除去用作运载工具之外，已经沦落到文物博物馆里

面了。宗教法庭近百年来已经关闭,官方保护对从事文学的人来说已经没有实际作用,而历史学家相聚时,"收入"一语更是绝少提及。

不过依然如故,我打算写一本论述《宽容史》的想法一经提起,一种别样的规劝和忠告的信函就陆续来到我这与世隔绝的斗室。

"哈佛大学已拒绝一名黑人住进宿舍,"防止虐待有色人种协会的秘书写道,"务请在您即将问世的书中提及这桩最令人遗憾的事件。"

或者:"马萨诸塞州弗拉明哥一家副食店的老板公开宣布加入罗马天主教,当地三K党已经开始联合抵制他。您会愿意在您的宽容故事中对此有些说法的。"

诸如此类。

毫无疑问,这些情况都是非常愚蠢的,完全应该予以谴责,但似乎又难以进入一部论述宽容的著作范畴之内。这些事件不过是恶劣举止和缺乏公共正气的表现,与官方形式的专横不可同日而语——那种专横与教会及政府的法律联系,它的神圣职责就是压制一切善良公民。

如巴奇豪特所言,历史应当像伦勃朗的铜版画一样,应该在选定的事业上,把生动的光线投在那些最优秀和最重要的事情上,而将其余的部分留在阴影之中不得一见吧。

现代专横精神也曾愚蠢地爆发过,报纸忠实地记载下了一切,但即使从这里面我们也能分辨出大有希望的前途。

因为,前辈人认为不言自明,再加上一句"从来都是这样的嘛"就完事的许多事情在当前却要引起严肃的争论。往往出现这样的情况，邻人会为某些观念辩护，而那些观念在我们的父辈和祖辈看来，都是荒谬绝伦的幻想，毫无实用价值，他们常常向特别令人生厌的乱民的精神世界开战，成功的次数倒也不少。

本书应该篇幅短小。

我无法自讨麻烦地去叙述财源滚滚的当铺老板私下里阿谀奉承的嘴脸，北欧人多少已经破损的荣耀，边远地域的福音传教士的愚昧无知，农民教士或巴尔干犹太拉比的固执己见。这些好人及他们的坏念头总在伴随着我们。

不过，只要他们没有得到官方的支持，他们相对而言还是无害的，而在大多数开明的国度里，这种为害的可能性已经从根本上消除了。

个人的专横为害一方，给群体带来的不快胜似麻疹、天花和长舌妇加在一起的作用。不过，个人的专横本身没有杀人功能。若是它们在某个国家扮演了刽子手的角色，也就会置自身于法律之外，从而成为警方监视的恰当对象。

个人的专横不配备监狱，不可能规定对全国想什么、说什么、吃什么、喝什么。若是胆敢一试，定会招致所有正派人的极端厌恶，新的法令会变成一纸空文，即使在合众国政府所在的华盛顿特区也无法实施。

总而言之，个人的专横只能以自由国家大多数农民不以为然为限，不得超越；而官方的专横却不然，实际上它的权势无处不在。

官方的专横除了自己的权势之外，否认一切权威。

官方的专横对其震怒之下无辜的牺牲品不做任何补救之事，它不肯听取任何辩解，甚至求助神灵来支持其决定，用上天的意旨加以解释，仿佛解开生存之谜的钥匙是那些刚刚在大选中获胜者独自掌管着似的。

若是本书中"专横"一词只用于官方专横的含义，而若是我对私人的不宽容未加注意，还请诸君多多包涵。

我一次只能做一件事。

第十一章　文艺复兴

我们的国家里有一位博学的漫画家,常以自得为乐:地滚球、方格填字游戏、大提琴、煮洗的衬衫和门前的擦鞋垫,会如何看待我们这个世界呢?

而我想弄清楚的是,那些奉命操纵巨型现代攻城大炮的人的心理反应。在战争中许多人都执行过许多奇特的任务,但是还有比发射贝尔塔型巨炮的活计更荒谬的么?

别的士兵都多少知道他们在做什么。

一名空军飞行员可以靠迅速蔓延的红光判断他是否击中了煤气工厂。

潜艇的指挥官可以在返航两三个小时之后靠大批飘浮物来确定他成功的程度。

蹲在战壕里的可怜虫由于坚守了战壕而沾沾自喜。

炮兵操纵野战炮向一个看不见的目标发射后,也可以取下电话,向藏身在七英里之外一棵枯树上的战友询问,教堂尖塔那个射击目标是否有坍倒的迹象,抑或需要他换个角度重新试射。

但是巨炮手弟兄们生活在非真实的奇特世界里。即使有两三位博学的弹道学教授的帮助,他们仍无法预见自己轻率地射向空中的炮弹的命运是什么。他们的炮弹可能当真击中了预定的目标,也许落在了火药制造厂或者要塞的中心,然而它也会打到教堂或孤儿院,或静悄悄地潜入河底或扎入墓穴,没有造成任何危害。

在我看来,作家们与这种巨炮手颇为相似。他们操纵的也是一种重炮。他们的文学炮弹可能在最想不到的地方引发一场革命或动乱。但更多的时候,那些炮弹是哑火的,静卧在附近的田野里,不会造成危害,最后被当作废铁或改制成伞骨或花瓶。

可以肯定,历史上从来没有哪个阶段,在那么短的时段里,用掉了那么多纸浆,这个时代就被称作"文艺复兴"。

意大利半岛上的每一个托马索、里卡多和恩里柯,每一位托马修博士,里卡都斯教授和条顿大平原上的多米努斯·海因里希都争先恐后地跑进印刷所,至少也要用十二开的纸页印上十多页的文章。更不消说模仿希腊写出美妙而短小的十四行诗的托马西诺,依照罗马祖先的最佳格式写作的里卡蒂诺了。还有难以计数的人热爱收藏货币、雕塑、雕像、绘画、手稿和古代盔甲,这些人在三百多年间忙于分类、清理、制表、登记、存档和编目那些从古代废墟中挖掘出来的文物,然后出版对开本的集子,附上精美的铜版和沉重的木雕插图。

这一强大的求知欲成了弗劳本、阿尔杜斯、爱琴尼以及其他新的印刷企业的生财之道。古登堡因自己的发明而破产,但这些人却靠印刷发了大财,不过若没有他们,文艺复兴的文学产品也不会对世界产生那么巨大的影响,十五、十六世纪的作者们恰逢其时。不过因做出新贡献而出名的人仅限于极少数使用鹅毛笔的英雄,他们像那些重炮手朋友一样,他们在有生之年看不到自己取得的成就有多大,以及著作造成了多大的破坏。不过自始至终,他们都成功地铲除了横在前进道路上的种种障碍。他们彻底清除了许多垃圾,不然的话,那些垃圾会依旧堆在我们智力的前庭,为此,他们当之无愧地值得我们感激。

不过,严格地讲,文艺复兴最初并不是一个向前看的运动。文艺复兴运动厌恶地背对着刚刚消逝的过去,将上一代人的作品称作是"野蛮的"(或者"哥特的",因为在使用这种语言的国度中,哥特人和匈奴人一样声名狼藉),并将主要兴趣集中在充满"古典精神"的艺术品上。

若说文艺复兴对良知的自由、对宽容和更美好的世界起到了振聋发聩的作用,不过这一新兴运动领袖人物的初衷并非如此。

早在我们谈论的那些日子很久之前,就有人质疑罗马教皇的权力:他们凭什么向波希米亚农民和英格兰自由民发号施令,要他们用什么语言祈祷,以什么精神去研习耶稣的箴言,要为一次放纵付出多少代价,该读什么书以及如何培养子女。他们全都被他们所轻蔑的那个凌驾一切的势力碾得粉身碎骨。他们甚至还领导或代表过一场民族运动,却终究难免一败。

伟大的约翰·胡斯未烬的骨灰,被不光彩地抛进了莱茵河,这是对全世界的儆示:教皇专制依旧至高无上地实施着统治。

刽子手焚毁了威克利夫的尸体,它告诉莱斯特郡卑微的农夫:枢密院和教皇能够把手伸到坟墓里。

正面进攻显然是不可能的。

在十五个世纪中由无限权势缓慢而精心筑起的强大的传统堡垒,不能靠袭击来夺取,在神圣的围墙内也发生过丑闻;对立的教皇之

间也有过战争,谁都宣称自己是圣彼得大教堂宝座的唯一合法的继承人;罗马和阿维尼翁教廷腐败透顶,他们制订的法律只是为了让那些甘心出钱换取特权的人来破坏的;君主的生活道德败坏;利用对炼狱日益增加的恐惧作为借口,恐吓可怜的父母为已死的子女付出大笔款项的那些贪财之徒;这一切虽然广为人知,却从未真正地威胁到教会的安全。

可是,一些对教会事务毫无兴趣,对教皇或主教也无个人恩怨的男女,随便乱放了几炮,却刚好把那座古老的大厦给轰塌了。

来自布拉格的那个"面色苍白的瘦子"①怀着基督美德的崇高理想未曾完成的事,被一伙儿成分混杂的普通百姓完成了。这些人别无他求,只想作为这个世界上一切善行的忠诚施主和圣母教会的虔信弟子而去生和死(最好不要夭折)。

他们来自欧洲的各个角落,代表着各行各业。若是一个历史学家指明他们所作所为的真实本意他们会勃然大怒的。

就以马可·波罗为例吧。

我们都知道他是个了不起的旅行家,见识过许多奇妙的景观,以致他那些拘泥于小型西方城市的邻居称他为"百万金币马可",当他告诉他们御座高如塔,石头长城的长度相当于从巴尔干到黑海的距离时,他们都哄堂大笑了。

尽管如此,这个束手无策的小人物还是在人类进步的历史中扮演了最重要的角色。他算不上作家。他也有同时代、同阶层的人对文学的偏见。一位绅士(哪怕是理应擅长复式簿记的威尼斯绅士)也应该挥舞佩剑而不是耍弄鹅毛笔,因此马可先生是不肯改行当作

---

① 指上文中的胡斯,是继英格兰的威克利夫之后最早的宗教改革家。

家的。但是战争的偶然把他送进了热那亚的监狱。在狱中为了消磨冗长的时间，他就对同牢的一个贫苦的抄写员讲起他平生的奇遇。欧洲人辗转地知道了他们从未听过的世界上的许多事情。虽说波罗是个头脑简单的家伙，他坚信在小亚细亚看到的一座山被一个虔诚的圣者移动了两三英里，因为圣人想向异教徒显示"真正的信仰能够成就什么"。波罗还轻信了那些无头人和三腿鸡的故事，这些故事在他的时代家喻户晓。他的讲述更大的作用是颠覆了教会的地理概念，这在以往的一千二百年间是未曾有人能够做到的。

诚然，波罗从生到死都是教会的忠实弟子。若是有人把他同几乎是同时代的著名的罗杰·培根①相比，他定会大光其火，因为培根是彻头彻尾的科学家，为了追求知识，付出了十年不准写作和十四年的铁窗生涯的代价。

然而两相比较，马可·波罗却要危险得多。

因为在十万人中，至多只有一个人会跟随培根追踪彩虹，琢磨娓娓动听的进化理论去颠覆当时神圣的观念，而每个粗通文墨的人都能从波罗那里学到：世界上还存在着众多事情，那是《旧约》的作者们想都未想过的东西。

我并不是说，在世界尚未取得些许自由之前，出版一本书就可以引起对《圣经》权威性的反叛。大众的启蒙从来都是数百年辛勤准备的结果。但探险家、航海家和旅行家朴实的直白是人人都懂的，在造就怀疑论精神方面做出了重大贡献。而怀疑论正是文艺复兴后半段的特征，这一精神让人们去说去写仅仅几年之前还会招来宗教法庭鹰犬的那些事情。

---

① 罗杰·培根（1214？—1292），英国哲学家和科学家，方济会修士，强调数学和实验的重要意义，曾从事天文学和光学的研究。

以薄迦丘的奇特故事①为例，他的朋友们从佛罗伦萨愉快出走的第一天就听到了这些故事。按照故事所说，整个宗教体制大体上都真伪参半。如果此话当真，许多观点就无法辨别真伪，人们又何以会被判处绞刑呢？

读一读著名学者罗伦佐·瓦拉更奇特的经历吧。他死时是罗马教廷备受尊崇的官员。然而在他探索拉丁文时，不容置疑地证明了：关于君士坦丁大帝赠给西尔威斯特教皇"罗马、意大利及一切西方行省"（由此历任教皇才有了依据，宣称自己是全欧至高无上的君主）一事，全然是一场拙劣的骗局，其实是君士坦丁大帝死后几百年才由教廷的一个无名小吏捏造出来的。

或者还可以回到更切实的问题：在圣奥古斯丁的思想精心培育下的忠实基督徒怎么样呢？圣奥古斯丁教导说，世界另一侧的人所持的信仰是既亵渎又异端的，因为那些可怜虫看不到基督的第二次降临，所以他们也就没有理由存在。当瓦斯科·达·伽马于1499年从他第一次赴印度的航行归来，并向人们描述他在地球另一侧发现的人口众多的那些王国时，那些好人到底是如何看待圣奥古斯丁的教义的呢？

同样是这些头脑简单的百姓，他们一直听人说，我们这个世界是一个扁平的圆盘，耶路撒冷是宇宙的中心，当小船"维多利亚"号环绕地球航行归来，《旧约》中的地理概念暴露出某些相当严重的错误时，他们又该相信什么呢？

我重复一下我在前面所说的话。文艺复兴并不是一个自觉地探索科学的时代。该运动在精神领域里往往表现出缺乏真正的志趣，

---

① 指《十日谈》。

这是最为遗憾的。在那三百年间,每一件事情都被追求美和享乐的欲望所支配。即使是大声呵斥某些臣民邪恶教旨的教皇,也巴不得邀请那些叛逆者进餐——只要他们健谈,而且懂得一些印刷术和建筑学的事情,像撒沃那罗拉那样狂热的美德鼓吹者,和以更激烈而不是好品位的态度在诗文中攻击基督教信仰基本观点的年轻聪明的不可知论者一样,都冒着极大的风险。

可是,人们表露的是对生活的新向往,但无疑里面却蕴藏着一种潜在的不满,反对现存社会秩序和权力无边的教会对人类理智进步的限制。

在薄迦丘和伊拉斯谟之间,横亘着近两个世纪的间隔。在这两个世纪里,抄写员和印刷商们从未享受过清闲。除去教会本身出版的图书之外,所有重要的著作几乎无一不间接地暗示,古老的希腊和罗马文明被蛮族入侵的混乱取而代之,西方社会被置于无知教士的监管之下,世界已经陷入了凄惨的境地。

马基雅维里和罗伦佐·梅第奇的同代人对伦理学并不特别认真。他们都是务实的人,要在一个现实世界中尽量过得舒适。他们表面上与教会相安无事,因为教会是拥有强权又无孔不入的组织,能够狠狠地加害他们,所以他们从来不会自觉地参与任何改革的尝试或者过问他们的生活体制。

然而他们对旧日事实有强烈的探索心,他们不断追求新的激情,躁动的思绪极度不安。人们从小就坚信"我们知道",而从这时人们开始质询:"我们当真知道吗?"

这可是比彼特拉克的十四行诗集和拉斐尔的画册更值得后人感激的。

第十二章　宗教改革

现代心理学教会了我们好几条有用的东西。其中一条便是：我们在做任何事情时很少出自于单一的动机。不论我们为一个新成立的大学捐赠了一百美元，抑或拒绝给一个饥饿的流浪汉五分硬币；不论我们宣称真正的智力自由的生活只在国外才有，抑或认定我们绝不再离开美国的海岸；不论我们坚持把黑叫成白，抑或把白叫成黑，总有使我们做出如此决定的不同动机，我们内心深处也知道这一点。但是，若是我们敢于以诚对己并以诚待人，通常就会以一种拙劣的形象示人。因此我们就本能地在许多动机中选择最冠冕堂皇和言之凿凿的一项，打磨得锃亮给人看，然后出示给全世界，充当"我们何以如此这般作为的理由"。

不过，这虽说很可能在大多数场合中欺蒙大多数人，却没有一个方法能够欺蒙自己，哪怕是蒙骗几分钟。

我们大家都熟悉这个令人尴尬的实情，因此自文明伊始，人们就彼此默认：在任何情况下都不能将这一实情点明。

我们私下里想什么，那是自己的事。只要外表上保持道貌岸然，内心就会感到满足,并且高高兴兴地照章办事:"你相信我的谎言,我也相信你的瞎话。"

大自然无需礼仪,它是我们一般行为准则的最大例外。因此,它极少能被获准进入文明社会神圣的前厅。由于历史迄今为止都是少数人的消遣余兴,九位缪斯女神中主管史诗、历史的可怜的克里奥一直过着十分乏味的日子,尤其与那些不如她受尊敬的姐妹们相比时更是如此:她们可是自古以来就可随意跳舞唱歌,并应邀赴会的。这当然是可怜的克里奥巨大烦恼的一个源头,她不动声色地运用手段施展报复。

报复完全是人类的天性,而且是极其危险的天性,往往要人类在生命和财产上付出高昂的代价。

每当那位老妇向我们展示历史进程中一系列的谎言时,全世界的宁静幸福就会陷入动荡不安,地球处于无数炮火和硝烟之中,骑兵联队四下冲锋,漫山遍野的成群步兵在大地上缓慢地匍匐前进。当他们返回各自的家园或墓地时,整个国家已成一片焦土,无数国库的最后一枚钱币已被抽干。

如前所述,我的同行们刚刚认识到:历史是一门科学也是一门艺术,它服从于某些无声的自然法则,迄今为止,我们只在化学实验室和天文观测台中尊重这些法则。于是,我们如今正在进行的作用巨大的科学大扫除,将对后人造福无穷。

这就把我带到了本章开头提及的题目:基督教的改革运动。

直到前不久,对这场伟大的社会及精神大变革只有两种看法:全盘肯定或全盘否定。

力主全盘肯定的人认为,该运动是许多高尚的神学家宗教热情突然迸发的产物,那些神学家对罗马教廷的恶毒和贪污深感震撼,

便另立自己的教会,向那些一心要成为真正基督徒的人教授真正的信仰。

而那些仍然对罗马忠贞不贰的人却没有那么热情。

按照来自阿尔卑斯山南侧学者的看法,宗教改革是一伙卑鄙的王公贵族最该严责的背叛行径,那伙人不想结婚,还指望得到原先属于圣母教会的财产。

和往常一样,双方既对又错。

宗教改革是怀有多种动机的各色人等所造成的。直到最近,我们才开始认识到,宗教上的不满情绪在这场伟大的变革中只是个次要原因,而且这是一场不可避免的社会和经济革命,其神学背景甚微。

当然,如果我们向孩子灌输那个菲利普亲王是个开明的统治者,对改革教义有浓厚的个人兴趣,要比向孩子说明一个无耻的政客如何通过狡猾的诡计,接受异教土耳其人的支援对其他基督徒作战的要容易得多。结果呢,新教徒就在几百年的时间里把一个野心勃勃的年轻伯爵打扮成了宽宏大量的英雄,他希望的是赫斯家族扮演与之对立的哈布斯堡家族一直扮演的角色。

另一方面,把克莱门特教皇说成是可爱的牧羊人,将日益衰竭的最后精力都徒然浪费在保护他的羊群不会误入歧途上,这要比把他描绘成梅第奇家族的王子更为轻而易举。实际上,他把宗教改革视为一群醉醺醺日耳曼教士的无理取闹,并运用教会的权势扩展意大利祖国的利益。若是这样一个寓言化的人物在大多数天主教读本的页面上向我们微笑,我们千万不必大惊小怪。

如果那样的历史是欧洲必需的,那些在新大陆幸运的定居者们就没有义务去坚持欧洲大陆先人们的错误,而应该自由地得出自己

抗议书

的一些结论。

不能因为路德的挚友和支持者,赫斯家族的菲利普受到了巨大的政治野心的左右,就想当然地认为他在宗教信仰上就是三心二意。

绝对不是。

当他于1529年把他的名字签在著名的《抗议书》上时,他和其他签名者同样清楚地知道,他们就要"把自己暴露在可怕暴风雨的摧残之下"了,还可能把生命断送在绞刑架上。他若不是一个勇气非凡的人,他绝不会去扮演这样的角色。

我要阐明的要点是:历史人物,哪怕是我们的近邻,他从事的某些事情,或被迫放弃一些事情的动机,如果不深入了解他的各种动机,要对他下断语是很困难的,也可以说是不可能的。

法国有句谚语:"了解一切即原宥一切。"这种说法似乎太轻率了。我愿意加以修正,改为"了解一切即理解一切"。我们可以把"原宥"一事留给我们的天主,这种权利早就由他专有了。

这样,我们就能够将就着设法"理解"了,对人类有限的能力来说,已经足矣。

现在让我们回到宗教改革的话题上来,刚才扯得有些远了。

就我对该运动的"理解",它是三百年间经济和政治发展的结果,是一种新精神的体现,这种新精神逐渐被称作"民族主义",从而是过去五百年间欧洲各国被迫纳入的那个外来的国上之国的死敌。

若不是同仇敌忾,德国人、芬兰人、丹麦人、瑞典人、法国人、英格兰人和挪威人就不可能团结成一体,强大得足以摧毁长期囚禁他们的狱墙。

若不是本质不同又相互嫉妒的成分由一个伟大理想捆绑在一起,极大地抑制了各自的怨恨和野心,宗教改革绝对不会成功。

宗教改革只会变成一系列小规模的地方起义,一团雇佣军和五六个精力旺盛的宗教法官就可以把它们一拳镇压下去。

领袖们也会重蹈胡斯的厄运。追随者们也会像此前被屠戮的一小伙沃尔登派和阿尔比格派的教徒一样被斩尽杀绝。罗马教廷就会又写下一笔轻松获胜的记录,继之在一群"目无法纪"的罪犯们中间实行血腥统治。

宗教改革虽然胜利了,但成功范围却缩到了最小。而且胜利一经取得,对全体反叛者存在的威胁一经解除,新教徒阵营当即分裂成无数个敌对的小派别,在大大缩小的范围内重犯敌人在其全盛时期的全部罪过。

一位法国主教(很遗憾我忘掉了他的姓名,但我知道他聪明过人)曾经说过,无论如何我们都应该学会热爱人类。

在差不多四个世纪之后的今天,回顾那一充满伟大希望,甚至更大失望的时代,众多的男女怀着崇高的勇气——为了一个从未实现的理想而死在绞刑架上或战场上;千百万无名市民们为了神圣的事情做出牺牲。再想一想新教徒的反叛作为一个朝向更自由更开明世界的运动却全盘失败。这一切对人们的博爱精神都是异常严峻的考验。

说老实话,新教主义把这个世界上许多美好和高尚的东西摒弃了,取而代之的是许多狭隘、仇恨和粗鄙的货色。非但没有使人类历史更简单、更和谐,反倒使之更复杂、更无序了。不过,这一切都不是宗教改革的过错,而是大多数人思维习惯中的弱点造成的。

他们拒绝仓促行事。

他们无法跟上领袖人物的步伐。

他们不缺乏良好的意愿。最终他们会越过通往新世界的天桥。

但他们要选择良好的时机，而且在这样做的时候要尽量带上祖辈传下的衣钵，越多越好。

结果，旨在基督徒个人及其上帝之间建立全新关系，并摆脱往昔时代的一切偏见和腐败的这一伟大改革，都被可信赖的追随者们中世纪的包袱完全束缚住了，既不能前进也不能后退，很快就蜕变成了他们深恶痛绝的教皇机制的复制品了。

这就是新教徒反叛的巨大悲剧：它无法从大多数拥护者的平庸智力中升华出来。

结果呢，西欧和北欧的人民并没有像预期的那样取得长足的进步。

宗教改革虽然没有造就一个十全十美的人物，却为世界提供了一部完美的书。

通用的监狱

宗教改革没有推出一个至高无上的统治者，而是提升了许许多多小的当权者，每个人都想以自己的方式各自为政。

宗教改革没有把基督教世界截然分成两半，有里有外，有人虔诚有人异端；而是制造出无数个分歧的小团体，他们毫无共同之处，并且深恨与自己意见不一的人。

宗教改革没有建立一个宽容的统治，而是追随早期教会的样子，一俟取得政权，就以铺天盖地的教义问答手册、教旨和忏悔筑起深沟高垒，并对和他们同在一国的那些胆敢不同意官方订立的教义的人宣战。

这无疑令人痛惜。

但是从十六、十七世纪思维发展的观点来看，却是无法避免的。

要描述路德和加尔文这样的领袖人物的勇气，只有一个词，而且是个相当骇人的词：高尚。

路德是德国边远地区森林地带一所低地小学院的教授，一名朴实的多明我会的教士，却勇敢地烧掉了教皇的一纸圣谕，并将自己的反叛观点贴到了一座教堂的门上。加尔文是个疾病缠身的法国学者，他把一座瑞士小城变成了一再蔑视教皇权势的堡垒。这样的人为我们树立了难能可贵的刚毅精神的楷模，现代世界无人可与之匹敌。

这些勇敢的人迅速有了朋友和支持者，朋友怀着自己的目的，支持者希望浑水摸鱼，这一切本不罕见。

当这些人为了他们的良知以生命相搏时，他们不可能预见到会发生这样的情况：北欧大多数国家居然会聚在他们的麾下。

然而，他们一旦卷入了自己制造的旋涡，就不得不随波逐流了。

不久，为了解决怎样使自己不被水淹没这一难题，他们就拼出

了全力。远在罗马的教皇终于听说了,这场可鄙的动乱比起多明我会与奥古斯丁派的教士之间的个人争吵要严重得多,它是一名法国牧师的阴谋。教皇为了博得众多资助人的欢心,暂时停建了他心爱的大教堂,召集了一次商讨发动战争的会议。教皇的圣谕和逐出教会的旨意迅猛地发放出来。帝国的军队开始行动。反叛的领袖已经没有退路,只好起而应战。

伟大的人物在一场殊死的冲突中丧失了理智,这在历史上已不是第一次了。就是那个曾经高呼"烧死异教徒是违背圣灵的"的同一个路德,在数年之后,一想到那些倾向于浸礼教派观念的日耳曼人和荷兰人,他简直就会丧失理智。

这位无畏的改革家坚持认为,人们不应把自己的逻辑体系强加给上帝,而最后却烧死了理智力量胜过他的一位对手。

今日的异教徒到了明天就会成为所有持异见者的死敌。

加尔文和路德大谈特谈曙光终将照亮黑暗的新纪元,他俩终其一生都是中世纪的忠实子民。

对他们而言,宽容不是也不可能是什么美德。在他们被打入另册之时,甘心乞灵于良知自由的神圣权利,以它作为与敌论战的依据。可一旦赢得胜利,这件得手的武器就被谨慎地抛进新教徒废品库的角落里,与许多其他良好的意愿一起被当作不实用的东西扔掉。它躺在那儿,被遗忘,被忽略,直到许多年后,才在写满旧日说教的木版背后被人找到。捡起的人在擦去锈迹之后,重新把它拿到了战场上,不过这场战斗和十六世纪那场恶战在本质上已大不相同了。

毕竟,清教徒革命对宽容事业贡献巨大。但并非直接通过革命本身取得的。这方面的收获确实微乎其微。但是宗教改革却间接地促进了多方面的进步。

两座监狱异曲同工

首先,它使人们熟悉了《圣经》。虽说教会从来没有积极地禁止人们阅读《圣经》,但也没有鼓励过普通人研读那部圣书。如今,至少所有的诚挚的面包师和烛台匠都有了一本自己的圣书,能够私下里在作坊中好好读一读,得出自己的结论,完全没有必要担心被烧死在火刑柱上。

熟悉《圣经》自然就可以驱除人们在面对未知神秘时的那种敬畏和恐惧。在宗教改革后的最初两百年中,虔诚的新教徒相信在《旧约》中读到的一切:从巴拉姆的驴子到齐纳的鲸鱼。那些敢于质疑一个逗号(博学的亚伯拉罕·科洛威斯的"启迪的元音点"!)的人清楚地知道,最好别让住区的人听到他怀疑的窃笑。倒不是因为他们惧怕宗教法庭,而是清教牧师有机会能够让人过不舒服的日子,众人奉命而行的责难造成的经济损失往往十分严重,甚至是灾

难性的。

然而,对这本实际上由一个小民族的牧民和商人拼凑出来的民族史的无休止的反复研读产生的后果,是路德、加尔文及其他宗教改革家从未想到的。

若是他们有所预见的话,我肯定他们会和教会一样不喜欢希伯来文和希腊文,会小心保护《圣经》不致落入非教徒的手中。因为,到头来,日益增多的认真的学生开始把《旧约》当作一本有趣的书来欣赏。在他们看来书中包含的那些残忍、贪婪和谋杀的鲜血淋漓、令人发指的故事,不可能是神示下写出的,而应该是处于半野蛮状态下的民族生活的写照。

不消说,在此之后,许多人都不可能把《圣经》看作一切真知灼见的唯一源泉了。而自由思考的障碍一旦被移开,被阻滞了几乎上千年的科学探索的洪流,就一下子涌进了天然水路,古希腊和罗马哲学被中断的成果,又在两千年前遭遗弃的地方被重新捡了回来。

其次,从宽容的观点来讲更加重要的是,宗教改革把西欧和北欧从一种专制势力中解放了出来。那种势力在宗教组织的领导下,实际上始终是罗马帝国高度暴虐的精神专制的继续。

这样的论断,天主教朋友们恐怕难以赞同。但是他们仍有理由对无可避免而且对自身的信仰有所助益的运动心怀感激。因为,天主教会也殚精竭虑地做出了英勇的努力,使自己摆脱将其一度神圣的名字沦为贪婪和暴虐别名的指责。

天主教会的成绩十分昭著。

在十六世纪中期之后,梵蒂冈不再容忍博尔吉亚家^①的人了。教

---

① 博尔吉亚家族本为定居意大利的西班牙人,在15～16世纪该家族出过两位教皇及政教两界领袖。

皇又照先前那样由意大利人出任了。要背离这种规矩实际上是不可能的,因为红衣主教们若是选举教皇时挑中了一个日耳曼人、法兰西人或其他任何一个外国人,罗马的下层人非把那座城市翻个底朝天不可。

不过,新教皇的选举是十分精心的,只有最德高望重的候选人才有望当选。而这些新主公们在忠心耿耿的耶稣会教士的辅佐下,开始了一场彻底的大清洗。

纵情享乐和胡作非为不再有市场了。

修道院的神职人员必须研习(进而遵守)由其创始人订下的规矩。

行乞的托钵僧在文明城市的街道上消失了。

呼吸的空间

文艺复兴对精神方面的漠不关心，代之以对神圣和有益生活的热切激情，人们要做善事，对那些无力承担生活重负的不幸的弱者提供不事张扬的服务。

即使如此，大部分丧失的领土已经再也无法收复。从某种地域观念来讲，欧洲的北半部成了新教的地盘，而南半部则保有天主教。

当我们把宗教改革的结果用图画语言表达时，欧洲的实际变化就益发清晰可见了。

在中世纪，有一层无所不包的精神和智力的监狱。

新教的反叛摧毁了旧建筑物，利用其现成的材料构筑新教自己的监狱。

1517年之后，有了两座地牢，一座为天主教徒专用，另一座则为新教徒设置。

至少这是原先的计划。

但是新教徒在迫害和压制上缺乏长达数世纪的训练，因此未能建成没有异见者的禁脔。

大批不驯顺的囚徒从窗户、烟囱和地窖的门口出逃了。

没过多久，整座建筑物便岌岌可危了。

夜间，不法之徒便来搬走整车的石头、房梁和铁条，次日清晨用它们建造自己的小堡垒。虽说这座新建筑外观很像一千年前由格雷高里大帝和英诺森三世建造的监狱，但却缺乏必要的内在力量。

堡垒刚刚准备投入使用，一套新的规章制度刚刚贴到门口，成批心怀不满的信徒便蜂拥出走了。而那些如今叫做教长的看门人，已然被剥夺了旧日的纪律手段（逐出教会、酷刑、处决、没收财产和流放），在这些下定决心的乱民面前完全无奈了，只好站在一旁眼看着那些反叛的人按照自己的神学主张筑起了一道木栅，并宣布了迎合他们一时信仰的新教义。

　　这一过程反复发生，最终在不同的禁地之间形成了精神上的无人区，求知者可以在其中随意漫步，诚挚的人可以不受妨碍或干扰地尽情遐想。

　　这就是新教为宽容事业做出的一大贡献。

　　它重建了人的尊严。

第十三章　伊拉斯谟

每写一本书都会出现危机。有时发生在前五十页，有时则直到书稿快要完成时才露头。确实，一本没有过危机的书就像一个没出过天花的孩子一样。或许这正是问题的所在。

本书的危机就出现在几分钟之前，因为我想到：在通情达理的1925年写作宽容主题的书籍似乎相当不合时宜；迄今为这部基础研究所付出的全部劳动和那么多宝贵时光看来徒劳无益了；我本想利用伯里、莱基、伏尔泰、蒙田和怀特的书点燃篝火，却用我自己的著作点燃了炉灶。

这该如何解释呢？

理由有很多。首先，一位作者在过长的时间里与他的题目寸步不离地共同生活，难免会被烦躁的心情所袭扰。其次，怀疑这类书完全没有实用价值。再次，担心本书可能被用作采石场，不那么宽容的同胞们会从中挖掘出一些轻易拿到的事实，来为他们自己不当的行为进行辩解。

不过，除去这些问题（对大多数严肃作品都适用）之外，就本书而论，还有"体系"这样一个难以逾越的难题。

一个故事为了成功，就该有一个开头和一个结尾。本书已经有了开头，但是能够有个结尾吗？

我的困惑就是这个。

我可以举出许多骇人听闻的罪行，它们表面上打着正直和公正的旗号，实际上却是不宽容的结果。

我可以描述当不宽容被抬高到主要美德时人类陷入的那种不幸的时日。

我可以谴责和嘲弄不宽容，直到读者异口同声地高呼："打倒这可恶的东西，让我们全都变得宽容吧！"

可是有一件事是我做不到的。我不知道这一高期望值的目标是如何企及的。有许多手册旨在为我们提供从饭后闲谈到口技表演的各种指导。上星期日我读到一则函授课程的广告，有不下二百四十九种科目，该机构保证教学完美，而只收极少的学费。但至今尚无人提出要在四十（或四千）个课时中讲解"如何变得宽容"这一课题。

即使是理应掌握着众多秘密的历史，也在这种紧急时刻拒绝提供帮助。

是啊，人们可以写出厚重的学术专著，论述奴隶制、自由贸易、殛刑或哥特式建筑的产生和发展，因为奴隶制、自由贸易、殛刑和哥特式建筑都是非常明确具体的事情。即使缺少其他资料，我们至少还可以研究那些在奴隶制、自由贸易、殛刑和哥特式建筑中充当先锋或极力反对的男男女女的生活。而且从这些出类拔萃的人物解决问题的方式中，从他们的个人习惯、社会交往、他们对饮食和香

烟的嗜好，对了，甚至从他们穿什么样的马裤，我们都能对他们热情支持或刻毒痛斥的理想得出某些结论。

但是从来没有以宽容为业的人士。那些为伟大的事业热情奉献的人，也只是偶尔有宽容之举。他们的宽容是副产品。他们自有其他奋斗的目标。他们是政客、作家、国王、医生或谦恭的手艺人。在他们处理国务、医疗诊断或制作钢雕时，有些闲暇时间为宽容说上几句话，但为宽容而奋斗绝非他们的毕生事业。他们对宽容感到兴趣如同他们对下棋或拉提琴感兴趣一样。他们是一群奇妙组合的人（设想一下斯宾诺莎、腓特烈大帝、托马斯·杰弗逊和蒙田①竟会成为挚友！），简直不可能找到他们性格中的共同点——尽管通常来说，那些志同道合的人，无论是行伍、探测或是解救世界免除罪孽，都会在性格中有相通之处。

在这种情况下，作者很想向警句求救。世界的某处地方总会有一句警句用来解救两难的困境。但是在这个特定的主题上，《圣经》、莎士比亚、艾萨克·沃尔顿②，甚至老贝哈姆都不肯施以援手。或许乔纳森·斯威夫特（我单凭记忆）离这个问题最近，因为他曾说过，大多数人都有足够的宗教信仰做依据去痛恨而不是热爱他人。可惜的是，这句至理名言无法彻底解决我们当前的困难。有些人具备的宗教理念不逊于任何人，但我们都可以有把握地说，他们却竭尽全力地痛恨他人。还有一些人完全缺乏宗教天性，却对无家可归的猫狗和基督教世界的人类倾注了慈爱。

不成，我还是要找出自己的答案。经过必要的思考（但是夹杂

---

① 这几位历史人物的生活年代和职业都不相干。
② 沃尔顿（1593～1683），英国作家，写过传记，以其描写钓鱼技巧及乐趣的《高明的垂钓者》一书最为著名。

着一种十分不确切的感想）我现在就叙述一下我认为的真理。

凡是为宽容而战的人，不管他们有多么不同，都有一个共同点：他们的信仰总是掺杂着疑虑；他们可能真诚地相信自己是正确的，却不能使怀疑转化为坚固绝对的信念。

在如今这个超爱国主义的时代，我们总是热情满怀地高喊百分之百地支持这个，百分之百地赞同那个，但我们不妨看看大自然给我们的启迪，它似乎一直对标准化的理念很反感。

纯靠人工养大的猫狗都是人所共知的笨蛋，若是没人把它们从雨中带走，他们很容易死掉。百分之百的纯铁早被称作钢的混合金属所取代。没有哪一个珠宝商会去做百分之百纯金或纯银的手饰。无论多么好的小提琴，都是由六七种不同品种的木材制作的，至于一顿由百分之百的软糊做成的饭，谢天谢地，还是算了吧。

总而言之，世界上一切有用的东西都是化合物，而且我看不出信仰是个例外。要是我们"肯定"的基础里没有包含一定量的"怀疑"的合金，那我们的信仰听起来就会像纯银制成的铃铛般叮当作响或是像铜号一样粗嘎刺耳。

宽容的英雄们正是对这一事实深为赞赏，才与众不同。

就个人的正直而论，如信念的真诚，无私的尽职，以及其他共知的美德，他们当中的大多数人本来可以被清教徒法庭视为清白的完人。我要进一步说，至少有一半人从生到死都可位居圣者之列——只要他们特殊的良知没有迫使他们成为那一机构的公开死敌，而那一机构自封有权把普通人加封为天上的圣者。

不过，所幸这些人对上天抱有怀疑的态度。

他们知道（一如罗马人和希腊人早就知道的），他们面对的问题十分广大，头脑正常的人不可能指望加以解决。虽然他们希望并祈

祷自己走过的道路最终把他们引向安全的目的地；但他们永远说服不了自己；那是唯一正确的道路，其他的却是歧途，他们认为这些歧途尽管楚楚动人，足以陶醉头脑简单的人，却不一定是通往罪孽之路。

这一切听起来都与《教义问答手册》和伦理教科书上的观念相左。那些书宣讲的是由绝对信仰的纯白火焰照耀的世界具有崇高美德。或许是这样吧。但在那火焰燃烧得最耀眼的几个世纪里，各行各业的普通百姓很难说是幸福美满的。我不想提议什么激烈的变革，只想有机会尝试一下别的光亮，正是靠着那种光亮，宽容那一行当的兄弟们始终审核着世界的事务。若是那样做不成功，我们还可以回到父辈的体系里。但是如果新的光亮能够把一缕宜人的光芒投射到社会上，多带来一点仁慈和克制，使社会少受丑恶、贪婪和仇恨

那些吓人的小书

的骚扰，那么收获一定会很大，我肯定，所花的代价也会小得多。

在提出这样一个值得一试的小小忠告之后，我应该回到历史上来了。

最后一个罗马人被掩埋之时，也就是世界上最后一名公民（在这个字眼最佳和最广的含义上）消失之日。而且经过了很长的一段时间，古代世界精英头脑中最具特色且无处不在的人道主义和古老精神才安然重返地球，社会才又一次有了安全的保障。

如我们所见，这发生在文艺复兴时期。

国际商贸的复兴为西方贫穷潦倒的国家注入了新鲜资本。新兴的城市崛起了。一些新阶层开始资助艺术，花钱印书，还捐款给紧随繁荣大潮而建的大学。就是在这时，一些"人道主义"的倡导者，大胆地将全人类作为对象进行实验，在反叛旧式经院哲学的狭窄局限中奋然而起，与那群守旧派分道扬镳了。因为那些墨守成规的人把他们对古人智慧和法则的兴趣看作是邪恶不法的好奇心的表现，双方已经无法相容了。

站在先驱前列的人，其生平将构成本章余下的部分，他们应得的赞美难有他人堪与匹敌。其中性格极其温顺的人便是大名鼎鼎的伊拉斯谟。

尽管他温顺成性，却参与了那个时代所有的文字大论战，而且成功地使自己成为敌手的心腹之患。他精准地掌握了各类武器中最致命的一种——幽默的长射程火炮。

装填了他的智慧的芥子气的炮弹射向遥远的四面八方，直抵敌国。那些伊拉斯谟式炸弹有着各种形式的危险，初看起来，那些炸弹并无大碍。它们没有吱吱作响的警示导火索。它们的外观像是让人开心的新型花炮，不过，上帝保佑那些把它们带回家、让孩子们摆弄的人们吧。毒素一定会进入孩子们的幼小心灵,而且有一种长期生效的物质,过上四个世纪,仍不能使人类消弭其后遗症。

说来奇怪,这样一个人竟然出生在北海东岸淤泥沉积的一座毫无生气的小镇上。十五世纪时,那一带水浸的土地上还没有达到独立和富足的全盛时期。人们处在文明社会的边缘地带,只是无足轻重的小块采邑。他们一年到头嗅到的是鲱鱼的气味,那是他们居首位的出口产品。若说他们曾经吸引过什么人造访,也只能是在阴沉岸边遇难船只上孤立无援的水手。

不过,在如此令人不快的环境中度过了可怕的童年可能反倒刺激了这个好奇心盛的孩子积极挣扎,最终脱颖而出,成为那个时代最知名的人物。

伊拉斯谟生命伊始,诸事不顺。他是个私生子。中世纪的人对上帝和大自然都亲切友好,对私生子却要比我们敏感得多。他们对此深为遗憾。这种事情本来不该发生,他们当然也极力反对。不过,

鹿特丹

第十三章 伊拉斯谟 187

那些头脑十分简单的人倒也没有因为并非孩子犯下的罪名而惩处还在摇篮中的这个无助的小生命。伊拉斯谟不合法的出生给他带来的不便至此只是证明了他的父母都是满脑子糨糊的人,完全无力应付这种局面,只好把孩子们留给了不是蠢人就是恶棍的亲戚抚养。

这些当监护人的长辈不知该拿这两个小孩子如何是好,他们的母亲死后,孩子们就再也没有自己的家了。最初他们被送到德文特的一所著名学校,那里有好几名教师属于"共同生活兄弟协会",但如果我们要从伊拉斯谟后来写的信函判断,那些年轻人只是在全然不同的词义上"共同"。随后,这两个男孩被分开,弟弟被带到高达,置于拉丁文学校校长的直接监督之下,这位校长也是被指定管理他的菲薄遗产的三名监护人之一。若是那所学校在伊拉斯谟的时代和四个世纪后我去参观时一样糟糕,我只能为那可怜的孩子感到难过了。更糟糕的是,那些监护人这时已经花光了孩子的最后一枚钱,为了逃避起诉(当年的荷兰法庭对这类案件一丝不苟),他们把孩子匆匆送进修道院,催促他进入圣洁的修行,还祝他幸福,因为"如今他的前途有了保障"。

斯泰恩修道院

历史的神秘磨盘终于把这一可怕的经历磨出了具有伟大文学价值的东西。中世纪末，修道院中半数以上是大字不识的乡巴佬和满手老茧的庄稼汉，这个敏感的少年却要终日与他们为伍，我真不愿去想象他在那里度过的那么多年可怕的日子。

所幸，斯泰恩修道院管理松弛，使伊拉斯谟得以把他的大部分时间用在前任院长收集来又被遗忘在图书馆的拉丁文稿中。他吸收了那些浩繁的卷帙中的营养，终于成为古代学识的活的百科全书。这对他后来的岁月大有裨益。他四处活动，难以接触到有参考价值的藏书。但这似乎并不必要，因为他可以从记忆中引证。凡是见识过他的那十部对开本巨著或读完其中部分内容（因为如今人的生命太短促了）的人，都会赞叹十五世纪时"古典知识"意味着什么。

不消说，伊拉斯谟终于能够离开那座老修道院了。像他那样的人是绝不会受环境影响的。这样地创造出自己的环境，而且用的是最不像样的材料。

伊拉斯谟后来彻底自由了，他终其一生都在寻找一片净土，以便可以安心工作，不受钦佩他的大批朋友们的干扰。

直到他弥留之际，怀着对孩提时代"活生生的上帝"的缅怀，让自己的灵魂滑入死亡的沉睡时，他才享受到片刻的那种"真正的悠闲"——对那些在苏格拉底和芝诺身后亦步亦趋的人们来说总是一种最美轮美奂的境界，可惜只有极少数的人才能企及。

这些过程是人们时常描写的，我不必在这里重复详情了。每逢两个或更多的人以智慧之名相聚时，伊拉斯谟是定会露面的。

他曾在巴黎研读，这位穷学者险些在那里死于饥寒。他还曾在剑桥任教，在巴塞尔印过书。他还想（其实毫无结果）把启蒙之光带进驰名遐迩的卢万大学顽固的正统堡垒。他在伦敦度过了多年光阴，并在都灵大学取得了神学博士的学位。他熟悉威尼斯的大运河，诅咒起西兰岛糟糕的道路就像咒骂伦巴第大街一样顺嘴。罗马的天空、公园、便道和图书馆给他留下了深刻的印象，连希腊神话中冥府的忘川都无法把那座圣城从他的记忆中冲走。只要他肯于去威尼斯，便可得到一笔丰厚的年金。每当威尼斯兴办一所新大学，他肯定会受到敬请恭迎，担任他想讲授的课程的教授，哪怕他不愿任教，只要他肯偶尔光临校园也成。

但是他谢绝了一切邀请，因为其中似乎含有长久和依赖的威胁。他最需要的是自由。他喜欢一个舒适的房间而不愿意要条件差的居所，他喜欢快活的伙伴而不愿与乏味的人交往。他知道勃艮第那块土地上产的浓醇的葡萄美酒和亚平宁产的寡淡的廉价红酒之间的差异，但他想照自己的标准生活，如果他不得不称别人为"主人"，就没法这样过日子了。

他为自己选择的角色实际是知识探照灯。在那个时代的时事地平线上，无论出现了什么情况，伊拉斯谟马上会让自己智慧的光芒照到上面，尽力使人们看到事情的真相，剥光其装饰，揭掉其"愚蠢"和他无比痛恨的无知。

他在最为动荡的时代能够做到这一步，并能成功逃过新教徒的狂怒，也超脱于宗教法庭那些朋友的束缚，正是他人生的这一点，给他招致了最经常的指责。

后世的人似乎对前代人中的殉道者有一种真切的热情。

"这个荷兰人为什么没有勇敢地挺身支持路德法并同其他改革者一起冒险一试呢？"这样的问题似乎困扰了至少十二代算是有知识的公民。

回答是："他为什么一定要这么做呢？"

采用暴力行为不符合他的本性,何况他从来没把自己当作任何运动的领袖。他完全没有那种自以为正确的信念,而这正是教导世界一千年后该是什么样子的人所特有的。此外,他还认为,每当我们觉得有必要重新安排住所时不一定非得把旧房拆掉不可。是啊,房子需要修理了,下水道也老掉牙了,花园里堆满了早已搬走的那户人家扔下的垃圾和破烂。不过,只要房东说话算数,在急需改进的地方花些钱,这一切就可以改变。除此之外,伊拉斯谟也不想走得太远。虽说他正是敌人所嘲讽的那样"中庸",比起那些彻头彻尾的"激进派",他的成就绝对不差(甚或更多)——世上的暴君只有一个,"激进派"却造就了两个。

他和所有真正的伟人一样,绝不是制度的朋友。他相信,拯救世界的大业在于每个人的努力。改变了每个人,就可以改变全世界!

于是,他通过向普通百姓直接呼吁来攻击现存的弊病,而他的手段又十分巧妙。

首先,他写了大量的信件寄给国王、皇帝、教皇、修道院长、骑士和恶棍。他还写信给每一个不怕麻烦想接近他的人(那时候信封上还没有邮戳,也不写寄信人的地址),他只要一提起笔来,至少就要挥洒八页之多。

其次,他编纂了大批的古籍文献,那些手抄的著作往往错误百出,让人不明所以。为此,他只好去学希腊文。他千方百计要掌握那种遭禁语言的语法,正因如此,众多虔诚的天主教徒都一口咬定,他从骨子里和那些地道的异教徒一样坏。这话听起来全然不着边际,但也是事实。十五世纪时,有身份的天主教徒从来不曾梦想过要去学这种遭禁的语言。这种语言像现代的俄语一样被视为名声不佳。

第十三章 伊拉斯谟

对希腊语有所了解会给人惹来各种麻烦。它会诱使一个人把福音书的原文与译文两相比较，而这些译文都是得到绝对忠于原文的保证的。这还仅仅是开始。他不久就降尊纡贵来到犹太社区，学会了希伯来语法，差一点就要公开反叛教会的权威了。在很长时间里，拥有一本画着奇形怪状的勾勾点点的外国书，便可以成为秘密革命倾向的铁证。

教会当局时常偷袭房间，搜查这种禁品，拜占庭的难民为了生计私下教一点本国语言，常常被赶出借以避难的城市。

尽管有这许多困难，伊拉斯谟还是学会了希腊语，他在编辑圣西普里安①、圣克里索斯托②及其他教父的文集时加入了一些附注，里面巧妙地藏进了许多对时事的评论，若是作为单独的小册子，这些话是绝不可能付印的。

不过，这种顽皮的注释精灵在他创造的另一种完全不同的文学形式中又现身了。我指的是他那部著名的希腊和拉丁格言集。他收集那些格言的目的是让儿童能够学会古文，变得高雅，这些所谓"格言"的评论妙语，在那些保守的人们看来，绝不是出自教皇朋友的手笔。

最后则是他写的那些奇特的小书——都是灵机一动的产物，实际是为少数朋友开心一笑而作，后来却享有了伟大古典文学的盛誉，连作者本人都没弄明白。书名叫《愚人颂》，而我们也是凑巧知道了该书是如何写出来的。

1515年，世界被一本小册子所震惊。该书写得妙笔生花，谁都

---

① 圣西普里安（200？～258），迦太基人，主张对因受迫害而叛教的信徒实行宽恕。
② 圣克里索斯托（347？～407），希腊教父，君士坦丁堡主教，因急于改革而遭禁闭，后死于流放途中。

说不清它到底是在攻击修道士还是在保护修道生活。封面上没有作者姓名,但那些了解文学界底细的人辨认出了那是出自一个叫乌尔里希·冯·赫顿的怪异多变的人之手。他们猜得没错;因为那个青年才俊、桂冠诗人和罕见的城市游民,确实在这本粗俗又有用的打诨之作中占有不小的分量,而且他为此颇为得意。当他听说英国新学的泰斗托马斯·莫尔居然对他的作品赞誉有加时,他便写信给伊拉斯谟,询问详情。

伊拉斯谟不是冯·赫顿的朋友,他那种有条不紊的思维(反映在他有条不紊的生活方式上),对那些不重仪表的条顿作家们没有好感:这些人上午和下午都英勇地为启蒙事业舞笔弄剑,然后便躲进附近的小酒馆里,没完没了地喝着酸啤酒,把时代的腐败置诸脑后。

不过,冯·赫顿有其自己的方式,还真称得上是个天才,伊拉斯谟不失礼仪地给他回了信。赫顿写道,他对他的伦敦朋友的美德越来越佩服了,他还描绘了一幅十分动人的和睦家庭的景象,说托马斯爵士的家庭永世堪作其他家庭的楷模。正是在这封信里,他提及莫尔是个幽默大家,给了他写《愚人颂》的最初灵感,很可能正是莫尔开创的善意闹剧(一只地道的挪亚方舟,载着儿子、儿媳、女儿、女婿、鸟儿、狗儿、家畜、家庭业余演出队和业余弦乐队)启发了他写出了这本令人捧腹的废话连篇的作品,使他就此人以文传。

该书模模糊糊地让我想起《潘趣和朱迪》木偶剧,好几百年来一直是荷兰儿童唯一的娱乐。那些以潘趣和朱迪为主人公的表演虽然对话鄙俗不堪,却一概保持了一种道德高贵严肃的格调。声腔空洞沉重的死神形象控制着场景。其他演员被迫一个接一个地出现在这个衣着破烂的主角面前,自我介绍一番,然后又一个接一个地被人用一根大棒敲了脑壳,扔进了想象中的垃圾堆,让小观众永远开心不已。

在《愚人颂》中，整个时代的社会结构被小心地拆开，而愚人作为一个受到启迪的验尸官站在一旁，用他的评论使公众大快朵颐。没有一个人被放过。中世纪的整条主要街道上适合的人物全被囊括在内。当然喽，当年四处奔走的人，冒充神圣的夸夸其谈收买人心、拯救世界的游方教士们走上台来，接受绝不原谅也永难忘怀的鞭笞。

教皇及其红衣主教和大主教们，来自加利利贫困潦倒的渔夫和木匠的忘本的后人们，也出现在人物表里，占有好几章篇幅。

不过，伊拉斯谟的"愚人"可要比幽默文学中常见的玩偶更有实在的人格。这本小书从头至尾（事实上贯穿于他的一切作品中），伊拉斯谟都在传播他自己的福音，也可以说是宽容的哲学。

正是这种自己要活也让别人活的道理，对神圣教规的精神而不是对那些教规原文中的逗号和分号深加探究；对宗教作为一种伦理体系而不是作为一种政府形式让人真正接受，这就使得头脑死硬的天主教徒和新教徒痛斥伊拉斯谟是个"心无上帝的骗子"，是个在一本聪明的小书中以可笑的词句掩盖了他的真正的观点的"污蔑基督"的所有真正宗教的敌人。

这种辱骂（直到他死才停止）未见效果。这个长着长鼻子的小个子一直活到七十岁，恰逢一个对钦定文本增删一词都会招致绞刑的时代。他对公众英雄毫无兴趣，而且公开这样宣布。他不指望诉诸于剑与枪能得到什么，他深知：当一点神学争执便会导致一场国际宗教战争时，世界将要冒多大的风险。

于是，他像个巨大的海狸，夜以继日地筑造著名的理智和常理的堤坝，他茫然地希望，这样可以阻挡上涨的无知和偏执的洪水。

他当然失败了。那股从日耳曼山脉和阿尔卑斯山上奔腾而下的

恶意和仇恨的洪水是阻挡不住的,他死后几年,他的著作就被全部冲走了。

不过,由于他的努力,沉船的许多碎片又被抛上了后人的岸边,成为永远无法制服的乐观主义者的好材料,他们相信,终有一天我们会筑起一道长堤,把洪水驯服。

伊拉斯谟于 1536 年 7 月与世长辞。

他的幽默感始终陪伴着他。他死于他的出版商家中。

第十四章 拉伯雷

社会动荡催生了奇特的伙伴。

伊拉斯谟的大名可以印在一本备受尊敬的书中，供全家赏读。但是公开提及拉伯雷就会被视为有伤大雅了。确实，这是个十分危险的人物，乃至我们国家还通过了法律，不让无辜的儿童接触他的邪恶作品，在许多州里，他的书只能从胆大妄为的书贩手中得到。

这诚然是技穷的寡头政治的恐怖统治强加给我们的荒唐事之一例。

首先，拉伯雷的作品对于二十世纪的普通百姓来说，大概和阅读《汤姆·琼斯》和《七个尖角顶的宅第》①一样枯燥无味。很少有人能够读完冗长的第一章。

其次，在他的话语中并没有意图明显的暗示。拉伯雷运用的是他那个时代的普通词汇，如今已经不再通用了。在那一片碧青的田园时代，百分之九十的人口都仅靠土地生活，一把铁锹就是一把铁

---

① 分别为英国亨利·菲尔丁（1707～1754）和美国纳撒尼尔·霍桑（1804～1864）的名著。

锹,母狗(lady-dogs)不会误以为是"贵妇的狗"。

不,目前对这位出众的外科医生的作品的非议,不仅限于不赞成他那丰富但有些直白的惯用语,而是要深刻得多。起因缘于恐惧:这是许多杰出人物在面对拒不接受生活打击又无所适从的人的观点时的感受。

据我的理解,人类可划分成两大类:对生活持"肯定"态度的

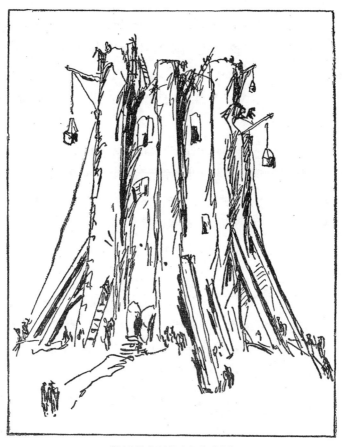

"旧建筑将延续我们的时代"

人和持"否定"态度的人。前一种人接受生活的现实,并勇气十足地试图充分利用命运对他们提出的挑战。

后一种人也接受生活的现实(他们又能如何呢?),但对所得到的东西却抱着极端轻蔑的态度,甚至感到烦恼,恰如一心想要木偶或小火车玩具的小孩子,却得到了个小弟弟。

但"肯定"一派的兴致勃勃的弟兄们心甘情愿地接受愁眉不展的"否定"派邻人对自身的评价并且容忍他们,即使"否定"派出于绝望在大地洒满哀伤,筑起骇人的尖碑的时候,也不去阻止他们。反之,"否定"一派的兄弟们很少对"肯定"一派的人如此以礼相待。

事实上,若是"肯定"派要走自己的路,"否定"派便会立即把他们清除出地球。

既然这一点很难做到,"否定"派的人为了满足自己的嫉妒心,就无休止地迫害那些宣称这个世界属于活人而不属于死人的人们。

拉伯雷医生属于"肯定"一派。他的病人或者他的思想从来都不是前往墓园的。毫无疑问,这是非常令人遗憾的,我们毕竟不可能全去做掘墓人。还是应该有几个波洛尼厄斯①的,若是世界上只有哈姆雷特,住起来可就吓人了。

至于拉伯雷的生平,其中并无神秘之处。由他的朋友们撰写的著作中漏掉的少数细节,都可以在他的敌人的著作中找到,这样我们就能相当准确地追随他的生平事迹了。

拉伯雷属于紧随伊拉斯谟的一代人,不过他出生时的世界依然由教士、修女、执事和形形色色的托钵僧所控制。他生于希农,其

---

① 《哈姆雷特》中饶舌自负的老廷臣,奥菲莉亚之父。

父要么是药剂师,要么是售酒商(在十五世纪,这是两种不同的职业),老人家家道富裕,足以把儿子送进一座好学校。年轻的弗朗索瓦·拉伯雷在校内与当地叫杜·别雷-朗盖的一家望族的子弟为伍。那家的男孩和他们的父亲一样,有些天资。他们擅长写作,有时也能打仗。他们谙于世事,这里用的是那个常被误解的词的褒义。他们是国王忠心耿耿的侍从,担任着无数公职,当上主教、红衣主教和大使,翻译经典著作,编辑步兵操练和射击手册,而且在一切有用的职务中都表现出色,那是一个头衔便会使人过上许多职责却鲜有享乐生活的时代对贵族的要求。

杜·别雷一家后来对拉伯雷的友情表明,他绝不是他们的酒肉朋友。在他一生的多次沉浮中,他总能指望老同学的帮助和支持。无论什么时候他和他的教会上司发生了龃龉,他都会发现杜·别雷的大门向他敞开。若是法兰西对这位唐突的青年道德家显得有些不利,也总有杜·别雷家的一个人趁外交使命亟需一名秘书之便,安排一个精通拉丁文又通医学的人出使国外。

这可不是小事,不止一次了,每当这位博学的医生的生涯眼看着就要痛苦地戛然而止时,他的老朋友们的影响就会把他从索尔朋大学的愤怒中,从那些失望至极的加尔文教徒的气恼中解救出来——加尔文教徒曾把他看作自己的同道之人,但他却在大庭广众之中不留情面地嘲讽加尔文大师本人的偏执热情,就像他在枫蒂南和马耶萨斯讽刺老同事似的。

两个敌人中,巴黎大学索尔朋神学院当然要危险得多。加尔文可以随心所欲地大声斥责,但一超出小小瑞士的狭窄边界,他的雷霆之怒就像爆竹一样无害了。

而索尔朋却和牛津大学一起坚定地支持正统派和旧学,而且在其权威受到质询时绝不容情，他们总能指望法国国王及其绞刑吏的由衷合作。

天啊！拉伯雷一离开学校，就成了引人瞩目的人。倒不是因为他嗜饮美酒和爱讲那些修道士伙伴的可笑故事。他的所作所为还有更严重的呢，他竟然屈从于恶毒的希腊语的诱惑。

他所在的修道院院长刚一听到传闻，就立刻决定搜查他的寝室。结果发现了屋里到处都是文学禁书，一本荷马的史诗，一本《新约》，一本希罗多德的书。

这一发现可太骇人了，经过他那些有影响力的朋友们大量的幕后活动，才帮他摆脱了困境。

在教会的发展进程中，这是个奇特的时期。

如我在前面所说，起初修道院是文明的前哨阵地，修士和修女在促进教会的利益上做出了不可估价的贡献。不过，有好几位教皇都预见到修道院制度过于强大的发展可能带来危险。但事情往往是这样，正因为人人都知道要对修道院采取些措施，却迟迟不见有所行动。

新教徒中似乎有一种共识，天主教会是由一小撮傲慢的独断专行的人默默地、几乎是自动地管理着的平静的组织，从未遭遇过普通百姓构成的其他组织都难免的内讧。

真理总是离我们最远的。

或许，正如常理所示，这一种看法是由于误解了一个词造成的。

一个醉心于民主理想的世界一听说有"一贯正确的人"肯定会大为震惊。

人们说："要是一个人说了算，别人一概跪倒，口呼'阿门'服从他，如此管理这个大机构倒也不难。"

对于身在新教国家的人来说，要对这个错综复杂的问题取得公允又正确的看法，实在是难上加难。若是我没弄错的话，至高无上的教皇"一贯正确"的言论，恐怕和美国宪法的修正案一样鲜见。

再者，凡属重大的决策，在问题没有充分讨论之前是不会决定的，何况最后裁决之前的争议往往会动摇教会的稳定。因此，这样产生的宣言是"一贯正确"的，正如同我们的宪法也"一贯正确"一样，因为它们是"最终的"，一俟确定无疑地并入国家的最高法，进一步的争论也就视为告终了。

若是谁要声称：管理美国是件轻松的活计，因为一遇紧急情况，全体人民都会坚定地做宪法的后盾，那他就大错而特错了，如同说：天主教徒在信仰的重大问题上都承认教皇的绝对权威，他们是驯服的羔羊，会把自己独特观念都放弃一样。

果真如此的话，盘踞在拉特兰和梵蒂冈宫殿里的人就能轻松度日了。然而，哪怕只是对过去一千五百年做最肤浅的研究也会得到完全相反的印象。而那些持改革信仰的英雄们著书立说时，似乎以为罗马当局对路德、加尔文和茨温利全力谴责的那些邪恶一无所知，其实他们是真正不明事实的真相，要么就是处于对美好事业的狂热中而缺乏公允。

像亚德里安六世和克莱芒七世那样的教皇，完全清楚教会内部的弊病是十分严重的。然而，指出丹麦国内有些腐败的事情是一回事，而要改变那些弊端就完全是另一码事了，这是连可怜的哈姆雷特最后也不得不承认的一点。

那个不幸的王子是最后一个美好幻觉的受害者，他以为百年积弊可以靠一个诚挚的人的无私努力便能在一夜之间纠正几百年的错误统治。

许多俄国的有智之士都深知，统治他们帝国的旧式官僚机构是腐败无效的，对国家的安全是个危害。

他们做出了大力神式的努力来推行改革，却徒劳无功。

有许多公民对这个问题进行过思考，却看不到一个民主制而不是代议制政府（这正是共和制的奠基者们所向往的）最终会造成体制上的无政府状态啊。

然而，他们又能如何呢？

这样的问题自从引起公众注意力以后，就变得复杂得令人无奈，

劝诱的整套方法

不靠一场社会大动乱是难以解决的。而社会大动乱是大多数人避之犹恐不及的可怕事情。为了不致陷入这种极端，人们就尽力去修补老朽的机制，同时祈求出现奇迹，使机制运转起来。

由一系列宗教法规建立并维系的蛮横的宗教和社会专制，是中世纪末期最臭名昭著的邪恶。

历史上发生过多次军队跟随总司令逃跑的事。说得明白些，教皇完全无法控制住局面。他们只能一动不动地干坐着，改进一下自己的聚会组织，同时竭力安抚那些招致了他们共同的敌人——行乞修道士不满的人。

伊拉斯谟是经常受到教皇保护的众多学者之一。尽管有卢万掀起的风暴和多明我会发出的狂骂，罗马总是坚定地不让步，对无视其命令的人愁眉苦脸地说："别管那老人啦！"

介绍了这些情况之后，也就没理由奇怪，何以这位有着叛逆灵魂又有着聪慧头脑的拉伯雷，每逢他的上峰要惩罚他时，总能指望得到罗马教廷的支持，当他的研究不时受到干扰使生活无法忍受时，他能顺利地得到准许，离开修道院。

就这样，他轻舒了一口气，掸掉脚上的迈伊哉的尘土，来到蒙彼利埃，再到里昂学习医学课程。

他确实是个杰出的天才！没出两年，这位本笃会的修士就成了里昂市医院主要的内科医生了。但他刚一获得这一荣誉，他那不安分的灵魂就又开始寻求新的领域了。他并没有放弃他的药粉和药片，而是在研究解剖学（那是一门和研究希腊语同样危险的新行当）之余，又从事文学写作了。

里昂地处隆河谷的中心，对一个喜欢美文的人是个理想的城市。意大利就在近旁。几天的轻松旅程就可抵达普罗旺斯，虽然特鲁巴

第十四章 拉伯雷　　203

杜尔一派抒情诗人①的古老乐园已经在宗教法庭的手中吃尽了苦头，但伟大而古老的文学传统并没有彻底消失。何况，里昂的印刷业很出名，产品精美，还藏有最新出版物。

一个叫塞巴斯蒂安·格里弗斯的是主要印刷商之一，他要找人编纂他的中世纪经典作品集的时候，自然想到了这位身兼学者的新医生。他雇用了拉伯雷，让他当即着手工作。在卡朗和希波克拉蒂教派的学术论文出手之后，又印制了历书和小故事集。在这些不引人注意的起点之后，出现了那部奇妙的巨著，使作者成为当年最受欢迎的作家。

拉伯雷追求新奇事物的天赋，首先让他成为成功的开业医生，继而又当上了成功的小说家。他做了前辈不敢问津的事。他开始用本民族的语言写作。他打破了千年来的旧传统，即认为学者应该用常人不懂的语言写作的传统。他用法文写作，甚至采用了1532年那种未经修饰的地方语。

我很愿意把拉伯雷何时何地又是怎样发现了他的两个心爱的主人公卡冈都亚和庞大固埃的话题留给文学教授们去议论。或许他们是什么异教的天神，出于本性经受了一千五百年基督教的迫害和轻蔑，却存活至今。

当然，他也可能是在一次狂欢的发泄之中创造了这两个人物。

无论如何，拉伯雷都对民族的欢愉贡献巨大，而他为人们谐谑的总库所增添的那一笔，也为他赢得了无人可及的赞誉。不过，他的作品绝不是我们当前所说的那种可怕含义上的逗趣书，它自有其严肃的一面：通过对人物漫画式的描写，为宽容的事业击出了大胆

---

① 十一至十五世纪活跃于法国南部及意大利的抒情诗人。

的一拳。书中的那些人对于十六世纪上半叶由教会的血腥统治所造成的不可名状的悲惨难辞其咎。

作为一位训练有素的神学家，拉伯雷成功避免了所有可能会给他招来麻烦的直接评论。他的行动准则是：一个在监狱外的高高兴兴的幽默作家，胜过十多个在铁窗里面阴郁的改革家，这样的准则制约着他避免过分暴露他的极不正统的观念。

可是敌人却洞悉他的意图。巴黎索尔朋神学院以准确的字眼指责了他的著作，巴黎的议会把他列入黑名单，没收并焚毁了管辖范围内找得到的他的全部作品。然而，尽管绞刑吏（当年他们也是官方的毁书人）活动猖獗，《卡冈都亚及其子庞大固埃的生平、英雄事迹及言论》[①]仍是一部受欢迎的经典之作。在差不多四个世纪中，它始终启迪着人们从善意的笑声和谐趣的智慧的巧妙混合中得到愉悦，而且不断惹恼那些坚信真理女神一旦唇边露出微笑就不会是好女人的人们。

至于作者本人，过去和现在都是"一本书成名的人"。他的朋友杜·别雷兄弟一生都忠于他们之间的友情，但拉伯雷终生洁身自好，虽说仿佛是靠了大人先生们的"特惠"，他的阴毒作品才得以问世，但他对他们却敬而远之。

不过，他曾冒险访问了罗马，不但没有受阻，相反却受到了热诚的欢迎。他于1550年返回法兰西，住在了默顿，三年后去世。

若要准确评价这样一个人的积极的影响简直是不可能的。他毕竟是一个人，既不是一股电流，也不是一桶汽油。

有人说他只是在摧毁。

---

① 即《巨人传》，共分五部，陆续出版。

或许如此吧。

不过他是生活在一个需要挽狂澜于既倒的人物的时代,而带头人正是伊拉斯谟和拉伯雷这样的人。

当时人们没有预见到,许多新建筑正在同所要取代的旧建筑一样变得丑陋不适。

反正,那是下一代人的过错。

他们才是我们应该责备的人。

他们本来有难得的机会去开辟一个新天地的。

他们却忽略了这个机会,让上天宽恕他们的灵魂吧。

第十五章　旧货色的新招牌

现代诗人中最伟大的一位把世界看作一片大海,上面有许多船只在航行。当这些小船彼此碰撞时,就会构成人们称作历史的"美妙音乐"。

我愿意借用海涅对大海的比喻,但只是为了我自己的目的喻意。我们小的时候,很喜欢向池塘里扔石子。石子激起优美的水花,然后小小的涟漪就会一圈圈地扩展开,真是好看极了。若是有现成的砖头(有时正好这样),还可以用核桃皮和火柴棍做成"无敌舰队",让这支不堪一击的舰队在一场人为的挺像样的风暴中沉到水下。不过,沉重的投掷物可别让离水边太近玩耍的小孩子失去平衡而落水,那可要吃不上晚饭就躺到床上了。

在为大人们准备的特殊世界里,同样的游乐并不是完全无人知晓,只是结果却是大灾大难。

一切都平和宁静,阳光明媚,一艘艘划艇在水面上欢快地滑行,这时突然来了一个胆大的坏孩子,抱着一块磨石(天晓得他是从哪儿找来的!),别人还没来得及制止,他已经把那块磨石扔进了老鸭

遍布世界的大海

池的中央,随后便是一场大乱,人们问是谁干的,该怎么打他的屁股,有人说,"噢,算了吧。"可别的人就因为嫉妒那孩子引起了大家的注意,也就随手抄起周围的旧东西扔进水里,人人都溅了满身水。一件件事端环环相扣,通常的结局是一场混战,成百万的人打破了头。

亚历山大就是这样一个胆大的坏孩子。

特洛伊的海伦迷人美艳,也是这样一个胆大的坏女子。历史上净是这种人。

但迄今为止,最坏的肇事者是那些恶毒的人,他们心怀叵测地玩弄这种游戏,把人们精神上冷漠的死水变成了他们的游戏场。我毫不奇怪,思维正常的人都会憎恨他们,一旦把他们抓住,就会对他们处以严惩。

想想他们在过去的四百年间造成的破坏吧。

他们是复苏旧世界的头领。中世纪壮观的城壕映出了一个色彩和结构都很和谐的社会。当然并不完美，但老百姓喜欢。他们乐于看到自家小院砖红色的围墙，而那些暗灰色的大教堂的高大塔楼则俯瞰着他们的灵魂。

这时，出现了文艺复兴溅起的可怕水花，一夜之间一切都变了。但这只是个开头。可怜的自由市民刚刚从震惊中恢复过来，那个骇人的日耳曼教士又到来了。他带着一整车专门准备的砖头，把它们纷纷扔进了教皇的内湖中心。这确实太过分了。莫怪这个世界用了三个世纪才从那场震撼中恢复过来。

研究这段历史的老历史学家们常常犯一个小错误。他们看到了动乱，便认定涟漪是由同一个原因激起的，并且将它轮换着称作文艺复兴或宗教改革。

今天我们已经认识得更清楚了。

文艺复兴和宗教改革都宣称是为同一目标奋斗的运动。但为实现其最终目的采取的手段却截然不同，以致人文主义者和新教徒时常彼此仇视。

双方都相信人权是至高无上的。在中世纪，个人完全被淹没于群体之中。人们的生活不像约翰·多伊①那个机灵的公民那样，可以自由往来，也可以随意买卖，更可以随便去十几个教堂中的任何一个（或者哪儿也不去，那就看他的嗜好和偏见了）。他从生到死都按照经济和精神成规的僵化的手册过日子。这些小册子教导了他：身体是从大自然母亲那里随便借来的一件赝品长袍，除去作为永生的灵魂的暂时寄居处所之外毫无价值。

---

① 这是一种泛指的代称，在法律中代表原告。

日内瓦

他所受到的教育使他相信:眼前的世界只是未来荣光的中继站,应以极大的轻蔑来看待,就像去纽约的旅客要在昆士顿和哈利法克斯住宿一样。

现在回到那个杰出的约翰身上,他尽一切可能在这个世界上幸福地生活着(他只知道这个世界)。这时来了两位神仙教母——文艺复兴和宗教改革,对他说:"起来吧,高贵的公民,从今往后你就自由啦。"

约翰问道:"自由了又做什么呢?"她们的回答却大相径庭了。

"自由地前去追求美。"文艺复兴答道。

"自由地去追求真理。"宗教改革告诉他。

"自由地去探寻过去,那时的世界当真是属于人类的。认真地去

实现诗人、画家、雕塑家和建筑家曾一心一意追求的理想。自由地去把宇宙变成你的永恒的实验室,以便你能洞悉它全部的秘密。"文艺复兴这样许诺。

"自由地去研究上帝的词句,这样你就可以得到拯救——为了你的灵魂,也可以得到原宥——为了你的罪孽。"宗教改革如此告诫。

她们说罢转身走了,把可怜的约翰丢在他所获得的新自由之中,新自由比起原先的束缚更令人难受。

不管是万幸或是不幸,文艺复兴很快就同既定的秩序和平相处了。菲狄亚斯和贺拉斯①的后继者们发现:对上帝的信仰和表面上对教会法规的顺从,是十分不同的两件事;只要小心地称呼了赫尔克利斯神、施洗者约翰、天后赫拉和圣母玛丽亚,就尽可以完全不圣洁地绘制异教的图画和创作异教的十四行诗。

就像去印度的旅游者,只要遵守某些规矩——为了进入庙宇,就可以在毫不惊扰当地和平的情况下自由游逛了。

但是在路德的执著的追随者们的眼中,哪怕是细枝末节也会成为无比重大的事情。《圣经·旧约·申命记》中一个用错的逗号意味着流放。而在《圣经·新约·启示录》中错放的一个句号,则会招致立即处死。

对于这些极其严肃地看待其宗教信仰的人来说,文艺复兴的愉快的妥协简直就是懦夫的胆小怕事了。

结果,文艺复兴和宗教改革就此分道扬镳,并且再也没有汇合。

于是宗教改革单独应对整个世界,披上道义的铠甲,准备捍卫其最神圣的财产。

---

① 分别是纪元前五世纪的希腊雕塑家和前一世纪的罗马诗人和讽刺文学家。

罗耀拉

起初,起义的大军几乎全都由日耳曼人组成。他们英勇绝伦地战斗和吃苦,但是相互嫉妒是灾祸之根,北方各国之间的咒骂很快削弱了他们的努力,并迫使他们接受了停战。导致最终胜利的战略是由另一种类型的天才提出来的。路德迈步到一旁,给加尔文让了路。

早该如此了。

在伊拉斯谟曾经度过许多不愉快日子的同一所巴黎学院中,一个蓄着黑胡须的跛脚(被法国人射伤)西班牙青年,正在梦想着有一天能够走在天主教新军的最前面,扫清世上所有异教徒。

需要一个异想天开的人去和另一个异想天开的人战斗。

只有加尔文这样坚定不移的人,才能够打败罗耀拉①的计划。

就我本人而言,我很高兴没有在十六世纪生活在日内瓦。同时,我也深深感激十六世纪时日内瓦的存在。

没有当年的日内瓦,二十世纪的世界就会更加糟糕,拿我来说,没准会身陷囹圄呢。

这场光荣战斗的英雄约翰·加尔文(他的姓名在各国有不同的拼法),比路德略小几岁,他于1509年7月10日生于法兰西北部的诺

---

① 罗耀拉(1491~1556),西班牙军人和天主教士,创立耶稣会,即上文所说的那个跛脚的西班牙青年。

扬；家庭背景系法兰西的中产阶级；父亲是教会的小职员，母亲是一家小旅店店主的女儿。家庭成员：五儿两女。加尔文少年接受教育时的特点是：聪敏、单纯，喜欢按部就班地做事情，不吝啬、细致入微，讲求效率。

约翰作为家中的第二个儿子，家里本打算要他当教士。父亲有些颇具影响力的朋友，可以最终把他安排在一个好教区。在他十三岁之前，就在城里的大教堂里有了个小职务，收入虽然不多，但很稳定，这笔钱被用来送他进巴黎的一所好学校。他是个出众的男孩，凡是跟他打过交道的人都说："那小伙子真有出息！"

十六世纪的法兰西教育体制完全能够培养这样的孩子，充分发挥他多方面的天赋。约翰在十九岁时，已获准可以布道。他成为一个称职的副主教的前程似乎确定无疑。

可是家里有五子两女，教会的晋升又是缓慢的。法律提供了更好的机遇。况且，当时恰逢宗教大动乱时期，前途未卜。他家一个叫皮埃尔·奥利维坦的远亲正在把《圣经》译成法文。约翰在巴黎时与这位表兄过从甚密。一家之中有两个异教徒就不可相处。约翰便打点行李，前往奥尔良，拜师于一位老律师门下，以便学会辩护、争论和起草辩护状的业务。

在这里也发生了和巴黎一样的事情。到年底之前，这名学生便成了教师，辅导他那些不够勤奋的同学学习法学概要。不久他就掌握了一切应会的知识，准备好踏上职业的征程，如他父亲满心希望的那样，有朝一日堪与那些著名的大律师匹敌，能够单单出上一条主意就拿到一百元金币，远处的贡比涅国王召见时还乘四轮马车前往。

可是这些美梦没有成真。约翰·加尔文并没有以法律为业。

相反，他又回到了原先的爱好，卖掉了法律集成和法令全书，专心收集神学著作，郑重其事地着手那项使他成为两千年来最重要的历史人物之一的工作。

不过，他用来研究罗马法学原理的那些岁月，对他后来的全部活动打下了烙印。他不可能靠自己的感情来处理问题了。他感受着事物，而且感受深刻。读一读他给他的追随者们所写的信件吧，那些人落入了天主教之手，被判用文火缓慢烧死。在他们无助的痛苦中，他们依旧把信写得优雅，堪称传世佳作。他们还表现出对人的心理的精巧理解，这些可怜的牺牲品至死都在祝福一个人的姓名，而正是那人的教诲使他们陷入危难。

不，加尔文并非像他的众多敌人所说，是个铁石心肠的人。然而生活之于他就是一种神圣的职责。

而且他竭尽全力对自己、对上帝都保持着真诚，因此他要把每个问题都简化为信仰和教义的基本准则，然后才敢交给人类情感这一试金石去检验。

教皇庇护四世闻听他的死讯时，说道："那个异教徒的力量在于他漠视金钱。"若是这位教皇陛下是在称颂他的敌人完全无视一己私利，那么他说对了。加尔文从生到死都是穷人，而且拒不接受最后一笔季薪，因为"疾病已无法使他去挣那笔钱了"。

而他的力量却表现在其他方面。

他只怀有一条信念，终生都围绕着一个压倒一切的冲动：要去发现《圣经》中所揭示的真正的上帝。当他终于得出结论，似乎能够应对一切可能的争论和反驳时，他就将其纳入自己的生活准则中。从那之后，他便一意孤行，从不计自己决定的后果，遂成为无往而不胜的人。

不过,这种品德直到多年以后才得以彰显。在他转变信仰后的前十年,他不得不把全部精力用在谋生这样一个十分普通的问题上。

巴黎大学中"新学"获得的短暂胜利,希腊文词尾的一个变化,希伯来文不规则动词及其他遭禁的知识成果,都引起了反响。当连坐在著名的博学宝座上的教区长,也被新的日耳曼教义的毒素传染时,人们便采取了措施,清除了用现代医学术语可以称作"思想载体"的机构。据说,加尔文曾经把好几篇最易引起异议的演讲材料交给教区长,从而使自己名列嫌犯名单之首。他的房间遭到搜查,文章被没收,还给他发出了一纸逮捕令。

他听到了消息,藏匿到一个朋友的家中。

但是在小小的学院里的风暴不会持续太久。不过在罗马教会中任职已经不可能了。

1534年,加尔文与旧信仰决裂。几乎与此同时,在高踞于法兰西首都之上的蒙特马特山上,罗耀拉及一小撮支持他的学生,正在庄严发誓,其誓言不久之后便列入了耶稣会的纲领。

之后,他俩都离开了巴黎。

罗耀拉首途向东,但想到他第一次攻击圣地的不幸结局,便收住了脚步,转而去了罗马,在那里开始了后来使他名(英名抑或臭名)闻四海的活动。

加尔文却另辟蹊径。他的上帝王国没有时间和地点的限制,他一路漫游,想找一处安静的地方,将余生献给阅读、思考并平静地陈述他的理念。

就在他前往斯特拉斯堡的路上时,西班牙国王查理五世和法兰西国王弗朗西斯一世之间的战争爆发了,他被迫绕道瑞士西部。在日内瓦,他受到吉勒莫·法里尔的欢迎,那人曾是法兰西宗教改革中迎击风暴的海燕,是从长老会和宗教法庭的牢狱中逃出的为数不多的一个人。法里尔张开双臂欢迎他,向他讲述了在这个小小的瑞士公国里可以完成的惊人之举,并请求他留下。加尔文要求时间考虑。随后就留了下来。

于是,战争便决定了新的天国要建在阿尔卑斯山脚下。

这是一片奇妙的土地。

哥伦布出发去寻找印度,却偶然发现了新大陆。

加尔文则在寻找一处安静的地方,以便把余生用在研究和神圣的思考上。他走进了一座三流的瑞士小镇,将那里变成了精神首都,不久之后,人们便把天主教的领地变成了庞大的新教帝国。

既然历史能满足多种目地,人们为什么要读小说呢?

我不知道加尔文的家庭《圣经》是否被保存着。果真有的话,《旧约·但以理书》第六章的那一页一定会显得破旧了。这位法兰西的宗教改革家是个谦恭的人,但时时要从上帝的另一位坚定的仆人的故事里寻求慰藉,那人曾被扔进狮坑,他的清白才使他不致悲惨地过早死去。

日内瓦不是巴比伦。那是一座令人起敬的小城,里面住着令人起敬的瑞士裁缝。他们正正经经地看待生活,但还比不上这位新的宗教领袖,他像圣彼得一样在讲坛上滔滔不绝地布道。

何况还有一个身为撒沃依公爵的内布查尼萨呢。恺撒的后裔正是在与撒沃依家族无休止的争吵中决定与瑞士其他州联手进行共同的事业,参加了宗教改革运动。因此,日内瓦和维登堡的联盟犹如互利的联姻,是基于共同利益而不是相互爱慕之上的结合。

但是,"日内瓦已改奉新教"的消息一经外传,所有信奉五十种新的异想天开教义的热切的传道者便立即蜂拥到日内瓦湖畔。他们

以极其旺盛的精力开始传播前所未闻的最奇怪的教义。

加尔文从心底里憎恶这些业余的预言家。他充分认识到，他们必将对自己热衷但又被误导的事业造成极大的威胁。加尔文有了数月的闲暇，他做的第一件事就是尽可能简明地写下他期待新教民能够掌握的真与伪的界线。这样，谁也不能挪用那句老掉牙的借口，"我不懂规矩啊。"他和朋友法里尔一起，亲自把日内瓦人分成十人一组加以甄别，只允许宣誓效忠这一奇特的宗教法典的人才享有公民的全部权利。

随后他为年轻一代编写了一部令人生畏的教义问答手册。

接着他说服了市议会驱逐了所有依旧坚持其错误的旧观点的人。

在为下一步行动清扫了道路之后，他着手按照《出埃及记》和《申命记》中政治经济学家制定的路线，开始建立一个公国。加尔文和许多别的改革家一样，其实更像是一个古犹太人。而不像现代的基督徒。他嘴里崇拜着上帝耶稣，但心里却向往着摩西的耶和华。

当然，在巨大感情压力的时期，这种现象是常见的。卑微的拿撒勒木匠有关憎恨和奋斗的观点，十分清晰明确，在互相憎恨的双方之间不可能有妥协，而国家和个人所采取的暴力手段在过去的两千年中，是用来实现其目的的。

于是，战争一爆发，在一切相关的人的默许下，我们就暂且合上了《福音书》，并且在血泊和雷鸣中兴致勃勃地打滚，沉迷于《旧约》以眼还眼的哲学中。

既然宗教改革是一场地道的战争，而且是十分凶残的战争，就没有庇护所可寻，也没有庇护所可给。我们不必惊诧，加尔文的公国实际上是座军营，任何个人的自由表现全都逐渐被压制了。

当然，这一切的取得并不是没有遭到极力反对，1538 年，教区

新的暴政

中更自由的分子的态度对加尔文形成了威胁,他被迫离开了那座城市。但在1541年,他的追随者重新掌权。在众钟齐鸣、教士的高声欢呼声中,加尔文行政长官又回到了隆河畔的城堡。从那时起,他

就成了日内瓦的无冕之王,在接下来的二十三年中,他倾心建立和完善神权形式的政府,这是自伊齐基尔和埃兹拉时代以来世间未见的。

按照《简明牛津英语辞典》的解释,"纪律"的意思是"使受控制,服从和执行"。它最好地表达了加尔文梦想的渗透在整个政教合一的机制中的那种精神。

路德的本性和大多数日耳曼人一样,在很大程度上是个感伤主义者。在他看来,上帝的言词本身,就给人指出了通向永生的道路。

这对于伟大的法国宗教改革家来说,过于含混,也不合口味。上帝的言词可能是希望的灯塔,但是道路漫长而黑暗,并且多有诱惑,能使人们忘记自己真正的目的地。

然而,新教的教长是不可能走偏的。他与众不同。他知道所有的陷阱,他也不会被收买。万一他有些偏离正道,在教士每周的例会上,那些备受尊崇的绅士们都应邀自由地相互批评,就会很快地把他拉回来,并能够让他认识自己的职责。这样,他就是所有真心期望拯救的人们心目中的理想形象。

凡是爬过山的人都知道,职业向导有时会成为名副其实的暴君。他们清楚一堆石头的险境或一处不起眼的雪地所隐藏的危险。于是他们对自己照顾的人发号施令,对胆敢不听命令的愚蠢的旅行者则施以倾盆大雨似的咒骂。

加尔文理想国的教长们,对他们的职责有同样的责任感。他们一向乐于对那些踉跄而行需要支持的人伸出援手。但是当任性的人故意离群乱行时,那只援手就会收回来,攥成拳头,又快又狠地挥出惩罚的一击。

在许多其他宗教群体中,教士们也都愿意行使同样的权力。但行政长官们嫉妒教士们的管辖权,很少允许他们与法庭和行刑官分庭抗礼。加尔文深明此理,他在辖区内创建了一种教会纪律,那种纪律实际上超出了当地的法律。

自世界大战以来,出现了许多奇特的历史错误概念,还流传甚广,其中最令人吃惊的是认为法国人(与其条顿邻居相对照)是个热爱自由的民族,憎恨一切辖制。法国人几个世纪以来都处于官僚体制的统治之下,那种体制繁复并极端缺乏效率,比起战前存在于普鲁士的官僚机制不在以下。官员们不遵守上班时间,也不在乎衣领是否洁白无瑕,还吸着一种特殊的劣质雪茄。并且他们还会像东边那个共和国一样乱来一气招人反感,而公众却以一种温和的态度接受官员们的粗鄙作风,这对于一个醉心于反叛的民族来说,实在令人惊诧。

加尔文在热衷集权方面是个理想的法国人。他在一些细节上简直到了吹毛求疵的地步,而那正是拿破仑成功的秘诀。不过,和那位伟大皇帝不同的是,加尔文毫无个人野心。他只是个一本正经的人,胃口不佳,而且缺乏幽默感。

他搜遍《旧约》,想要发现与耶和华吻和的内容。然后,让日内瓦人接受他对犹太历史的解释,把它作为上帝意愿的直接体现。几乎在一夜之间,隆河上的这座欢乐的城市就成了沮丧的罪人云集之地。由六名教长和十二位长者组成的城市宗教法庭日夜监视着全体市民的私下观点。凡是被猜疑有"禁止的异教思想"倾向的人,就要被传讯到教会法庭,接受对他全部教义观点的审查,还要解释他是在哪里,以什么方式得到那些传播给他的有毒观念,如何使他走上邪路的。若是被告有悔改的表示,他便可免刑,判处他到主日学校旁听。如果他执迷不悟,便要在二十四小时之内离开该城,并永

远不准再在日内瓦的辖区内露面。

但是缺乏正统感情,并不能招致一个人与所谓的"宗教议会上院"产生纠葛。下午在邻村玩了一阵滚木球,如果有人适时检举(这是常有的),便有足够的理由受到严厉的申斥。玩笑话,不管有用没用,都被认为是最坏的行为。在婚礼中间想逗趣,就足以被判罚入狱。

新天国里逐渐塞满了法律、法令、规则、命令和政令,生活变得复杂难言,大大失去了旧时的风采。

跳舞是不准许的;唱歌是不准许的;玩牌是不准许的;赌博当然更是不准许的。生日聚会是不准许的;乡间集市是不准许的。丝绸及所有外观华丽的东西一概都是不准许的。准许的只有上教堂和去学校。因为加尔文是个有着正派观点的人。

禁令的牌子可以杜绝罪孽,但无法强制人去热爱美德。美德来源于内心的启迪。于是创办了优秀的学校、一所一流的大学并鼓励一切治学活动。还建立了相当有趣的公共生活形式,吸引社区大部分多余的精力,并使普通百姓忘记那么多不得不忍受的艰苦和限制。如果加尔文的体制完全缺乏人性,它不可能持久,也就不会在近三百年的历史中起到决定性的作用。不过,这一切都要归功于一本论述政治观念发展的书。此刻我们感兴趣的是日内瓦为宽容事业究竟做了些什么,得到的结论是:新教的罗马一点不比那个天主教的罗马好。

我在前面几页历数了可以减轻罪罚的情况。在一个被迫旁观诸如圣巴陀罗缪大屠杀①及许多荷兰城市被夷平的野蛮行径的世界里,

---

① 当年在法国屠戮新教徒的一次惨案。

指望一方（当时是弱者的一方）实践等同于坐以待毙的体现宽容的美德，是完全荒唐的。

不过，这并不能开脱加尔文协助和唆使法庭杀害格鲁埃和塞维图斯的罪责。

在格鲁埃的案例中，加尔文尚且可以找到借口说，雅克·格鲁埃严重涉嫌煽动市民暴动，而且属于一个要推翻加尔文主义的政党。但塞维图斯却很难说对日内瓦安全构成威胁。

按照现代护照的规定，他只能算是"过境者"。只要再过上二十四个小时，他就要离境了。但他没有赶上船，结果便丢了性命。说起来真是个可怕的故事。

米歇尔·塞维图斯是西班牙人，其父是受人尊敬的公证人（在欧洲这是个具有一半法律地位的职务，并非那种使用盖章机证明你的签字便要索取两毛五的年轻人），而米歇尔也打算从事法律工作。他被送到图卢兹大学。在那些幸福的岁月里，所有课程都是用拉丁文讲授的，学业是国际性的，全世界的智慧都向掌握了五个词尾变化和几十个不规则动词的人开放。

在那所法国南部的大学里，塞维图斯结识了一个叫胡安·德·金塔纳的人，那人不久之后就成了查理五世的忏悔神父。

中世纪的皇帝加冕典礼很像现代的国际展览会。当查理于1530年在波罗那加冕时，金塔纳带上朋友米歇尔以秘书身份出席，这个聪颖的西班牙青年看到了想见识的一切。他同那个时代的许多人一样，有着无法满足的好奇心，在随后的十年里他涉猎了数不尽的学科：医学、天文学、占星术、希伯来文、希腊文，以及最要命的神学。他是个很有潜力的医生，在研究神学时，产生了血液循环的想法。这在他的第一部反对三位一体教义的书中第十五章可以看到。

这表明十六世纪神学思维的褊狭：审查塞维图斯著作的人竟然没有一个人发现，这个人已经做出了最伟大的发现。

要是塞维图斯坚持他的医学实践该有多好啊！他可以活到晚年平静地死去。

但他就是避不开当时讨论的热门话题，他找到了里昂的印刷所，开始对各种问题发表自己的见解。

如今，一个慷慨的百万富翁可以劝说一所学院把三一学院的名称换成一种通行的烟草品牌，而且会安然无事。报界会说："丁古斯先生慷慨解囊真是太棒了！"公众随之高叫"阿门！"

今日的世界似乎不再对渎神事件感到震惊，因而是难以描述那个只因一个市民涉嫌对三位一体说了不敬的话就使全城陷入惊恐的时代的。但我们若是不能充分理解这一事实，我们就永远无法明白塞维图斯是如何让十六世纪上半叶所有善良的基督徒心目中造成恐惧的。

他根本不是激进派。

他只是我们现在称作的自由派。

他反对新教和天主教双方都承认的三位一体，但他十分执著地相信（让人都想说他有点幼稚了）自己的观点正确无误，结果就犯下了天大的错误，竟然给加尔文写信，提出让他造访日内瓦并单独会晤加尔文，彻底讨论整个问题。

他没受到邀请。

事实上，他也不可能接受邀请。里昂的宗教法庭庭长已经插手此事，塞维图斯被投入了监狱。这位法官（好奇的读者会在拉伯雷的作品中发现对此人的描述。拉伯雷用多利卜来影射他，多利卜是个双关语，法官本名奥利）从日内瓦一名市民的信中风闻这个西班牙人有渎神的言论，那市民是受加尔文的指使把信寄给里昂的一位表兄的。

不久，塞维图斯好几篇手稿证实了对他的控告，那也是加尔文鬼鬼祟祟提供的。看来加尔文似乎并不在乎谁来绞死这可怜的家伙，只要绞死他就行。但法官们却轻慢了他们的圣职，塞维图斯得以脱逃。

他起初像是要设法抵达西班牙边境。但穿过法兰西南部的漫长旅途对他这样一个无人不晓的人过于危险，于是他决定绕道日内瓦、米兰、那不勒斯和地中海。

1553年8月一个星期六的黄昏时分，他来到了日内瓦。他本想找条船渡到湖对岸，但临近安息日，船只都要停驶，他被告知要等到礼拜一。

第二天是礼拜日。无论当地人还是外来客若是逃避教堂的礼拜都是不端行为，塞维图斯便去了教堂。他被认出并当即被捕。他们有什么权力逮他入狱，从来没有解释过。塞维图斯是西班牙国民，而且没有被诉触犯日内瓦的任何法律。但在关乎教义上他是个自由派，是个斗胆对三位一体提出己见的亵渎神明的分子。这样的人若是祈求法律保护岂不是荒谬绝伦。普通的囚犯或许可以这么做，一个异教徒休想！没有二话，他当即被锁进了肮脏潮湿的地洞，个人钱物全被没收，两天之后他被带上法庭，要求他回答三十八个不同内容的问题。

审讯持续了两个月零十二天。

最终他被控犯有"诋毁基督教根基的异端罪"。在谈到他的观点时，他的回答激怒了法官。对他这类案例通常的判罚，尤其当被告是外国人时，是永远逐出日内瓦城。而塞维图斯的案子却是例外，

他被判处活活烧死。

与此同时,法兰西法庭也重新开庭审理这名逃亡者的案件,那个宗教法庭的法官们与他们的新教同僚得出了同样的结论,判处塞维图斯死刑,并派出司法官到日内瓦,要求把罪犯递解到法兰西。

这一要求遭到了拒绝。

加尔文能够执行火刑。

至于走向刑场的可怕路程,真是举步维艰:一伙教长围在这名异教徒身边,嘴里不停地叨唠着他们的教义。极度的痛苦延续了半个多小时,直到人群出于对这可怜的殉道者的怜悯向火焰扔出一把新柴为止。对于关心这类事的人来说,这倒是满有滋味的描述,不过还是略去不谈为妙。在放纵宗教狂热的时代,多一次少一次行刑,又有何区别呢?

不过,塞维图斯的案例确实有其特殊性。其后果是可怕的。如今已经赤裸裸地表明,那些不断地高喊着"保有己见的权利"的新教徒不过是伪装的天主教徒,他们对不同己见者像对待敌人一样心胸狭窄和残忍,他们只是等待时机建立起他们自己的恐怖统治罢了。

这种指责是非常严肃认真的,是不能靠耸耸肩,说一声"那好吧,你说该怎么办?"就此作罢的。

我们握有关于这次审判的大量材料,而且世界各地对这次判决的看法也一清二楚,读起来令人扼腕。确实,加尔文出于一时的大度,曾经提议把塞维图斯砍头而不是烧死。塞维图斯感谢了他的好心,却提出了另一种解决办法:放他自由。是啊,他坚持(而且道理全在他一边)认为,法院对他没有裁判权,他不过是个寻求真理的诚挚的人,因此,他有权在与对手加尔文博士的公开辩论中让人听到他的观点。

加尔文对此置之不理。

加尔文曾经发誓,这个异教徒一旦落入他的手中,绝不会让他逃之夭夭,他说话算数。但若没有头号大敌——宗教法庭的合作,他就无法给塞维图斯定罪,但这无关紧要。他宁愿与教皇联手,只要教皇陛下拿出一些文件,就可以给那个不幸的西班牙人进一步定罪。

继之而来的是更糟糕的事情。

塞维图斯临刑的早晨,他要求同加尔文见上一面,加尔文便来到阴暗肮脏的地窖——关押他的敌人的监牢。

在这种场合下,他至少应该大度些,或者应该有些人性吧。

他既不大度,也无人性。

他站在这个再过一小时就要去见上帝的人面前唾沫四溅地争辩着,脸色铁青,发着脾气,却没有说出哪怕一个怜悯、仁慈和善意的字眼,一个字都没说。有的只是刻毒和痛恨:"你活该,你这执迷不悟的坏蛋。烧死你这该死的!"

※ ※ ※

这一切都发生在好多好多年以前。

塞维图斯死了。

所有的雕像和纪念碑都不会使他重生了。

加尔文死了。

成千卷咒骂他的书也不会打扰他那不为人知的坟墓里的骨灰了。

他们全都死了,那些在审判时怕得发抖、唯恐亵渎神灵的坏蛋逃跑的狂热的宗教改革者,那些在行刑后爆发出欢呼和赞美并且互相写信"日内瓦万岁!死刑结束了!"教会的坚定支持者们,全都

死了。

他们全都死了,或许最好也被人们遗忘。

只是我们还要当心一件事。

宽容和自由一样。

只靠请求,谁也得不到宽容。只有永远保持警惕,宽容才能保住。

为了子孙中新的塞维图斯,我们应该牢记这一点。

第十六章　再洗礼教徒

每一代人都有自己的可怕人物。

我们有"赤党"。

父辈有社会主义者。

祖辈有莫利社①。

高祖辈有雅各宾派。

三百年前的祖先的境况一点都不好。

他们有再洗礼教徒。

十六世纪最流行的《世界史纲》诚然是一部"世界之书"或编年史概要，是住在乌尔姆城的肥皂匠、禁酒主义者和作家塞巴斯蒂安·弗兰克于1534年出版的。

塞巴斯蒂安对再洗礼教徒很了解。他入赘到一个再洗礼教徒的家庭。他是个坚定的自由思想者，并没有接受再洗礼教的信仰。他写道："他们只教导爱、信仰和钉在十字架上受死，在一切苦难中都

---

① 美国矿工秘密组织，活跃于19世纪下半叶。莫利原为一寡妇名，19世纪40年代曾率一些爱尔兰人反对地主。

再洗礼教徒

能表现出耐心和谦卑,彼此真诚相助,以兄弟相称,相信大家可以分享一切。"

说来确实奇怪,被人由衷赞扬的这些人,竟然在差不多一百年间像野兽般地遭到追捕,受尽最血腥年代中最残忍的惩处。

其中定有原因,为了弄个明白,我们必须记住宗教改革中的某些事实。

宗教改革确实一事无成。

宗教改革给世界造就了两座而不是一座监狱,编出了一本一贯正确的书取代了一贯正确的人,并且建立起(不如是试图建立起)由黑袍教长替换白袍教士的统治。

历经半个世纪的斗争和牺牲，只取得了如此微不足道的成果，这的确使数以百万计的人绝望。他们曾经期盼尔后能有一千年的社会和宗教安定，根本没有准备对付迫害和经济奴役。

他们本来要大胆一试的，却发生了一些事情。他们滑进了码头和船舶中的空隙里，不得不奋力挣扎，尽量露出水面。

他们处境尴尬：他们已然脱离了旧教会，而他们的良知又不许可他们加入新信仰。因此，在官方眼里他们已不复存在了。可他们还活着，还在喘气。他们肯定自己是上帝所爱的子女。因而他们有责任继续活下去，呼吸下去，以便把一个恶毒的世界从自身的愚蠢中解救出来。

他们终于活了下来，但且莫问是如何活下来的。

他们既然被夺去了旧的社会关系，便被迫组织自己的群体，寻找新的领导者。

但神志正常的人有谁会接管这些可怜的疯子呢？

结果，有预见的鞋匠和充满幻觉的神经质的助产婆就担当起预言家的角色。他们祈求、祷告，痴人说梦，他们开会的脏屋子的椽子随着信徒的欢呼声而震颤，直到村里的法警不得不来察看这不宜的骚扰才罢休。

随后，五六个男女被送进监牢，村镇议会的大人先生们着手进行所谓的"调查"。

这些人不进天主教堂，也不在新教教会礼拜。因此，要请他们解释一下自己是什么人，信仰什么教。

为这些可怜的议员们说句公道话，他们的处境委实困难。因为这些囚徒是所有异教徒中最不安逸的，对宗教信仰一丝不苟。世上许多备受尊敬的宗教改革家都很务实，只要能过上体面又惬意的日

子，必然会心甘情愿地做出些小妥协。

真正的再洗礼教徒却不然。他们对所有半途而废的举措都横眉冷对。耶稣教导他的门徒：若遭敌人耳光，就把另一边的面颊转过来，还说，凡动刀的必死于刀下。对于再洗礼教徒而言，这意味着绝对的命令，不许使用暴力。他们慢条斯理无休止地嘀咕什么环境会改变情况，当然，他们反对战争，但这场战争不同以往，因此，他们认为只此一次，扔几颗炸弹，偶尔点燃一次雷管，上帝是不会计较的。

神旨就是神旨，仅此而已。

他们拒绝应征入伍，也拒绝扛枪，万一由于他们的和平主义（他们的敌人正是这样称呼这种实用基督徒的）而被捕，他们也心甘情愿地去面对命运，还背诵着《马太福音》第二十六章第五十二节①，直到以死亡来结束他们的痛苦煎熬。

但是反对黩武只是他们怪异行径中的一个细枝末节。耶稣曾教导说，上帝的国度和恺撒的国度是两种截然不同的实体，不可能也不应该调和。好嘛，这些话说得很清楚。因此，所有好的再洗礼教徒都小心翼翼地避开参与国家事务，拒绝担任公职，把别人浪费在政治上的时间用来研读《圣经》。

耶稣曾告诫他的门徒不要进行无谓之争，再洗礼教徒宁可丧失合法的财产，也不向法庭提出异议。还有好几个要点使这些怪人与世隔绝，但这几个古怪行径的例子就足以解释为什么那些脑满肠肥的邻居会对他们怀疑和厌恶了，因为那些邻人必不可免地把他们的虔诚和"待人宽则人亦待己宽"的宽舒教旨混为一谈。

---

① 原文是："耶稣对他说：收刀入鞘吧！凡动刀的，必死于刀下。"

即使如此，再洗礼教徒也像洗礼教派和许多其他持异议的教派一样，若是能够保护自己不受朋友加害，最终也会找到与官方调解的方法。

十六世纪真正优秀及平和的再洗礼教徒也有不利的口碑。作为一个教派，他们被怀疑犯有多种奇怪的罪行，而且有根有据。首先，他们是长期钻研《圣经》的读者。这当然不是罪过，但是听我说下去。再洗礼教徒研读《圣经》时不带任何偏见，但谁要是对《启示录》情有独钟，那可是非常危险的。

迟至十五世纪，《圣经》仍然因为涉嫌"伪经"而遭摒斥，但是对于生活在激情澎湃时代的人来说，这本书很有号召力。遭到流放的帕特莫斯讲的语言，那些被猎捕的可怜虫完全可以理解。当虚弱的怒火驱使他陷入对现代巴比伦歇斯底里的预言时，所有再洗礼教徒都呼喊着"阿门"，祈祷着新天国和新天地早些到来。

懦弱的头脑屈从于高度狂热的压力，这种情况并不是头一次。对再洗礼教徒每一次迫害几乎都伴随着宗教疯狂的爆发。男男女女赤身裸体地在街上奔跑，宣布世界的末日，试图用怪诞的牺牲来平息上帝的怒火。老巫婆闯入其他教派的敬神仪式，打断会议，厉声高叫着巨龙就要到来的谶语。

当然，这种（轻微程度上的）苦恼总是追随着我们。读一张日报，就会看到在俄亥俄、衣阿华或佛罗里达的某个偏僻小村里，一名妇女用一把切肉刀宰割了丈夫，因为天使的声音"让她这么做"；或者是某个原本理智的父亲预见到七支号角的声音，便把妻子和八个孩子全都杀死了。不过，这样的案例都是罕见的例外，他们都能被当地警察轻易地处理，而且对生活或公众安全没有什么大影响。

然而，1534年在蒙斯特那座美好的小镇发生的事情可就大不一样了。据宣称，在那里严格遵照再洗礼教会的原则实实在在地建起了新天国。

全北欧的人一想到那个可怕的冬季和春天，就会不寒而栗。

该案例中的恶棍是个名叫简·比克斯宗的长得挺帅的青年裁缝。历史上记载他是莱顿的约翰，因为他是那座勤奋的小镇子的本地居民，在缓缓流淌的古老的莱茵河畔度过了他的童年。如同当年所有的学徒一样，他到过许多地方，在四下漫游中学习他那行当的诀窍。

他能读会写，不过仅够他偶尔露上一手，其实他没有接受过正规教育。他也不具备谦恭精神，那是社会地位不高且知识贫乏的人身上才常见的品德。但他是个挺漂亮的小伙子，天生的厚脸皮，又无比虚荣。

在英格兰和德意志逗留了多年之后，他回到了家乡，做起长袍和礼服的生意。与此同时，他还从事宗教活动，开始了非同小可的生涯，成为托马斯·芒泽尔的信徒。

这个芒泽尔本行是面包师，是个知名人物。他是再洗礼教派的三个预言者之一，1521年，突然出现在威登堡，想给路德指示如何找到真正的拯救之路。虽然他们出于好心，却没有受到赏识，反而被逐出了新教徒的城堡，并勒令永远不得再在撒克森公爵的辖区内露面。

到了1534年，再洗礼教徒在接连受挫之后，决定铤而走险，孤注一掷。

他们选定威斯特伐利亚的蒙斯特作为他们最后的实验基地，这毫不令人奇怪。弗朗兹·冯·沃尔德克是该城的亲王主教，这个醉鬼莽汉多年来公开和多个女人同居，从十六岁起就因极端下流的个人行为得罪了所有的正人君子。当该城改宗新教时，他让步了。由于他是个远近皆知的骗子,他的和平条约并没有使新教臣民得到安全感,而没有安全感的生活确实是非常不舒服的。结果,蒙斯特的居民在下一次选举之前,始终处于一种极度不安的状态。这就带来了惊人之举。市政府落入了再洗礼教徒之手。主席是个名叫伯纳德·尼普多林克的人,他白天做布商,天黑之后就成了预言家。

主教看了一眼新长官就逃走了。

这时,那位莱顿的约翰出场了。他来到蒙斯特的身份是简·马希兹的门徒。马希兹本是哈莱姆的一个面包师,创办了自己的教派并被视为圣人。当他听说正义事业击出了有力的一拳,便留下来庆祝胜利,并清除教皇在原教区内的所有影响。再洗礼教徒为了干净彻底,他们把教堂变成采石场,没收了为无家可归的人修建的女修道院。除去《圣经》之外,所有书籍都当众焚毁。更有甚者,那些不肯按照再洗礼教派的方式重新洗礼的人统统被赶进主教的营地,被砍头或溺水处死,理由是:他们都是异教徒,死了对社会损失不大。

这还只是序幕。

这出戏本身的恐怖有增无减。

信奉几十种新教旨的上层教士从四面八方赶到这个新耶路撒冷。他们自以为对大批真诚向上的市民有号召力,但一遇到政治或权术,就像孩子一样无所适从了。

蒙斯特被占领了五个月,其间,更新社会和精神的所有计划、体系和程序都试遍了;每一个新奇的预言家都有了露脸的机会。

可是,一个拥塞了难民、瘟疫和饥饿的小镇,显然不是个适宜社会学试验的场所,不同宗派之间的分歧和争吵削弱了军队首领的全部努力。在这危难时刻,裁缝约翰挺身而出了。

他短暂的光荣时刻到来了。

在那个满是饥饿的男人和受苦儿童的城区里，什么事情都有可能发生。约翰完全模仿他在《旧约》中读到的旧神学政府的形式，开始了他的统治。蒙斯特的市民被分成十二个以色列的部落，约翰本人被选作国王。他本来已经娶了一个预言家尼普多林克的女儿为妻，这时他又娶了个寡妇——他先前的师傅约翰·马希兹的未亡人。后来他想起了所罗门王，就又加了两三个妃子。随后一出令人作呕的滑稽剧开场了。

约翰整天坐在市场中大卫的王座上，人们站在周围，聆听宫廷牧师宣读最新的命令。多种命令迅猛颁布，因为城市的命运日益令人绝望，人们急不可待地需要它。

然而，约翰是个乐观主义者，完全相信一纸命令的无限权威。

老百姓抱怨挨饿，约翰允诺他会关照此事。于是国王陛下签署一道圣旨，命令城里的财富要在富人和穷人间平均分配，把街道挖开，用作菜园，大家要一起吃饭。

到此还算不错。但有人说，富人藏起了部分珍宝。约翰告诉他的臣民不必担心。第二道圣旨宣布：凡违反国家任何一项法令者将予以就地正法。请注意，这样的警告可不是随便说说的恐吓，因为这位裁缝国王挥起他的宝剑和使用他的剪刀一样现成，经常亲自动手行刑。

随后到来的是幻觉时期，广大群众吃尽了形形色色宗教狂热之苦；市场上日日夜夜挤满了男男女女，守候着大天使加百利吹响报喜的号角。

接着是恐怖时期，那位预言家用嗜血成性来维持他那伙人的勇气，还割断了他的一位王妃的喉咙。

然后便是报应的可怕日子，两名市民在绝望之中为主教的士兵打开了城门,那位预言家被锁在铁笼里,在威斯特法兰的各个集市上示众,最后被折磨致死。

这是一个荒唐的时段,但对众多敬畏上帝的朴素灵魂却具有可怕的恶果。

从那时起,所有的再洗礼教徒都被剥夺了公民权。逃过蒙斯特大屠杀的那些领导人像野兔般地被追捕,一经发现,就地处决。在每一个神坛上,教长和牧师们都大声斥责再洗礼教派,用许多诅咒来谴责这些叛逆,说他们想颠覆现存秩序,还不如狼和狗值得怜悯。

追捕异教的行动很少能如此成功。再洗礼教徒作为一个教派不复存在了。但一件奇特的事却发生了。该教派的许多观念仍继续存在,为其他派别采纳,融入各种宗教和哲学体系,成为备受尊重的理念,至今仍是每个人精神和智慧遗产的一部分。

叙述这一事实很简单,但要解释它实际上是怎么产生的,可就完全是另一回事了。

再洗礼教徒几乎无一例外地属于那个把墨水台都看作不必要的奢侈品的社会阶层。

因此,再洗礼教派的历史是由把该教派视为特别恶毒的宗教激进派的人撰写的。只有经过一个世纪的研究之后,我们才开始理解,这些卑微的农夫和工匠的理念在把基督精神推向更理性、更宽容的发展过程中所起的伟大作用。

但理念如同闪电。谁也说不准下一次霹雳会落在哪里。当暴风雨在锡耶纳上空迸裂而下的时候,蒙斯特的避雷针又有何用呢?

第十七章　索兹尼叔侄

意大利的宗教改革从来没有成功过，它也不可能成功。首先，南方人没把宗教太当回事，犯不上去为之奋战；其次，紧靠罗马，它是宗教法庭的大本营，五脏俱全，轻易发表个人意见可是很危险，而且代价巨大。

不过，半岛上住着成千上万的人文主义者，他们中间当然会有几匹害群之马，对亚里士多德的灼见比起对圣克里索斯顿的观点要重视得多。但这些好人还是有许多机会来释放多余的精神力量的。有俱乐部、咖啡室和高雅的沙龙，男男女女可以在那些地方发挥智力上的激情而不会惹恼帝国。这一切都是非常悠闲宜人的。再说，生活难道不就是一种调和吗？在末日到来之前，难道不是有各种类似的调和吗？

一个人为什么要在信仰这样的细枝末节上慷慨激昂呢？

经过几句介绍之后，在我们的两位英雄出场时，读者一定不会再希望有大声宣扬或鸣枪放炮了。他们是说话轻声轻气的绅士，办起事情来郑重又愉快。

索兹尼叔侄

他们最终要做许多事情来推翻使世界受难多年的专横的暴政,这是那整支喧嚣的宗教改革大军无法比拟的。不过这也是一桩谁也无法预见的奇怪事情,可还是发生了。我们感激不尽。至于是如何发生的,唉,天啊,我们却无法弄清。

在理智的葡萄园默默工作的这两个人姓索兹尼。

他们是叔侄。

由于某个不明的原因,叔叔雷利欧·弗朗西斯在拼写姓氏时用了一个"Z",而侄子福斯图·保罗却用两个"Z"。可是人们更熟悉他们的拉丁文姓名"Socinius"而不是意大利文的"Sozzini",我们可以把这个细节留给语法学家和词源学家去解决。

就影响而论,叔叔远不如侄子重要。因此我们就先谈叔叔,然后再谈侄子。

雷利欧·索兹尼是锡耶纳人,祖上是银行家和法官,他本人经过博洛尼亚大学的学习一心要以法律为业。但是和许多同时代人一样,他让自己驶进了神学,不再研习法律,而是玩起希腊文、希伯来文和阿拉伯文,最终他也像多数同类人的结局一样,成为一个唯理派的神秘主义者——既深谙这个世界,又不那么世故。这听起来很复杂。但是能够理解我意思的人用不着我进一步解释,而不能理解我的人,我再多说也没用。

然而他的父亲对儿子能否在文学圈中有所成就感到怀疑。他给了儿子一张支票，让他继续前行，去见识一下世界。于是，雷利欧离开了锡耶纳，在随后的十年中，他周游了威尼斯、日内瓦、苏黎世、威登堡、伦敦、布拉格、维也纳和克拉科夫，在每一处都住上几个月或几年，希望能找到有意思的伙伴，或是可以学到一些新鲜有趣的事情。在那个时代，人们不停地谈论宗教，就像如今谈论生意一样。雷利欧搜集了一大堆奇谈怪论，他竖起耳朵到处打听，很快熟悉了从地中海到波罗的海的各种离经叛道的论调。

然而，当他携带着知识行囊来到日内瓦时，迎接他的是客气但绝不热情的接待。加尔文的浅色眼睛露出极其怀疑的神色望着这位意大利客人。他是个出身名门的杰出青年，不像塞维图斯那样贫穷无依。不过，据说他倾向塞维图斯，这可太烦人了。按照加尔文的想法，支持还是反对三位一体的问题在烧死那个西班牙人时就已确定无疑了。恰恰相反！塞维图斯的命运却成了从马德里到斯德哥尔摩的话题，全世界认真思考的人开始站到反对三位一体的一边。但这还不算完，他们还利用古登堡那穷凶极恶的发明——印刷术传播自己的观点，由于远离日内瓦，他们的言词往往不敬。

在此不久之前，出现了一本博学的小册子，收有神父们在迫害和惩处异端问题上所说所写的一字一句。在加尔文所指的"憎恨上帝"或按他们反驳时自称的"憎恨加尔文"的人们中，这本书当即大为畅销。加尔文已经发话，他愿意和这本珍贵的小书的作者单独面谈。但作者早已料到有此邀请，明智地没有在书名页上署名。

据说他叫塞巴斯蒂安·卡斯特里奥，曾在日内瓦一所高中任教，他对形形色色的神学上的无法无天的行径有温和看法，招致了加尔文的痛恨和蒙田的赞赏。不过此事无据可查，只是道听途说而已。不过，既然有人走在了前面，别人自会步其后尘。

因此，加尔文对索兹尼敬而远之，只是建议说巴塞尔的柔和空气比起萨瓦的潮湿气候更适合他的锡耶纳朋友，并由衷地祝他出发到著名的伊拉斯密安古堡的行程一路顺风。

让加尔文暗自庆幸的是，索兹尼叔侄不久便引起了宗教法庭的怀疑，雷利欧被剥夺了基金，害热病卧床不起，年仅三十七岁时便死于苏黎世。

他的英年早逝在日内瓦引起了欢庆，不过只是片刻即逝。

雷利欧除去留下遗孀和好几箱笔记之外，还有一个侄子——他不但继承了叔父未问世的手稿，还很快成为胜过叔叔一筹的塞维图斯的热衷追随者。

福斯图斯·索兹尼早年间曾像他叔叔一样四处旅行。他的祖父给他留下了一小笔不动产，他直到快五十岁时才结婚，就因此可以将全部时间用在他酷爱的神学问题上。

他似乎在里昂做过一段为时不久的生意。

他是个什么样的生意人，我不得而知，但他在买卖具体商品而非精神价值方面的经历似是加强了他的信念：如果对手生意更好，那么靠杀死对手或发脾气是收获甚微的。他在一生中始终保持着清醒的意识——这种头脑在办公室里虽然常见，但在神学院中却实在鲜有。

1563 年，福斯图斯返回意大利。在回程中他造访了日内瓦。他好像没去拜望那位当地的教主。何况，加尔文当时已经卧病不起，索兹尼家族的人来访，只会让他心烦意乱。

在随后的十二年里，年轻的索兹尼为伊莎贝拉·德·梅第奇工作。但在 1576 年，这位夫人刚为婚事欢庆了几天，便被丈夫保罗·奥希尼谋杀了。索兹尼就此辞职，永远离开了意大利，来到巴塞

尔,把《圣经·旧约》中的《诗篇》卷译成意大利的口头语,并写了一部论耶稣的书。

从福斯图斯的著作来看,他是个谨慎的人。首先,他双耳严重失聪,这样的人生性小心。

其次,他的收入来自阿尔卑斯山南侧的某些地产,托斯卡纳的地方当局曾经暗示他:被怀疑是"路德学派"的人,在评论使宗教法庭不悦的题目时,最好还是不要太大胆。因此,他使用了许多化名,而且在许多朋友传阅之后认为相当安全时,才付梓出版。

由此,他的书便未被列入禁书目录。他那部论述耶稣生平的书一路流传到德兰西瓦尼亚,落到了另一位思想自由的意大利人手中。那人是米兰和佛罗伦萨许多贵妇的私人医生,入赘于波兰和德兰斯瓦尼亚的贵族。

那年月,德兰斯瓦尼亚是欧洲的"远东",直到十二世纪初还是一片荒原,一直被用来安顿日耳曼的多余人口。勤劳的撒克逊农夫把这片沃土变成了设有城市和学校,甚至还有一所大学的繁荣有序的小国,但远离商旅的主要大道。一些人由于某些原因,希望远离宗教法庭的鹰犬,最好与他们相隔几英里的沼泽和高山,于是这个小国家便成了理想的栖身之地。

至于波兰,这个不幸的国家好几个世纪以来一直与保守和沙文主义相关联。我若是告诉你们,在十六世纪上半叶,那里是在欧洲其他地方因宗教信仰吃苦受难的所有人的名副其实的避难所,读者们一定会感到惊喜吧。

这种出人意料的状况是典型的波兰风格造就的。

这个国家在很长时期里始终是全欧洲管理得最为拙劣的国家,当时尽人皆知。然而,波兰的上层教士玩忽职守,结果主教恣意放荡,乡村教士醉酒成癖已经司空见惯,因此并没有人重视波兰的情况。

但在十五世纪下半叶,在日耳曼各大学中就读的波兰学生数量剧增,这引起了威登堡和莱比锡当局的关注。他们开始询问。原来,古老波兰的克拉科夫学院,本来是由波兰教会管理的,如今却听凭其沦落到破败的地步,可怜的波兰学子只好出国求学,否则就无校可读了。不久之后,条顿诸大学受到新教义之风的影响,来自华沙、拉杜姆和什切斯托查瓦的聪明青年自然也就随了潮流。

他们回到家乡时,已经是羽翼丰满的路德派了。

在宗教改革的初期,王公贵族和教士很容易扑灭谬种流传的野火。但这样的措施必须要国家的统治者们联合起来,采取明确的共同政策,这却与这个奇特国家最神圣的传统直接矛盾:那里的一张反对票就可推翻由国会其他议员一致支持的法律。

没过多久,那位威登堡的著名教授在宣扬他的宗教时还推行了一个经济副产品,那就是没收教会的所有财产。从波罗的海到黑海的肥沃平原上的博尔斯劳斯家族、乌拉蒂斯家族,以及其他骑士、伯爵、男爵、王子和公爵,都明显倾向另一种信念,即囊中要有钱财的信念。

随着这一发现,出现了对修道院地产所进行的并不神圣的掠夺,造成了一次著名的"间歇"。自远古以来,波兰人就一直试图用这种"间歇"来拖延最后审判日。在这期间,所有权威机制都按兵不动,新教徒充分利用时机,用了不足一年的时间,便在各地建起了自己的教堂。

当然,新教长之间无休止的神学之争,最终又把农夫们赶回天主教的怀抱,波兰便再次变成天主教一个坚固的堡垒。但是到了

十六世纪后半叶,波兰享有了信仰宗教的自由。当西欧的天主教和新教开始围剿再洗礼教派时,幸存者必然地要向东逃跑,最终定居在维斯杜拉河沿岸。就在这时,布兰德拉塔医生拿到了索兹尼论耶稣的书,并表达了想结识作者的愿望。

乔吉奥·布兰德拉塔是个多才多艺的意大利医生。他毕业于蒙特利埃大学,是个颇有成就的妇科医生。他自始至终都流言不断,却很聪明。与同时代的许多医生一样(想想拉伯雷和塞维图斯吧),他既是神学家又是神经病专家,经常进行两者之间的身份互换。例如,他治愈了波兰的皇太后波娜·斯弗尔查(席基斯蒙德国王的遗孀),她曾死心塌地地认定,怀疑三位一体的人是错的,但在病愈后改悔了原先的错误,之后就只处决那些认为三位一体是对的人了。

天啊,这位好心的太后一命归天(被她的一个情人所杀),而她的两位女儿却嫁给了当地的贵族,布兰德拉塔作为她们的医疗顾问,在他这个第二祖国行使了巨大的政治影响。他知道,波兰的内战迫在眉睫,除非采取措施终止始终存在的宗教之争。于是他就着手在不同的对立教派之间实现停战。但为此目的,他需要一个比他更娴熟于解决错综复杂的宗教之争的人。他灵机一动,想起了撰写耶稣生平的作者正是恰当人选。

他给索兹尼写了一封信,邀他东行。

不幸的是,当索兹尼到达德兰斯瓦尼亚时,布兰德拉塔的私生活刚刚爆出丑闻,这个意大利人已被迫退隐,躲到了无人知晓的地方。不过索兹尼留在了这个偏远的国家,娶了个波兰姑娘,于1604年死于寄寓的国家。

最后二十年的生活,证明是他一生中最有意义的阶段。因为正是在那个时期,他对宽容问题表达了富于创意的理念。

这些理念可以在《拉可问答手册》一书中找到。索兹尼把那本书写成了一部共同的守则，献给所有心怀好意并希望未来的教派之争能够终结的人。

十六世纪的后半叶是大量出版教义问答手册，进行信仰、信条和教旨告解的时代。在德国、瑞士、法兰西、荷兰和丹麦，人们都在撰写这类书籍。但这些粗制滥造的小册子四下传播着一个糟糕的观念：只有这些书才包含着地道的真理——用一个大写的"T"（真理）字母表示，所有庄严宣过誓的当政者的职责就是要支持这个特殊形式的真理，用屠刀、绞架和火刑柱来惩治那些甘心信仰其他真理（只用小写的"t"来书写，因此属于劣等真理）的人。

索兹尼的信仰表白散发着全然不同的精神。该书开门见山地声明：作者无意与其他人争论。

声明继续说："许多虔诚的人有充分的理由抱怨：现在已经出版以及各派教会正在印制的形形色色的教义和问答手册是基督教内部分歧的祸端，因为它们都想把某些原则强加在人的良知上，并把与他们意见相左的人视为异端。"

于是，该书以最郑重的方式宣布，索兹尼绝不主张剥夺或压制他人的宗教信仰。在讲到广义的人性时，该书又呼吁如下：

"让每个人自由地判断他的宗教吧，因为这正是《新约》和早期教会的楷模所订下的。我们这些凄惨的人凭什么要去窒息和熄灭上帝已在人们心中点燃的神圣精神之火呢？我们谁能独霸《圣经》的知识呢？我们应该牢记，我们唯一的主是耶稣·基督，我们都是兄弟，谁也没有权力去执掌他人的灵魂。或许其中一个兄弟比别人更有学问，但在涉及自由和与基督的关系上，我们是平等的。"

这番话讲得多么精准，多么美妙啊，何况是三百年前说的呢。

无论索兹尼还是其他新教派都不可能指望在这个动荡的世界里长期固执己见。反对宗教改革的潮流已经气急败坏地开始了。大批的耶稣会神父在失去的行省中横行霸道。而新教徒们则一边工作一边争吵。东部边疆的人民很快就又返回到罗马的怀抱。如今，到文明欧洲那些边远地区游览的人难以想象：那里一度曾是那个时代最先进、最自由的思想堡垒。他们也不会想到：沿可怕的立陶宛山脉的某处地方坐落着一个村庄，世界在那儿第一次展示了实践宽容的明确途径。

在好奇心的驱使下，我最近抽出一个上午到图书馆去翻阅了供我国青年学习历史最通行的教科书的目录。没有一本提及索兹尼派或索兹尼叔侄。所有的书全都从社会民主党跳到汉诺威的索菲亚，从撒拉森跳到索比斯基。在这个被跳跃的时期里，伟大宗教革命领袖大有人在，其中包括厄可兰帕鸠斯乃至一些次要人物。

只有一卷轻描淡写地提及了这两位锡耶纳人文主义者，但只不过是出现在路德或加尔文言行记载中含混不清的附录里。

做出预见是危险的，但我确实怀疑，在迄今为止的三百年通俗史中，这一切会有所改变，索兹尼叔侄会享有独自一章的篇幅，宗教改革的传统英雄们则要降低到次要位置。

他们的名字即使放在脚注里也会显赫逼人。

第十八章 蒙田

人们常说,中世纪的城市空气有益于自由。

此言不虚。

在高大石墙背后的人可以对男爵和教士嗤之以鼻却平安无事。

不久之后,欧洲大陆的环境大为改善,国际商贸活动又可以进行了,于是出现了另一种历史现象。

用几个字眼简单表示,就是:"生意造就了宽容。"

这种说法可以在一周内的任何一天,尤其是星期日,在我国的任何地方得到验证。

俄亥俄州的温斯堡能够支持三K党,可纽约却不成。若是纽约人发起一场驱逐所有犹太人、天主教徒和外国人的运动,就会在华尔街引起一片惊慌,在劳工运动中造成剧变,把全城毁得不可收拾。

中世纪的后半期正是如此。在自称大公实为小伯爵的住地莫斯科,可以惹怒异教徒,但在国际贸易港口的诺夫哥罗德,却要小心从事,以免得罪瑞典、挪威、日耳曼和佛兰芒的商人,把他们赶到维斯比去。

一个纯粹的农业国可以泰然地用一份套餐款待农户。但若是威尼斯人、热那亚人或布吕赫人在其城郭内对异教徒发动有组织的大屠杀,代表外国公司的人会马上迁走,资金也会随即抽回,城市就此被逼破产。

不少国家并不能从根本上汲取经验(如西班牙、教皇辖区和哈布斯堡家族的领地),依然照他们骄傲地自称为"忠于信仰"的感情行事,把真正信仰的敌人驱逐出去。结果,它们要么彻底地不复存在了,要么就沦落为第七等级的国家。

然而,管理商业国家和城市的人一般是极其尊重既定现实,知道自己的利益所在的,因此在精神上保持中立,任凭天主教、新教、犹太教和中国的客户一如既往地做生意,同时继续忠于各自的宗教信仰。

为了外表的体面,威尼斯通过了一项反对加尔文教的法律,但十人内阁会向宪兵小心叮嘱:这条法令不可执行得过于认真,除非异教徒真要占领圣马可大教堂,并把它改成自己的会议室,否则就不要去干涉他们,随他们信仰自己认为合适的教义。

他们在阿姆斯特丹的朋友也是如此行事。每个礼拜日,他们的教长都要大声斥责"红字女

"顶楼里的君主"

人"的淫荡罪行。但在紧邻的街区里，可怕的天主教徒却在一座不起眼的房子里悄悄地做着弥撒，门外还有新教警长站在那里值勤，提防日内瓦教义手册过激的崇拜者冲进这一遭禁的聚会，把能带来钱利的法兰西和意大利客人吓跑。

这些丝毫不是说，威尼斯或阿姆斯特丹的人民群众不再是他们敬仰的教会的虔信弟子了。他们和先前一样，仍是好的天主教徒或新教徒。但他们心里明白，十几个来自汉堡、卢比克或里斯本的能带来钱财的异教徒的良好愿望，要比十几个来自日内瓦或罗马的贫寒教士的认可更实惠，于是他们就让客人各得其所了。

把蒙田开明而自由的观念（并不总是一种）同他的祖父和父亲做鲱鱼生意，他母亲是西班牙籍犹太人后裔这样的事实联系在一起，似乎稍嫌牵强。但依我之见，这些经商的先辈对他的观念影响极大。他一生中当过兵，从过政，但始终对盲信和偏执深恶痛绝，这皆源自离波尔多主要码头不远的一处小鱼店。

若是我对蒙田当面说这番话，他是不会感激我的。因为在他出生时，所有"生意"的痕迹，都被小心地从绚丽的家族纹章上抹掉了。

他的父亲得到了一块蒙田的地产，并花了大把的钱，希冀儿子能够成为绅士。蒙田刚学会走路，私人教师就在他那可怜的小脑瓜里填满了拉丁文和希腊文。他六岁时便被送进了中学。十三岁时开始读法律。不到二十岁时，他已是波尔多镇议会正式的议员了。

随后他在军队中当兵，还在法庭做过一段事情。三十八岁时，父亲去世，他辞退了所有社会活动，将二十一年的余生（除去几次违心的从政）全都用在犬、马和书本之上，而且都学有所成。

蒙田堪称时代的骄子，同样有时代的弱点。他从未摆脱过矫揉造作之风,这位鱼贩子的孙子认为那就是绅士风度的一部分。直到晚年,他还争辩说,他根本算不上作家,只不过是冬闲时偶尔提笔随意记下一点有些哲学味道的杂乱观点的乡绅。这全然是废话。若说有谁把他整个的心灵、美德与罪恶等等一切全都写进了书里,那就是不朽的达塔尼昂①的这位快活的邻居了。

由于心灵、美德和罪孽都属于这个豁达、有教养和性格宜人的人,他的全部作品要比文学作品更胜一筹,它们已经发展成为明确的生活哲理,它们以常识和实际的日常体面为基础。

蒙田从生到死都是天主教徒,年轻时还是法国贵族为将加尔文主义逐出法国的天主教贵族联盟的积极成员。

但是在1572年8月致命的一天,他听到教皇格列高里八世欢庆杀死三万名法国新教徒的圣巴陀洛谬惨案之后,就永远离开了教会。但他始终没有参加另外一方。他还继续参加某些仪典,以免邻人饶舌。然而自从那个大屠杀之夜以后,他的作品便全都与马库斯·奥利尼厄斯、爱比克泰德或其他十多个希腊或罗马的先哲们如出一辙了。有一篇题为《论良知的自由》的论文值得牢记,使用的口气仿佛作者是帕里克利的同代人,而不是凯瑟琳·德·梅第奇法国皇后陛下的仆从,他还以背教者朱利安为例,说明一个真正宽容的政治家应该取得的成就。

文章很短,只有五页,收在第二卷的第十九章中。

蒙田看腻了冥顽不化的新教徒和天主教徒提倡的绝对自由。这种自由在当时的环境下,只能激起一场新内战的爆发。只要环境允许,新教徒和天主教徒不再枕戈待旦。开明的政府就该尽可能地不

---

① 大仲马《三个火枪手》中的主人公,来自波尔多。

蒙 田

去干预别人的思想,并允许全体臣民,以符合其本人灵魂幸福的方式去敬爱上帝。

蒙田既不是唯一的也不是第一个提出这种想法或大胆公开表达的法国人。早在1560年,凯瑟琳·德·梅第奇原先的大臣和五六所意大利大学的毕业生(他还由此被怀疑受到了再洗礼教派的熏染)米歇尔·德·劳皮塔尔就曾提出:对异教徒应该只用唇枪舌剑来讨伐。他的令人震惊的观点是:良知如是,是不可能强制改变的。两年之后,他努力促成了《皇家宽容法》的诞生,该法使胡格诺教徒(即加尔文派)有权召开自己的会议,举行宗教会议讨论本教派的教务,仿佛是个自由独立的教派,而不仅仅是一个受到宽待的小派别。

巴黎律师让·保丹是个令人尊敬的市民(他曾反对托马斯·莫尔

在《乌托邦》一书中表达的共产倾向，捍卫了私有财产的权利），他的观点也是这样：反对王室有权使用暴力驱逐某一教派的臣民。

可惜大臣们的演讲和政治哲人的拉丁文论文没有多少市场。不过，蒙田的作品都在文明人士以文会友时得以阅读、翻译和讨论，彼此交换有益的看法，并持续了三百多年。

他的业余身份和他坚持写作只为自娱、从不剑拔弩张的说法，使他拥有了大量读者，不然人们绝不会想到要买上（或借上）一本被官方列为"哲学"的书的。

第十九章　阿米尼斯

"有组织的社会"将"整体"的安全置于所有考虑之前，而具备非凡的智力或精力的个人却认为，世界迄今所经历的进步无一不是由于个人的努力而非群众的奋争（其本质就是不相信所有革新），因此个人的权利远比群众的权利重要。争取宽容的斗争正是这两派自古以来冲突的一部分。

我们同意接受这些前提正确无误的话，那么一个国家的宽容程度应与大多数人享有的个人自由成正比。

旧日里有时会出现一位难得的开明君主，他对孩子们说："我坚信'待人宽则人亦待己宽'的原则。我期望所有可爱的臣民都对他人施以宽容，否则就自食其果。"

在这种情况下，迫不及待的公民当然会匆忙地贮存刻有"宽容第一"豪迈字样的官方徽章。

但是由于惧怕国王陛下的绞刑吏而做出的这些突然转变，难以持续长久。国王只有在威吓的同时再建立起一整套逐级教育的明智体系，把它当做每天的政治活动，才能结出硕果。

十六世纪下半叶,这种幸运的环境在荷兰共和国出现了。

首先,该国有好几千个独立的村镇,其中的居民大部分是渔民、水手和商人,这三类人都习惯于一定程度上的行动自由,职业的性质迫使他们做决定时要迅速果断,必须根据自身的利益判断出工作中的机遇。

我绝不是说,他们比世界其他地方的人更加聪明或心胸更宽。但是,勤劳工作和不达目的不罢休的精神使他们成为整个北欧和西欧粮食和鱼类的运输人。他们知道,天主教徒的钱和新教徒的钱一样好使,他们喜欢现款交易的土耳其人而不喜欢要赊款半年的长老会教徒。因此,荷兰成了试行宽容的理想国度,不仅如此,人人各得其所,而更重要的是,占尽了天时地利人和。

"沉默者"威廉是实践那句古老箴言"欲统治世界者应了解世界"的光辉榜样。他起初是个时髦又富有的青年,身为当时最伟大君主的机要秘书,享有令人羡慕的社会地位。他狂餐滥舞,挥霍无度,娶了好几个当年很知名的女继承人,过着今朝有酒今朝醉的开心日子。他不是个特别用功的人,对赛马预测图远比对宗教小册子更感兴趣。

宗教改革引起的社会动荡在他眼里起初不过是劳资双方又一场争吵,没什么严重的,那种事是完全可以靠耍点手腕和动用几个大块头的警察解决的。

可他一旦把握了君主和臣民之间争端的本质时,这位友善的大人物一下子变成了能力超群的领袖,可惜他的壮举,从动机和目标来看,已经势成强弩之末了。他匆匆卖掉了宫殿、马匹、金盘子和乡间地产(或者不经公告当即放弃),这个来自布鲁塞尔的纨绔子弟当即成为哈布斯堡家族最坚定、最成功的敌人。

不过，财产上的变化并没有影响他的性格。威廉在富有时就是个哲学家，到他住在带家具出租的两三个房间中而且不懂得如何付星期六的洗衣费时，仍是个哲学家。旧日里，他曾竭尽全力挫败了一名红衣主教扬言要建造大量绞架处死所有新教徒的计划，此时他的目标是制止那些狂热的加尔文教徒要绞死所有天主教徒的愿望。

他的任务几乎是无望的。

已经有两三万人被杀死了，宗教法庭的监狱塞满了新的即将赴死的人，远处的西班牙正在招募一支新军，准备在反叛没有传到欧洲其他地方之前将其粉碎。

要想告诉那些为生命而战的人，他们应该热爱那些刚刚绞死他们的儿子、兄弟、叔父和祖父的人，又谈何容易。但威廉用自己的切身例子，用他对待反对者的和解态度，已经向他的追随者表明：一个有性格的人完全能够超越摩西那条"以眼还眼，以牙还牙"的律条。

在这场为树立公共道德而战的斗争中，他得到一位杰出人物的支持，在瓜达的教堂里，今天仍可读到历数一个叫德克·孔赫德（他就埋葬在那里）美德的奇特的单音节词墓志铭。这位孔赫德是个非常有意思的人。他是一户殷实人家之子，年轻时花了许多年在国外旅行，获得了德国、西班牙和法国的第一手资料。刚一返回故乡，他便爱上了一个身无分文的姑娘。他那位谨慎的荷兰父亲力阻这一婚事。儿子照样娶了那姑娘，他父亲照祖辈在这种情况下必然要做的事：大谈忤逆不孝，并剥夺了儿子的继承权。

这造成了不便，年轻的孔赫德只好自谋生计了。但他年轻有才，学会了一门手艺，当上了铜雕匠。

天啊！一旦成了荷兰人，便会终身好为人师。天一黑，他就匆

匆放下雕刀，拿起鹅毛笔，就时事撰写文章。他的文风不大像我们今天所说的"引人入胜"。但他的作品包含了大量的可笑的常理，那正是伊拉斯谟文章的突出特色。孔赫德由此结识了许多朋友，并和"沉默者"威廉拉上了关系。威廉高度赞扬他的能力，雇他做身边的机要顾问。

当时威廉正忙于一场奇特的争论。受到教皇支持和唆使的菲利普国王，正要肃清人类的敌人（也就是威廉），悬赏两万五千金币、贵族头衔和赦免一切罪孽，给肯于去荷兰谋杀头号异教徒威廉的人。威廉经历过五次未遂谋杀，觉得自己有责任用一系列小册子批驳菲利普国王的论点，孔赫德出面协助了他。

论战所指的哈布斯堡王室当然不会就此转为宽容。不过，由于全世界都在注视威廉和菲利普之间的这场决斗，那些小册子就被译成多种文字，四下里广为阅读，形成了对许多命题的健康讨论，那些问题以前人们只敢悄声议论，如今却能公开争辩了。

不幸的是，争论没有持续太久。1584 年 7 月 9 日，一名法国青年谋杀了威廉，得到了那两万五千赏金。又过了六年，孔赫德辞世，未能完成将伊拉斯谟的著作译成荷兰本土语的计划。

至于其后的二十年，始终充满战火的枪炮声，连不同神学家之间的斥骂都被淹没了。当敌人最终被驱逐出这个新生共和国的领土时，已经没有威廉这样的人来执掌国务了。在西班牙大批雇佣军的高压下，一时间被迫不自然地和解的六十个教派，立刻又要互相扼住喉咙了。

当然，他们必须为争论寻找借口，但哪位神学家没有一点怨气呢？

在莱顿大学，两名教授意见相左。这本来没什么新鲜或不自然的。但他们的分歧点是意志的自由问题，这就严重了。欢欣雀跃的

争吵的教授们

大众立即参与讨论,未及一月,全国就分成了两大对立阵营。

一派是阿米尼斯的朋友们。

另一派则是戈马鲁斯的追随者。

戈马鲁斯虽然父母是荷兰人,却一生住在德国,是条顿教育体系的骄子。他学识广博却完全不懂起码的常理。他满脑子的希伯来诗律,心脏却随着阿拉米语的句法跳动。

他的对手阿米尼斯却完全是另一种类型的人。他出生在奥德沃特,那座小城离伊拉斯谟度过早期不幸岁月的斯特恩修道院不远。阿米尼斯儿时即得到一位邻人的友情,那人是马尔堡大学的天文学教授和著名的数学家,名叫鲁道夫·斯内里斯。他把阿米尼斯带回德国,让他受到良好的教育。但是当男孩在等一个假期回家度假时,他发现家乡已遭西班牙人洗劫,所有亲人都被杀光了。

这眼看就要终止他的学业了,所幸几位善心的富人听说了这个孤儿的悲惨困境,便凑了一笔钱,送他到莱顿学习神学。他勤奋用功,五六年之后完成了全部应学课程,开始寻觅新鲜的知识沃土了。

在那年头，聪明的学子总能找到一个肯于为自己的前途出几个钱的恩主。阿米尼斯很快就拿到了阿姆斯特丹一些公会开出的介绍信，高高兴兴地去南方寻找未来受教育的机会了。

阿米尼斯作为一个颇受尊敬的神学继承人，先是去了日内瓦。加尔文此时已死，但他的侍仆——博学的西奥多·贝扎

阿米尼斯

已接替他成为天使的牧羊人。这个猎捕异端的老手，灵敏的鼻子立刻在这位荷兰青年的教旨中嗅出了一丝拉梅主义的气息，要拜访阿米尼斯的计划就此告终。

拉梅主义一词对现代读者毫无意义。但三百年前，它却被人看作是最危险的宗教新说，熟悉弥尔顿作品集的人都清楚这一点。拉梅主义是由一个叫皮埃尔·德·拉·拉梅的法国人发明或首创的（随你高兴用哪个字眼吧）。做学生的时候，德·拉·拉梅就对教授们老一套的教学方法厌烦至极，于是为他的博士论文选了个惊人的题目：《亚里士多德所传授的一切都荒谬绝伦》。

不消说，这个题目没法让他的教师对他有好感。几年之后，他在一系列学术著作中阐述了自己的观点，他也就必死无疑了。他在圣巴陀罗谬大屠杀中成为第一批倒下的受难者。

然而恼人的著作却没有和作者同归于尽，而是得以幸存，拉梅的奇特逻辑体系在北欧和西欧赢得了广大读者。不过，真正虔诚的

人相信拉梅主义是赴地狱的通行证，于是有人劝告阿米尼斯到巴塞尔去，那个不幸的城市自从陷入古怪的伊拉斯谟的魔咒，自由派的人士始终受到好评。

受到这番警告的阿米尼斯便向北走去，随后却做出了不同寻常的决定。他大胆地闯入了敌人的领地，在意大利的帕多瓦大学研读了几个学期，还去了一次罗马。1587年他返回祖国时，在乡亲们的眼中便成了一个危险人物。不过他似乎没有长出魔鬼的角和尾，于是逐渐赢得了大家的好感，他应邀成为阿姆斯特丹的教长。

在那里，他不仅有所作为，还在一次瘟疫暴发的时候赢得了英雄的美名。他不久就得到了真正拥戴，被委以重任——在那座大城市重组公立学校体系，到了1603年他作为学识成熟的神学教授被召往莱顿时，首都的全体居民都对他依依惜别。

若是他事先知道在莱顿等待他的是什么命运，我敢说他是不会去的。他抵达那里时，恰逢下拉普萨里安和上拉普萨里安两派的斗争正酣。

阿米尼斯的家庭出身和所受的教育都属下拉普萨里安派。他本想公平对待上拉普萨里安派的同事戈马鲁斯。可是天啊，上拉普萨里安和下拉普萨里安两派的分歧已经水火不容。阿米尼斯不得不声明自己是彻头彻尾的下拉普萨里安派。

你们当然会问我，上、下拉普萨里安到底是怎么回事。我不清楚，而且我好像也没法弄明白这种事情。不过就我所知，两派的争论由来已久，包括阿米尼斯在内的一派相信，人在一定程度上具备自由意志并能确定自己的命运；而弗索克利斯、加尔文和戈马鲁斯等人则教导说，我们生命中的一切早在我们出生之前便注定了，因此，我们的命运取决于创物一刻神骰的一掷。

1600年,相当多的北欧人是上拉普萨里安派。他们愿意听这样的布道:他们周围的大多数人注定要永世沉沦,如果有那么几个教长敢于宣讲善意和仁慈的福音,他们就会当即被怀疑患有罪孽的软弱症,就像心慈手软的医生一样,开不出苦口的良药,以致他的好心倒害死了病人。

莱顿的长舌妇们一发现阿米尼斯属于下拉普萨里安派,他就被认为是废人一个了。他原先的朋友和支持者对他肆意咒骂,这个可怜的人就死在了这种折磨之中。随后,看来这在十七世纪是不可避免的,下拉普萨里安派和上拉普萨里安派都介入了政治领域,上拉普萨里安派在投票中获胜,宣布下拉普萨里安派是公共秩序的敌人和国家的叛逆。

在这场荒唐的争吵结束之前,继"沉默者"威廉之后为荷兰共和国的奠基立下功劳的奥尔登巴内维尔特,就脑袋夹在双脚中躺下死去了。尽管格罗蒂斯的温和性格曾经使他成为提倡国际法律公正体系的第一位伟大倡导者,也只能到瑞典女王那里吃人家的施舍了;"沉默者"威廉的伟业似乎到此戛然而止了。

但加尔文主义并没有赢得预期的胜利。

荷兰共和国只是名义上的共和国,其实是商人和银行家的俱乐部,由数百个有影响的家族执掌大权。这些绅士们对平等博爱毫无兴趣,却信仰法律和秩序。他们认同和支持现有的教会。每逢礼拜日,他们显示出巨大的宗教热情,陆续来到四白落地的圣物放置处。这里过去是天主教大教堂,如今是新教的布道厅。但是到了星期一,教士带着一长串该抱怨的名单去拜会尊崇的市长和议员时,大人们都在"开会",无法接见这些教会人士。若是教会人士一再坚持,并召来(那是常有的事)几千忠诚的教民在市政厅前"示威",大人们就会优雅地屈尊接过教会人士抄写得工工整整的诉苦书和建议书。但大门在最后一个穿黑袍的请愿者面前关上时,大人先生们就会用刚收到的请愿书点燃他们的烟斗。

他们早已采纳了有用和实惠的格言:"一次足矣,下不为例。"他们被上拉普萨里安教派掀起的大内战的可怕岁月中发生的事情吓破了胆,于是毫不容情地压制所有形式的宗教狂热的发展。

后人对这些新贵并非一味好言相加。这些人无疑把国家等同于私人财产,而且也不会把国家的利益和他们公司的利益总是尽美尽善地加以区分。他们缺乏与帝国相应的宏观眼界,几乎不可避免地要捡起芝麻丢了西瓜。但他们也做了值得我们衷心夸赞的事情。他们把国家变成了国际交换所,持有各式各样观点的形形色色的人在这里得到了最大程度的自由,随心所欲地去说,去想,去写和去出版。

我不想把图画渲染得过分绚丽。在教长们非难的威胁下,市政厅也会不时地被迫镇压天主教的秘密协会或者查抄某本过于嚣张的异端印发的小册子。但总的来说,只要没人爬上市场中间的肥皂箱斥责命定论的教旨,不把天主教一百六十五颗的念珠带进公共餐厅,不在哈莱姆的南侧卫理公会教堂否认上帝的存在,人们就可以享有一定程度上的平安无事。这一条使得荷兰共和国在差不多两百年中成为名副其实的福地,在世界其他地方因其观点而遭受迫害的人可以在这里避风。

不久,有关这座"复乐园"①的传闻不胫而走。在随后的两个世纪里,荷兰的印刷所和咖啡室里面挤满了各种各样热情的人群——精神解放的奇特生力军的先锋部队。

---

① 此处借用英国诗人弥尔顿(1608 ~ 1674)继名篇《失乐园》之后的续作的书名。

第二十章　布鲁诺

据说（而且有根有据），第一次世界大战是一场没有军衔的军官们的战争。将军、上校和三星战略家们坐在某个废弃别墅的大厅里，守着孤独灯光，对着长达数英里的地图冥思苦想，直到琢磨出一点新战术，使他们可以得到半平方英里的土地（却要损失三万左右的兵力）。与此同时下级军官和军士们却在一些有头脑的列兵的支持帮助下，干着所谓的"肮活儿"，最终造成了德国防线的崩溃。

为精神独立进行的伟大征战与之相仿。

没有投入五十万士兵的前线攻击。

没有为敌方射手提供轻易得手的活靶子的绝望冲锋。

我甚至还可以进一步说，大多数人民根本不知道在打仗。他们可能不时地在好奇心的推动下打听那天早上谁遭了火刑或者次日下午谁要被绞死。随后，他们或许会发现，有几个不顾死活的亡命徒继续为天主教和新教两方从内心不赞成的某些自由原则而战。但是我想，这样的消息只会使人们轻叹惋惜而已。不过，要是自己的叔父会落得如此可怕的下场，亲戚们一定会痛不欲生。

情况大概只能如此了。殉道者为事业献出生命了。他们的业绩无法简化为数学公式，也不能用安培或马力的概念来表示。

攻读博士学位的勤奋青年，可能都认真读过乔达诺·布鲁诺的著作集。通过耐心搜集所有感情充沛的语句，诸如"国家无权告诉人民该想什么"或"社会不应用剑惩治那些不同意公认的教理的人"，写出以《乔达诺·布鲁诺（1549～1600）暨宗教自由的原理》为题的可以被人接受的论文。

不过，不再研究那些致命信件的人，应该可从不同的角度看待这个问题。

我们可以在最后的分析中说，有一批虔诚人士，他们对当时的宗教狂热深感震惊，也震惊于人们头上的枷锁，各国人民被迫在枷锁下生活。于是他们起而反抗。他们都是贫寒的人，除去身上披的斗篷，别无所有，而且常常不知道能否有个栖身之处。但他们心中燃烧着圣火。他们四处奔走，谈啊，写啊，把学术精湛的学府中的博学教授拖进学识之争，在简陋的村店里与朴实的村民谦恭地进行辩论，从不止歇地向别人宣讲善意、理解、慈爱的福音。他们带着一小捆书册，穿着褴褛的衣装，四处奔走，直到患上肺炎，在波美拉尼亚穷乡僻壤的某个凄凉村庄里死去，或者被苏格兰村舍中醉酒的农夫们私刑处死，要不就是在法国外省的市镇里被车轮辗得粉身碎骨。

我提及乔达诺·布鲁诺时，并不是说他是这类人中唯一的一个。但是，他的生活、他的理念、他对自己认为是正确合意的真理的不懈热情，在所有先驱者中是十分典型的，足以为人楷模。

布鲁诺的父母都是穷人。他们的儿子是个没有特殊天分的普通意大利男孩，读完通常的课程便进了一家修道院。后来他成了一名多明我会的修士,却与那伙人毫不相干。因为多明我会热情支持所有的迫害,当时被称作"真正信仰的警犬"。他们都很机灵。异教徒没必要把他的观点印出来,招致那些热切的侦探的注意。一个简单的眼神,一个手势,一次耸肩,常常就足以暴露一个人,把他带上宗教法庭。

在深信不疑的顺从环境中长大的布鲁诺,怎么会变成叛逆,舍弃了《圣经》而捧起了芝诺和阿纳科萨哥拉的著作呢?这一点我不得而知。但这位奇特的新生还没有学完规定的课程,就被逐出了多明我会,成为大地上的流浪者。

他穿越了阿尔卑斯山。在他之前已有多少青年人不惧那些古老山口之险,希望能在隆河和阿尔弗河交汇处建起的强大堡垒中求得自由啊!

又有多少人心灰意冷地离开了,他们发现这里和那里总有那么一个内心的精灵迷惑了人们的心,改变教义并不一定意味着改变了心灵和头脑。

布鲁诺在日内瓦住了不到三个月。城里到处都是意大利来的难民。他们给这位同胞弄来一套新衣装,还为他找了个校对员的工作。到了晚上,他就读书写作。他得到了一本德·拉·拉梅的著作,总算

布鲁诺前往日内瓦

找到了知音。德·拉·拉梅也相信，不粉碎中世纪课本中的暴政，世界就没有进步可言。布鲁诺并没有像他那位著名的法国教师走得那么远，他不相信希腊所传授的一切都是错的。可是，十六世纪的人为什么还要受基督诞生之前四世纪时写下的词句的束缚呢？是啊，到底为什么呢？

"因为从来就是如此。"维护正统信仰的人们这样回答他。

"我们与祖辈有什么关系？而他们和我们又有什么关系？让死者去埋葬死者吧。"这个反传统的青年回答道。

不久之后，警察就来找他了，建议他最好打点行囊到别处去碰碰运气。

布鲁诺随后的生活便是没完没了的四处奔波，想寻找一处地方得以相当自由和安全地生活和工作，他始终没有找到。他从日内瓦到里昂，又从那儿到了图卢兹。那时他已开始研究天文学，并成为哥白尼学说的热情支持者，这可是危险的一步，因为当时人们都在异口同声地狂叫："地球围绕太阳！地球是围绕太阳的普通小行星！呸！呸！谁听说过这种废话？"

图卢兹变得令人不快了。布鲁诺便在法国境内一路步行来到巴黎。然后以法国大使私人秘书的身份来到英国。谁料那里等待他的是另一次失望。英格兰的神学家并不比大陆的好到哪儿去，或许只是稍微务实而已。比如说，在牛津大学，他们并不惩治犯有违反亚里士多德教诲错误的学生，只是罚他十先令。

布鲁诺变得好讽刺挖苦了。他着手写作文采洋溢、观点危险的以宗教、哲学、政治为内容的散文和对话。在对话中，整个现存秩序被搅得乱七八糟，不得不接受精微但绝不阿谀的检查。

他还对他最热衷的题目——天文学做过一些演讲。

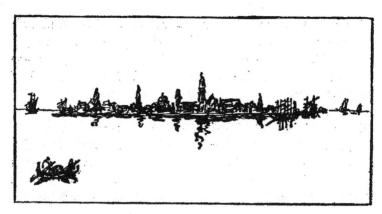

布鲁诺前往威尼斯

但学院当局很少给赢得学子欢心的教授们以笑脸。布鲁诺再次被婉言劝离。于是他返回法国,再赴马尔堡。不久之前,路德曾和兹温格尔在那里就匈牙利虔诚的伊丽莎白城堡中化体①的真正本质进行过辩论。

天啊!他人还未到,他的"自由派"名声就已传到了。他甚至没有被获准讲课。事实证明,威登堡更好客。然而,路德派教义的原有堡垒已逐步被加尔文博士的信徒把持。这之后像布鲁诺这样有自由倾向的人就找不到容身之地了。

他又向南方行进,想到约翰·胡斯的地面上碰碰运气。等待他的是进一步的失望。布拉格已经成为哈布斯堡王朝的首都。什么地方只要有哈布斯堡的人进来,自由就要出城而去。布鲁诺回到路上,经长途跋涉,前往苏黎世。

他在那里收到了一个意大利青年乔万尼·莫塞尼哥的来信,请他前往威尼斯。我不知道是什么原因使布鲁诺接受了邀请。或许这位

---

① 以圣餐面包和红酒变成耶稣的血肉的宗教说法。

意大利农人心中被一个古老的贵族姓名所迷惑,这次邀请使他受宠若惊。

这个乔万尼·莫塞尼哥可没有长就他的祖先抵御苏丹和教皇的那副傲骨。他是个软骨头和胆小鬼,当宗教法庭的官员出现在他的住处,把他的客人带到罗马时,他连个指头都没动一下。

通常,威尼斯政府对其权力十分戒备。如果布鲁诺是个德国商人或荷兰船长,他们还会激烈抗议,甚至会为外国军队敢于在他们的辖区内逮捕人发动一场战争。可是为了一个除了思想外不能给城市带来任何好处的流浪汉,又何必去触怒教皇呢?

他的确自称为学者。共和国也受宠若惊,但城里已经有不少自己的学者了。

因此,别了,布鲁诺,愿圣马可怜悯他的灵魂。

布鲁诺在宗教法庭的监狱里被关押了七年。

1600年2月17日,他在火刑柱上被处死,骨灰被扬到风中。

他在坎普迪菲奥利(即"花卉广场")行刑。懂意大利文的人可以从这个短小美妙的比喻中得到启迪。

第二十一章 斯宾诺莎

　　历史上的某些事情，我从来都没能弄明白，其中之一便是过去年代里一些艺术家和文人的工作量。

　　如今干写作这一行的，有打字机、录音机、秘书和自来水笔，一天可以写出三四千字。可是莎士比亚有十多种工作分散他的脑筋，有一个唠唠叨叨不断责骂的老婆，鹅毛笔也简陋不好使，他怎么能够写出三十七部剧本呢？

　　而"无敌舰队"的老兵洛浦·德·维加忙碌一生，他是从哪儿找到所需的墨水和纸张写出了一千八百出喜剧和五百篇散文的呢？

　　那个奇怪的约翰·塞巴斯蒂安·巴赫又是怎么回事呢？他住在有二十个孩子吵吵嚷嚷的小房子里，居然找出时间谱写了五出清唱剧、一百九十首教堂大合唱、三首婚礼大合唱、十二支圣歌、六支庄严弥撒曲、三支小提琴协奏曲——一支双提琴的协奏曲就足以使他的名字不朽了，七支钢琴及管弦乐协奏曲，三支双钢琴协奏曲，两支三钢琴协奏曲，三十首管弦乐谱，还为长笛、竖琴、风琴、低音提琴和法国圆号写下了足够普通学生练一辈子的曲谱。

还有，伦勃朗和鲁本斯这样的画家要如何勤奋地挥笔，才能在三十多年的时间里以一月四幅的速度创作出油画或蚀刻画呢？像安东尼奥·斯特拉地瓦利那样一个地位不高的市民，如何能够在一生中制出了五百四十把小提琴、五十把大提琴和十二把中提琴的呢？

我此刻不是在讨论他们的头脑何以能够创造出那么多情节，听出那么多旋律，看出多种多样的色彩和线条的组合，挑出那么些木头。我只是想不明白他们体力上的能量。他们怎么做得到呢？难道他们不睡觉吗？他们有时候不匀出几个小时打打台球吗？他们从来不疲倦吗？他们从来没听过"神经"这东西吗？

十七、十八世纪净是这样的人。他们不讲健康法则，照样吃喝那些对健康有害的东西，根本意识不到作为光荣人类的一员所肩负的崇高使命，但他们有极其充裕的时间，他们的艺术和智慧产品实在令人感佩。

艺术和科学上的情况也同样表现在神学这样需要斟词酌句的学问上。

如果回到两百年前，走进任何一座图书馆，就会发现从地下室到阁楼到处都是八开本、十二开本和十八开本的宗教小册子、布道书、讨论集、驳论集、文摘和评论，用皮革、羊皮纸和纸张装帧，被尘封和遗忘了，但这些书本毫无例外地都包含着丰富的或许是无用的学识。

这些书籍谈论的题目和采用的许多词汇在现代人看来已经丧失了意义。但这些发霉的汇编毕竟有着这样那样的重要目的。即使没有别的成就，至少清新了空气。因为它们使所有相关人士普遍满意地解决了讨论的问题，或者使读者信服了：那些具体问题不可能依靠逻辑和辩论来确定，倒不如当场就顺手丢掉算了。

这样就听起来像是转弯抹角的夸赞。不过我希望三十世纪的批评家在涉猎我们残留的文学和科学成就时，能够同样发发善心。

※ ※ ※

巴鲁克·斯宾诺莎是本章的主人公，他没有追随当时的风气大写特写。他的作品集只有三四小卷，另有几捆信札。

但是，用正确的数学方法解决他在伦理学和哲学上的抽象问题所必需的大量研究会拖住任何健康的人的腿。这个结核病患者正是因为试图用乘法口诀来理解上帝，从而早逝。

斯宾诺莎

斯宾诺莎是个犹太人。不过，他的家人从未受过住进犹太隔离区的屈辱。他家的祖先在西班牙尚属摩尔人的一个行省时就在那个半岛定居。在西班牙征服之后引入了"西班牙属于西班牙人"的政策，最终迫使国家衰败，斯宾诺莎一家被迫离开旧家园。他们乘船来到荷兰，在阿姆斯特丹买下一栋小房子，勤劳工作，存下了钱，不久就成了"葡萄牙移民区"中最受尊敬的一户人家。

如果说这家的儿子巴鲁克意识到了他们的犹太血统，主要归于他在塔尔穆德学校接受的训练，其次则要归于邻居小孩的嘲笑。因为荷兰共和国充满了阶级偏见，已经没有民族偏见的多少余地了，因此外来民族可以在北海和须德海沿岸找到栖身之地，过上平静、和谐的生活。这正是荷兰生活中最具特色之处，现代旅行者在撰写《旅游忆念》时绝不会遗忘这一点，这是有充足原因的。

在欧洲其他的大部分地方，即使在相当晚的时候，犹太人和非犹太人之间的关系还是不能令人满意。双方的争吵简直无望解决，因为大家同样有对有错，而且都声称自己是对方蛮横和偏见的受害者。按照本书中提出的理论，蛮横不过是乌合之众自我保护的形式，这就清楚表明，只要他们忠于各自的宗教，基督教和犹太教就会把对方视为敌人。首先，双方都坚持自己信奉的才是真正的上帝，其他民族的其他上帝都是冒牌货。其次，双方是危险的商业对手。犹太人来到西欧如同他们早年到达巴勒斯坦一样，都是以移民身份寻找新家园的。当年的工会即行会不让他们找到职业。因此，只好开个当铺和银行作为经济上的权宜之计。在中世纪，这两种极其相似的行业体面的市民是不会干的。直到加尔文时期，教会始终深恶痛绝金钱（税收例外），而且认为赚取利息是一种罪恶，这实在难以理解。高利贷当然更是任何政府都不肯容忍的。早在四千年前，巴比

伦人就曾通过一条严苛的法律,反对想从别人的钱中牟利的金钱交易人。两千年前写下的《旧约》的好几章中,我们都可以读到,摩西也曾明确禁止他的追随者以高利借给他人(外国人不在此列)现钱。再后来,包括亚里士多德和柏拉图在内的伟大的希腊哲学家都表示了他们极不赞成以钱生钱的做法。教会的神父们对这个问题的态度益发明确。在整个中世纪,放债者极其为人不齿。但丁甚至在他笔下的地狱里专门给他的银行界的朋友设下一个小壁龛。

从理论上或许能够证明,开当铺的和他们的同事——开银行的人是不受欢迎的市民,要是没有他们,世界会更好的。与此同时,世界只要不再是清一色的农业国,哪怕是最简单的生意,不用借贷简直就进行不下去。放债人因此就成了必需的魔鬼,而注定要下地狱的犹太人(按照基督教徒的观点)被迫从事人们需要的行当,体面人绝不会问津。

这样,不幸的流亡者被迫干上不光彩的行当,成为富人和穷人的天敌。他们刚一站稳脚跟,对方便转而反对他们,辱骂他们,把他们封闭在城中最肮脏的地区,冲动之下还会把他们作为不信神的恶棍绞死,或者作为叛逆的基督徒烧死。

这一切不单单是无知,而是愚蠢至极。无止境的骚扰和迫害没有使犹太人喜欢基督徒。直接后果是,一大批第一流的智慧从公共圈子中隐退了,数以千计的聪慧青年本可以在商业、科学和艺术上一显身手,却把他们的智力和精力消耗在了满是深奥费解和引发诡辩的旧书上。数百万无助的青年男女注定要在臭气冲天的租屋内过着畸形的生活,一方面听长辈讲他们是上帝的选民,肯定要继承这个世界及其财富,另一方面又要听邻居不停地骂他们是猪,只适合上绞架或刑车,并在这种诅咒中吓得要死。

第二十一章 斯宾诺莎

要让这些注定生活在逆境中的人们（不管是谁）保持正常的眼光看待生活，简直是不可能的。

犹太人一再被逼得对基督徒同胞采取绝望的行动：当他们愤怒到极点时就反抗到压迫者身上，结果又被说成是"叛逆"，"忘恩负义的恶棍"，加诸在他们身上的屈辱和限制就更重了。但这种限制只有一个结果：心怀怨恨的犹太人增加了，其余的犹太人神经崩溃，总之使犹太居民区成了受挫的雄心和积压的仇恨的骇人的聚集地。

斯宾诺莎出生在阿姆斯特丹，因此没有遭到他的大多数亲人生来就遭受的苦难。他先是就读于犹太教堂（恰当地称作"生命之树"）经管的学校，学会了希伯来语动词变位之后马上被送到学识渊博的弗朗西斯科·阿皮尼厄斯·范·登·恩德博士那里，接受拉丁文和科学方面的训练。

弗朗西斯科博士，如其名字所示，出身于天主教徒家庭。据传他毕业于卢万大学，若是相信城里消息最灵通的执事的说法，他实际上是个伪装的耶稣会成员，是个十分危险的人物。不过这是一派胡言。范·登·恩德年轻时确曾在一所天主教的神学院度过了几年。但他对学业心不在焉，离开家乡安特卫普以后，他来到阿姆斯特丹，自己开办了一所私立学校。

他有出色的因材施教的能力，他使学生都喜欢经典课程。阿姆斯特丹信奉加尔文教义的市民，不在乎他过去与天主教的瓜葛，都心甘情愿地把孩子托付给他，而且很自豪，因为该校学生在六韵步诗和静词变格上总是胜过别的学校。

范·登·恩德教授小巴鲁克拉丁文。但他热心追随科学领域的最新发现，对乔达诺·布鲁诺崇拜得五体投地，无疑他会教给孩子好些传统的犹太家庭通常不会提及的东西。

而小斯宾诺莎一反当时的习惯，没有和其他少年一起在校寄宿，而是住在家里。他深邃的学识颇使家人惊奇，全家都把他当作小教授，随便地给他零钱花。他没有把钱浪费在烟草上，而是用来购买哲学书。

一位作者让他特别着迷。

那就是笛卡尔。

雷内·笛卡尔是法国贵族，生于图尔和布瓦蒂耶交界处。一千年前，查里曼大帝的祖父曾在这里阻止了穆罕默德征服欧洲。笛卡尔在十岁之前就被送到耶稣会去受教，他在那里度过的十年，令别人对他生厌。因为这孩子有自己的想法，只接受"眼见为实"的东西。耶稣会大概是世界上唯一懂得如何对付这种难缠的孩子的人了，他们既不折磨孩子，还能培养他们成人。检验教育成果的布丁，就是要去尝一尝。如果现代教师学会了耶稣会罗耀拉兄弟的办法，说不定我们也会有几个自己的笛卡尔了。

笛卡尔二十岁那年入伍服役，来到了荷兰。纳索的莫里斯曾在那里从头至尾地完善了他的军事体系，使他的军队成了想当将军的所有青年的研究生院。笛卡尔并不经常到纳索亲王的司令部去。一个忠诚的天主教徒竟为新教徒的首领服役！这听起来就像犯了叛国罪。但笛卡尔感兴趣的是数学和炮术，而不是宗教和政治。因此，荷兰刚一和西班牙停战，他便辞职来到慕尼黑，在巴伐利亚天主教公爵的麾下打了一阵子仗。

但那次战役并没有打多久。唯一一场至关重要的战斗是在拉罗歇尔附近进行的，胡格诺派教徒正在那里抵抗黎塞留。①于是笛卡尔

---

① 十七世纪法国天主教红衣主教，法王路易十三的宰相，对胡格诺派实施镇压。

返回法国，以便学会高级的攻坚战术。但军旅生涯已对他丧失了吸引力。他决定放弃行伍，投身到哲学和科学中去。

他自己有一笔小收入。他不打算结婚，也没什么奢望。他向往着宁静幸福的生活，而且他也真的过上了那种日子。

他为何选择荷兰做居所，我不得而知。但荷兰是一个到处都有印刷所、出版商和书店的国家，只要你不公开攻击现存的政府或宗教，书籍检查法就是一纸空文。再者，他从来没有学会这个客居的国家的语言（这对地道的法国人来说并不困难），也就回避了不速之客和无益的谈话，能够把全部时间（差不多每天二十小时）用来工作。

对于一个当过兵的人来说，这种生活似乎有些枯燥。但笛卡尔有自己的生活目标，而且对这种自我放逐的日子完全满意。他在这些年里越来越相信：这个世界依然陷在无知深渊的黑暗之中；当时被称作"科学"的东西距离真正的科学还远不可及，整体陈旧的错误和荒谬未被铲平之前，是谈不到普遍进步的。这可非同一般。不过，笛卡尔颇具耐心，到了三十岁他着手为我们建起一个崭新的哲学体系。作为准备工作，他在最初的提纲里加进了几何、天文学和物理学。他以高尚的不偏不倚的精神从事工作，以致天主教徒骂他是加尔文派，加尔文派则咒他是无神论者。

这种喧嚣即使传到了他的耳朵里，也丝毫没有干扰他的工作。他不动声色地继续自己的研究，在斯德哥尔摩与瑞典女王谈论了哲学，最终安详地在那里去世。

在十七世纪的人们当中，笛卡尔主义掀起的风波如同达尔文主义在维多利亚女王时代的影响一样。在1680年做一名笛卡尔主义者，是件可怕的事，很不光彩；等于宣布自己是既定的社会秩序的

敌人，是索西奴斯[①]信徒，是自认不能与体面人等量齐观的下等人。这并没能阻止知识阶层的大多数人士，就像我们的祖辈接受达尔文主义一样欣然并热切地接受笛卡尔主义。但是在阿姆斯特丹正统的犹太人当中，这样的题目是没人提的。笛卡尔主义在塔尔穆德和托拉赫也从无人谈及。因此它也就不存在。一经表明这种观念在巴鲁克·德·斯宾诺莎的头脑中存在，结论就必然是：只要犹太教堂的当权者介入调查此案并采取官方行动，这个巴鲁克·德·斯宾诺莎就该停止存在。

那时阿姆斯特丹的犹太教会刚刚经历了一场严重的危机。小巴鲁克十五岁的时候，来了一个叫尤里尔·艾考斯塔的葡萄牙流亡者。他断然放弃了在死亡威胁下被迫接受的天主教，回归到父辈的信仰。但这位艾考斯塔从来不是个普通的犹太人，而是个绅士，惯于在帽上插羽毛，在腰边挎佩剑。那些在日耳曼和波兰学校里受过训练的荷兰犹太拉比的傲慢，让他恼火和震惊，而且他很自傲，从不屑于掩饰自己的观点。

在那样狭小的社区里，这种公然蔑视是不能被容忍的。一场毫不容情的斗争开始了。一方是半是先知半是贵族的孤傲的梦幻者，另一方则是铁面的法律捍卫者。

结局是悲剧。

起初，艾考斯塔被举报到当地警察局，说他是否认灵魂不朽的渎圣小册子的作者。这使他和加尔文教长们发生了摩擦。不过事实很快澄清，控告便撤销了。可是犹太教会却把这个执拗的反叛者逐出教，剥夺了他的谋生手段。

[①] 十六世纪意大利神学家，否认三位一体、基督的神性、魔鬼的人格、人类的原罪等。

在随后的几个月里,这个可怜的人只好在阿姆斯特丹的街头流浪,最后孤苦潦倒又驱使他回到犹太群体。但是重新接纳他的前提是,他必须公开认罪,任教区犹太人对他鞭抽脚踢。这种羞辱让他精神失常。他买了一只手铳,把自己的脑袋打开了花。

这次自杀在阿姆斯特丹的头面人物中引起很多议论。犹太社区觉得不能冒险再引发另一场公愤了。当"生命之树"中最有前途的学生显然已经被笛卡尔的新异端思想玷污之时,犹太教会的直接意图便是悄悄地平息此事。他们找来巴鲁克,只要他保证做个好学生,继续去犹太教堂,不发表或散布任何反对法律的言论,他就可以得到一笔固定的年金。

斯宾诺莎可是个不肯妥协的人。他断然拒绝了这些事。结果他被逐出教会,依据就是那个著名的古老的《惩处准则》——毫无回旋余地,全然回到了耶利哥时代,极尽其诅咒谩骂之能事。

作为这些无以复加的诽谤的受害者,斯宾诺莎安之若素,待在房间里读着报纸上的消息。即使一个《惩处准则》的狂热追随者试图取他性命时,他也拒不离开城市。

这对犹太拉比的威信是一次重大的打击。他们显然曾乞灵于约书亚和希伯来预言家伊莱沙,在四五年内却仍有人再次公开向他们挑战。他们气急败坏地向市政厅申诉,要求与市长会面,说明这个刚被他们开除出犹太教的巴鲁克·德·斯宾诺莎确实是个危险分子,是拒绝相信上帝的不可知论者,在阿姆斯特丹这样备受尊敬的基督教社团中不应该容忍这种人。

那些大人们按照他们良好的习惯,对整个事情不予插手,而是转给教士下属委员会去经办。该下属委员会研究之后,发现巴鲁克·德·斯宾诺莎并没有做出有害于城市法令的事,就如实向大人们

汇报。不过,他们认为教会人士能够站到一起是件好事,因此建议市政厅请这个似乎特立独行的青年暂时离开阿姆斯特丹几个月,待风平浪静之后再回来。

从那时起,斯宾诺莎的生活就像从他的卧室窗户看出去的景色一样宁静平和。他离开阿姆斯特丹以后就在莱顿附近的莱茵斯堡村中租了一栋小房子。他白天打磨光学仪器上的镜头,夜晚吸着烟斗,随思绪所致或读或写。他终生未婚。有传闻说他同拉丁文教师范·登·恩德的女儿有恋情。可斯宾诺莎离开阿姆斯特丹时那孩子才十岁,传闻似乎不确。

他有好几位忠实的朋友,他们提出一年至少给他两次资助,以便他能专注于他的研究。他回答说,他感谢他们的好心,但他情愿独立,除去一个富有的笛卡尔主义者青年每年给他八十块钱的接济之外,他不再多要一分钱,过着真正哲学家令人敬佩的清贫生活。

他曾经有机会到德国当教授,但他婉拒了。他接到口信说,普鲁士显赫的国王乐于成为他的恩主和保护人,他也回绝了,一心一意地过着平静愉快的流亡日子。

在莱茵斯堡过了几年之后,他移居海牙。他一向身体健康欠佳,打磨半成品透镜上的玻璃微屑损害了他的肺脏。

他孤独地猝死于 1677 年。

使当地教士十分愤怒的是,不下六辆王室显贵的私人马车,陪伴着这位"无神论者"直到他的坟墓。两百年后,当纪念他的雕像揭幕时,倒霉的警察不得不大批出动去保护参加这一庄严的纪念活动的人,使他们不被成群狂热的加尔文教徒的怒火所害。

关于斯宾诺莎就说到这里了。他的影响怎么样呢?他难道仅仅是把无穷无尽的理论塞进无穷无尽的书里,说出的话能把奥马尔·卡雅姆（波斯诗人）气得脸色发青的勤奋的哲学家吗？

不，他不是。

他取得的成就绝不是依赖他的聪明才华或巧言善辩正确阐述自己的理论。斯宾诺莎之伟大主要靠他的勇气。他属于这样一类人：他们只知道一条法则，一套早已被遗忘的往昔的昏暗时代里定下的不可更改的死规矩，一个为职业教士阶层的利益而创建的精神专制体系——他们自认为能够解释这一神圣密码。

他生活在一个知识自由的观念几乎等同于政治上无政府主义的时代。

他知道他的逻辑体系会得罪犹太人和非犹太人。

但他从未动摇过。

他把所有问题都视为普遍问题。他把这些问题毫无例外地看作一种无处不在的意志的体现，相信这些问题是纯现实的表现，如同适用于创世纪那样，它将在最后审判日发挥作用。

他就是这样为人类的宽容事业做出了伟大的贡献。

斯宾诺莎像他之前的笛卡尔一样，摒弃了旧式宗教设下的狭窄界线，勇敢地建立起了一套基于百万星辰之上的新的思想体系。

他恢复了自古希腊和罗马时代就被歪曲的人类的真正形象——真正的世界的一员。

第二十二章　新天国

没什么理由担心斯宾诺莎的作品会广为传播。他的书很像三角学教科书,很少有人能读三个句子以上,不管是哪一章节。

需要另一种人向广大群众普及这种新观点。

在法国,国家刚一转成君主专制,独立思考和调查的热情便戛然而止。

在德国,三十年战争带来的是穷困和恐惧,它扼杀了个人的创造力至少达两百多年。

十七世纪下半叶,英国是欧洲诸大国中,在独立思考方面有进步可能的唯一的国家。国王和议会的长期争论增加了不稳定的因素,事实证明,这促进了争取个人自由的事业。

首先我们应该谈谈英国君主。多年来,这些倒霉的国王始终夹在天主教的妖魔和新教的深海之间。

天主教的臣民(包括许多暗地投向罗马的圣公会教徒)始终叫嚷着要回归到不列颠国王充当教皇附庸的幸福时代。

另一方面,英国的新教徒却用一只眼紧盯着日内瓦,梦想着有一天没有国王，英格兰变得像藏在瑞士群山小角落里的幸福联邦一样。

还不仅如此。

统治英格兰的人也是苏格兰的国王，苏格兰臣民在宗教方面，清楚地知道自己的需要。他们绝对相信自己坚决反对宗教信仰自由是正确的。他们认为，在新教徒领地范围竟然有其他教派存在和自由崇拜，这无异是邪恶。他们坚持认为，不但天主教徒和再洗礼教徒应该被逐出英伦岛，而且索西奴斯教徒、阿明尼教徒、笛卡尔主义者，简言之凡是与上帝活生生的存在的观点相左的人，都该一律绞死。

可是，这个三角冲突产生了意想不到的结果：一些人想要在对立的教派之间保持中立，便不得不缄默寡言，这使他们变得宽容多了。

如果斯图亚特和克伦威尔在一生的不同时期里都坚持各教派的平等权利——历史证明他们也确实做到了——那绝不是他们对长老会教徒或高教派教徒有什么感情，或是他们受到那些教徒的爱戴。他们只是充分利用这一难题做了交易。马萨诸塞海湾沿岸殖民地里的一个教派最终变得十分强大，这件可怕的事情向我们表明：如果互相竞争的许多小教派中的一个教派在全国建立了绝对专制，英格兰的命运会变成什么样子。

克伦威尔当然达到了为所欲为的境地。但这位护国公卓有智慧。他深知他是靠铁军维持统治的，因此他就避免采取极端的行动或法令，以免激起对手们的联合反抗。不过，他的宽容之心也就到此为止。

至少可怕的"无神论者"——即前述的索西奴斯教徒、阿明尼

教徒、笛卡尔主义者和其他个人神圣权利的信徒——其生活之艰难一如既往。

当然啦,英国的"自由思想派"享有巨大的优势。他们紧靠大海,只需要忍受三十六个小时的晕船,就可以驶抵荷兰诸城市安全的避风港。荷兰城市里的印刷所出版南欧和西欧的违禁作品,跨越北海确实意味着去出版商那儿赚取一笔稿酬,再了解一下思想反抗的新近作品。

有人利用这一便利机会静心研究和潜心思索,其中最有名望的当属约翰·洛克。

他和斯宾诺莎生于同一年。他像斯宾诺莎一样,——实际上也像大多数独立的思想家一样——是一个虔诚信徒家庭之子。巴鲁克的双亲是正统的犹太人。约翰的父母则是正统的基督徒。他们用不同教旨的严格教义培养孩子,无疑是为孩子好。但这种教育,要么摧毁孩子的心灵,要么使他变成叛逆。约翰和巴鲁克都不是俯首听命的人,他咬紧牙关离开家园,去闯荡自己的世界。

洛克在二十岁时来到牛津大学,在那里首次听到了笛卡尔的观点。可是在圣凯瑟琳大街尘土堆积的书店里,他发现了其他更对口味的书籍。比如托马斯·霍布斯的著作。

霍布斯是个很有意思的人,曾是马格达林学院的学生,不肯安分守己,去意大利和伽利略谈过话,和伟大的笛卡尔通过信,一生大部分时间都住在欧洲大陆,为的是躲避怒气冲冲的清教徒。他不时抽暇撰写一部包罗他对所有想得到的问题的看法的长篇巨著,用一个引人注目的书名:《极权主义的国家,或曰长老会联盟和国民联盟的物质、形式和权力》。

这部博学的巨著问世时,洛克是大学二年级的学生。该书对王公的本质、权利,尤其是他们的职责公开加以论述,连最彻底的克伦威尔派也不得不赞同。许多克伦威尔的党徒都觉得应该宽恕这个态度可疑的人——他虽然是个十足的保皇派,却在一本重量超过五磅的书中揭露了保皇派的做作。霍布斯当然属于那种不容易归类的人。他的同代人称他是"不拘泥于教条及形式的人",就是说,他对基督教的伦理学比对基督教的纪律和教义更感兴趣,主要给予人们在非本质的问题上有一定程度的"自由"。

洛克和霍布斯气质相同。他至死都留在教会里,但他又由衷地主张对生活和信仰做宽容的解释。洛克和朋友们认为,国家摆脱一个头戴金冠的暴君,如果只是引来另一个戴宽软边呢帽的暴君来滥施权力,那又有何用呢?何必今天否认一派教士的忠诚,第二天又接受另一派与其前任同样傲慢专横的教士的统治呢?尽管逻辑无疑在洛克等人一边,但这种观点在一些人当中却行不通,因为如果"自由派"取得成功并把僵死的社会变成伦理辩论的社会,他们就会丢掉饭碗。

虽说洛克似乎具有极大的人格魅力,而且还有一批有影响力的朋友可以保护他不受执法官员的怀疑,但他再也未能逃避无神论者嫌疑的日子很快就要到来了。

这事发生在1683年的秋季,洛克只好去了阿姆斯特丹。斯宾诺莎已经过世五六年了,不过荷兰首都的学术气氛一直十分自由,洛克得到了不受当局干扰的研究和写作的机会。他本来就是勤勉的人,在四年的流放中,他撰写了著名的《论宽容的信札》,这使他成为这部简史中留名的一位英雄。在这封信中(按照他的对手的意见应该是三封信),他直截了当地否认国家有权干涉宗教。洛克认为(他在这方面的观点,脱胎于另一个流亡者,德国人皮埃尔·贝尔,当时正住在鹿特丹,独立编纂百科全书),国家无非是个保护性组织,由一批人创立和维持,为的是相互间的利益和安全。这样一个组织为什么要独断专行地命令公民信仰什么和不信仰什么呢——这是洛克及其信徒始终未能弄明白的问题。国家既然没有告诉人们应该吃什么或喝什么,为什么要强迫他们去某个教堂而远离另一个教堂呢?

新教徒勉强的胜利使十七世纪成为奇特的宗教妥协的时代。

威斯特伐利亚的和平终止了所有的宗教战争,它阐明了一条道理:"所有臣民应跟随统治者的宗教信仰。"于是,在一个六等公国中,所有的人都是路德教徒(因为当地的大公是个路德教徒),而在一个七等国中,他们又全是天主教徒了(因为当地的男爵刚好是个天主教徒)。

洛克分析说:"若是国家有权命令人们灵魂的归宿,那么一半人都注定要永堕沉沦,因为不可能两种教派都正确(按照教义手册第一条的说法),生在边界这边的人必定要升入天堂,生在那边的人必定要堕入地狱。如此一来,出生地的偶然性便能决定一个人的灵魂能否得到拯救了。"

洛克没有把天主教徒列入他的宽容计划之中,这的确很遗憾,不过可以理解。在十七世纪的不列颠普通百姓眼里,天主教并不是一种宗教形式而是一个政党,因为它从未停止策划反对英国国家安全的阴谋:它曾经建造了无敌舰队,还购买了大批炸药试图摧毁这个所谓友好国家的议会。

因此,洛克宁愿把拒不给予天主教的权利交给殖民地的异教徒,并要求天主教徒别再踏上英国的领土。但这只是因为他们危险的政治活动而不是因为他们的信仰不同。

需要倒回十六个世纪才能听到这样的看法。一位罗马皇帝曾订下著名原则：宗教是个人与上帝之间的事，上帝觉得自己的尊严受到损害的时候，自己会照顾自己的。

英国人在不足六十年里经历了四次政府更迭，所以他们较容易接受基于常理的宽容理想所包含的根本道理。

1688年，奥兰治的威廉横渡北海，洛克与英国新王后同船回国。从那时起，他便过起宁静无事的生活，当他以七十二岁高龄辞世时，已经是备受尊敬的作者，再不是骇人的异端了。

国内战争很可怕，却有一大优越性：净化了气氛。

十七世纪英国的政治纷争耗尽了这个国家的多余精力。当别的国家还在为三位一体和先天罪孽大打出手时，大不列颠的宗教迫害业已终结。不时有一个过于冒失的批评家抨击现有的教会，像丹尼尔·笛福，那也许会不愉快地触犯法律，但《鲁滨逊漂流记》的作者被枷去示众，是因为他是个幽默家，倒不是因为他是个业余神学家。其实盎格鲁—撒克逊民族自古以来天生对讽刺疑虑重重。假如笛福写的是严肃的捍卫宽容的文章，他也许会逃过惩戒了。他把对宗教专制的攻击变成一本半幽默小册子《持不同政见者的捷径》，这表明他是个不懂礼仪的低俗之辈，不亚于监狱中的小偷。

笛福还是幸运的，他从未踏出英伦三岛之外。被专横地逐出其发源地之后，在大洋彼岸的殖民地找到了乐土。这倒不是由于移民的性格问题，而是由于新大陆提供了比旧大陆大得多的经济优势。

英国本土是个小岛国，人口密集，只能为大多数人提供立足之地，若是人们不肯实践古老而诚实的"平等交易"的规矩的话，所有生意都会终止。但是在美国，它是一个不知有多大、财富多得难以置信的国家，是一个仅仅住有为数不多的农夫和工匠的大陆，就没必要如此妥协了。

于是，在马萨诸塞海岸一个实行共产的小定居点居然发展成为自诩公正的正统教派，自从加尔文在瑞士西部充当了警察署长和最高审判长的幸福日子以来，这种情况就从来没有出现过。

对查尔斯河严寒地带第一块长期定居点的赞誉，通常都给予那一小伙被称作"朝圣的教父"的人。"朝圣者"常用的词义是"为表达宗教虔诚而去圣地旅行的人"。"五月花"号的乘客并非"朝圣者"。他们是英国的瓦匠、裁缝、搓绳匠、铁匠和修车匠，他们背井离乡，就是要逃避仍在大多数教会中墨守、而为他们憎恨的天主教教义。

他们先是渡过北海来到荷兰，抵达那里时刚好赶上经济大萧条。我们的教科书接着描述说，他们要继续航行是因为不甘心让他们的孩子学习荷兰语，不然就会被寄寓国同化。这听起来似乎不可能，这些纯朴的人居然不图报恩，偏要归化美国。事实上，他们大部分时间都不得不住在贫民窟里，在人口已然过于稠密的国家里难以谋生，他们期盼着在美洲种烟草会比在莱顿梳羊毛收益更好，于是他们便乘船驶向弗吉尼亚，谁知遇到逆风，水手驾船能力又有限，便来到了马萨诸塞岸边。他们决定就地住下，不肯乘着漏船到海上的恐怖中去冒险了。

他们虽然逃过了溺水和晕船的难关，却仍处于极度危险的境地。他们大多来自英格兰

新天国

新大陆的冬天

内陆的小城镇,没有闯荡的本领。他们的共产思想被严寒打碎,他们的城市热情被不息的狂风冻结,他们的妻子儿女由于缺少像样的食物而饿死。只有少数人在最初的三个冬季后存活下来,这些本性善良的人原本习惯了家乡国家的粗鲁又现成的宽容,可他们终于被随后到来的数千新移民彻底淹没了。这些新来的移民无一例外都属于更严苛、更不肯妥协的清教徒,他们把马萨诸塞变成了查尔斯河上的日内瓦,并持续了好几个世纪。

清教徒们在那片狭长的小地方上挣扎谋生,时时处于灾难的边缘,比以往任何时候更想在《旧约》中为他们的所思所为寻找依据。他们与体面的人类社会和书籍隔绝,发展出自己的一套奇特的宗教精神。他们把自己看作是摩西和纪登传统的继承人,很快会成为西部印第安邻人地道的马卡比①。他们无法慰藉自己艰苦乏味的生活,只能相信他们受难是为了唯一真正的信仰。于是他们得出结论(这是很容易的):别人全都错了。要是有谁不同意他们,并含蓄指出清

---

① 马卡比(前175～前164),曾拯救叙利亚的犹太人摆脱希腊王的暴政。

教徒的做法和想法并不完全正确的话，就会遭到野蛮的对待。那些毫无危害的持异端的人，不是受到无情的鞭笞后再被赶进荒野，就是被割耳剜舌，还要驱逐出境，除非他们侥幸逃到邻近的瑞典和荷兰的殖民地藏起来。

这块马萨诸塞的移民聚居区对宗教自由和宽容事业毫无贡献，它起的作用并不是出自本心，而是歪打正着，这在人类进步的历史上也是常有的。宗教专制的暴力引起了更为自由的政策的反作用力。在差不多两个世纪的教长暴政后，一代新人成长起来，他们是各种形式的教士统治的不共戴天的公开敌人，坚信政教分家是必要的，对前人政教合一的做法深恶痛绝。

这个发展过程十分缓慢，却有点运气，直到大不列颠及其美洲殖民地的敌对爆发之前危机才出现。结果，美国宪法的起草人不是自由思想家，就是旧式加尔文主义的秘密敌人，他们在这个文献里注入了颇为现代的原则，事实证明，这些原则在维持共和国的和平稳定中具有巨大的价值。

但在此之前，新大陆在宽容领域中经历了一次意想不到的发展。奇怪的是，该发展恰恰出现在天主教区里，在现在马里兰州的一个地方。

此次有意思的试验的主要人物是卡尔弗特父子。他们的祖籍是佛兰芒，但父亲早已移居英格兰，并对斯图亚特王朝做出了显赫的贡献。他们本是新教徒，但乔治·卡尔弗特——詹姆斯一世的私人秘书和总管——对他同代人无益的神学之争厌烦到了极点，便又回到古老的信仰。老信仰好也罢，坏也罢，还是不好不坏，反正它把黑叫作黑，把白叫作白，不把每项教义的最后判定权留给一帮半文盲的教士。

这位乔治·卡尔弗特看来是个多才多艺的人。他的倒退行为（在当时可是十分严重的罪名！）并没有使他丧失国王的青睐。相反，他还被封为巴尔的摩地区的巴尔的摩男爵，他在筹建为遭迫害的天主教徒建立一小块居住地时，还得到了各种帮助。起初，他在纽芬兰试了下运气，但他派去的定居民都因为无房无家冻得无法住下去。男爵大人随后要求在弗吉尼亚给他一块几千平方英里的土地，谁知弗吉尼亚住民都是顽固的圣公会教徒，他们不肯与这些危险分子作邻居。巴尔的摩随后要求得到弗吉尼亚与德国和瑞典领地之间的一条狭长荒野。未及等到特许，他就撒手人寰了。他的儿子塞西尔继续做这桩好事，1633年至1634年冬天，"方舟"号和"鸽子"号两条小船在乔治的兄弟伦纳德·卡尔佛特的指挥下，横渡大西洋，于1634年3月把乘客平安运到切萨皮克海湾的岸上。这处新领地就

马里兰奠基

叫作马里兰，是以德国国王亨利四世之女玛丽命名的。亨利四世本来打算建立欧洲各国的联盟，但该计划由于一个疯癫修道士用匕首刺杀了这位国王而破产。玛丽嫁给英王，但这个国王不久后又在清教徒手里丢了脑袋。

这片非同一般的移民区，没有消灭印第安邻人，而且为天主教徒和新教徒提供了同等的机遇，但本身却经历了许多艰难岁月。起初，移民区中住满了为逃避马萨诸塞清教徒的蛮横残忍而来的圣公会教徒。后来，逃离弗吉尼亚圣公会教徒的凶残的清教徒也闯了进来。这两股逃亡者都不可一世，都竭力要把自己那套"正确信仰"强加给刚刚收容了他们的这块地方。由于在马里兰"所有会引发宗教狂热的争执"都被明文禁止，老移民完全有权要求圣公会和清教徒双方要相安无事。可是不久之后，英国本土爆发了保皇党和圆颅党之间的战争，马里兰的住民担心，不管哪一方获胜，他们都会失去原有的自由。于是，1649年4月，刚刚获得查理一世遭处决的消息以后在塞西尔·卡尔弗特的直接倡议下，通过了著名的《宽容法》，其中有这样一段精彩的规定：

"由于宗教对思想的高压统治在其所及的范围内常常产生有害的结果，为本地政府之安定，为保护居民之间的友爱和团结，特此决定：任何人不得以宗教或宗教信仰为理由，对本省所有信仰耶稣·基督的人进行干预、骚扰或迫害。"

在耶稣会占据有利地位的地方能够通过这样一纸法律，表明巴尔的摩一家具有杰出的政治能力和非同小可的勇气。这种宽宏大度的精神受到来访者的交口称赞。后来，一伙清教徒逃亡者推翻了马里兰的政府，废除了《宽容法》，代之以自己的《关乎宗教的法案》，该法案给予宣称自己是基督徒的人以充分的宗教自由，但"天主教徒和圣公会教徒除外"。

这个反动的时期所幸不长。1660年,斯图亚特王室复辟,巴尔的摩家族的人也在马里兰重新执政。

对他们政策的又一次攻击来自另一个方向。圣公会在英国本土取得了彻底胜利,他们坚持把自己的教会变成所有移民区的官方教会。卡尔弗特家族坚持战斗,但他们却看出要把新移民吸引到自己一边是不可能的了。经过了整整一代人的斗争之后,试验告终了。

新教徒获胜了。

专横也称霸了。

第二十三章 太阳王

十八世纪常常被说成是个专制时代。在一个信仰民主的年代，专制再开明，也不是理想的政府形式。

对人类怀着好意的历史学家们，总是指责路易十四的伟大王朝，并要我们得出自己的结论。当这位聪明的君主登上王位时，他所继承的国家中天主教和新教势均力敌，双方经过一个世纪的互相残杀（偶尔对天主教大为有利），终于以和平告终，并承诺彼此接受为虽不受欢迎却不可避免的邻居和同胞。1598年发布的《南特法令》包含了共同认定的条款，是"永久和不可变更"的，其中声明：天主教为国教，但新教应享有充分的信仰自由，不得因其信仰而遭受任何迫害。他们还获准建造自己的教堂并可以担任公职。而且作为对良好信仰的信赖，新教获准掌管法国境内两百座要塞城乡。

这种安排显然是不可能实现的。胡格诺派并非天使。把法国最繁荣的两百处城乡留给敌视政府的政治派别手中，是十分荒唐的，恰如把芝加哥、旧金山和费城拱手交给民主党人，以换取他们接受共和党人的治理（反之亦然）一样。

黎塞留是个聪明的治国人才，他当然看清了这一点。经过长期斗争之后，他剥夺了新教徒的政治权利，虽然他的职业是天主教的红衣主教，却审慎地不去干涉新教徒的宗教自由。胡格诺派教徒不再能同国家的敌人进行独立的外交谈判了，不过享受的权利还和从前一样，可以随自己高兴去唱或不唱赞美诗，听或不听布道。

下一个执行类似政策的法国统治者是马萨林。可是1661年他就死了。这时，年轻的路易十四开始亲政，人心向善的时代就此结束。

看来最为不幸的是，这位聪明又有争议的君主一生只有一次被迫与正派人打交道，却落入一个宗教狂的女人手中。这个女人叫弗朗丝·多碧娜，是雇佣文人斯科隆的未亡人。她在法国王宫中的生涯从担任路易十四和蒙特斯丹侯爵夫人的七个私生子女的家庭教师开始。当那位夫人的春药不再有预期的效果，国王逐渐显出偶尔的厌倦迹象时，这位家庭女教师接替了她的位置。不过她和国王先前的情妇都不相同。在她同意搬进国王陛下的寝宫之前，巴黎的大主教为他们的婚礼举行了隆重的宗教仪式。

在随后的二十年里，王位背后的权力全都掌握在一个女人手中，而这个女人又完全被她的忏悔神父所左右。法国的教士从来没有原谅过黎塞留和马萨林对新教徒的和解态度。如今他们终于有机会可以消弭那两位精明的政治家的成绩了，于是便放手大干起来。因为他们不仅是王后的官方顾问，也是国王的银行家。

这又是一个奇特的故事。

在那之前的八个世纪里，修道院积累下了法国的大部分财富。尽管国库日益空虚，教士却无须交税，因而他们握有大量过剩的财产。国王陛下——他的荣誉当然要胜过信誉——便心怀感激地利用了这一机会，重新填满了自己的金库，作为给这些教士支持者的回

王家"废纸篓"

报,他给他们提供了某些优惠,于是他被允许随心所欲地借钱了。

就这样,"不可变更的"《南特法令》被一项一项地变更了。起初,新教教派并没有遭禁,但是忠于胡格诺事业的人的生活却极其困窘。据说一些省份里的错误教义很顽固,整团的龙骑兵恣意横行。他们住进老百姓家里指手画脚,着实令人讨厌。他们在无辜的人家又吃又喝,偷走叉勺,打烂家具,还污辱人家的妻女,就像在被征服的国家里一样无恶不作。当那些可怜的主人家在绝望之中跑到法庭申冤和要求保护时,谁知却被嘲笑一番,还说他们是自讨苦吃,他们应该完全清楚怎样才能赶走这些不速之客,重新赢得政府的欢心。

只有极少的人听取了这一忠告,到附近村子的教士那里接受了天主教的洗礼。但绝大多数纯朴百姓还是坚持自幼就信仰的理想。终于,等教堂一个接一个地关闭,教士被送上了绞架,这时他们才明白厄运临头了。他们没有屈服,而是决定逃亡。他们到达边境时,却得知谁也不准离境,若是在外逃时被抓住,就要绞死,而协助外逃者,大概也要被送上绞架。

显然,当时的某些事情是后人永远不会知晓的。

从法老的时候起,各个政府都曾在某一时期试行过"关闭边境"的政策,但没有哪一个政府能够取得成功。

不顾一切出逃的人宁愿担各种风险,终究能找到出路。成千上万的法国新教徒通过"秘密途径"不久后便出现在伦敦、阿姆斯特丹、柏林或巴塞尔。当然啦,这些难民是不可能携带许多现金的。但大家都知道他们是诚实勤奋的商人和工匠。他们信誉良好,又有使不完的精力,不出几年,通常就又兴旺起来。这种兴旺本该是属于法国的,法国失去了源源而来的经济财富,其价值是无法计算的。

事实上,可以毫不夸张地说,《南特法令》的取缔是法国大革命的前奏。

法国从来都是一个非常富庶的国家,但法国的商业和宗教始终未能合作。

自法国政权屈从于女人和教士的那一刻起,其命运就注定了。签署了驱逐胡格诺教徒法令的同一支笔,也签下了路易十六的死亡令。

第二十四章　腓特烈大帝

霍亨佐伦王室从来都没有因为喜欢平民政府而出名。但在巴伐利亚维特尔斯巴赫家族的疯狂气质沾染这个头脑冷静的王族之前，这户负责藏书和救济工作的人家，曾经为宽容事业做出过一些非常有用的贡献。

在某种程度上这是实际需要的结果。霍亨佐伦家族继承了欧洲最贫瘠的地方：那是漫无边际的沙地和树林的荒野，只有一半地方有人居住。三十年战争使那里的居民家破人亡。他们需要人力和财力来重振家业，于是便着手去寻求人才，不管他们是什么种族，信奉什么教义或者以前服过苦役的身份。

腓特烈大帝的父亲是个粗俗之辈，言谈举止像个采煤工，个人嗜好如同兑酒师，但去会见外国逃亡者之际，也能变得彬彬有礼。"多多益善"是他在处理涉及到王国的关键统计数字的事务的座右铭，他认真地搜集所有国家不想要的东西，恰如他仔细网罗六英尺身高的掷弹手充当他的卫队一样。

他的儿子却是个完全不同的人，极有教养；虽然他父亲禁止他学习拉丁文和法文,但他在这两种文字上都学有专长。他推崇蒙田的散文和爱比泰克的智慧,但不喜欢路德的诗歌和那些无知的预言家。父亲按照《旧约》中的教义对孩子很严厉(他曾下令将儿子最好的朋友在儿子的窗前砍头,以便教会儿子服从),并没有使儿子倾心于正直的犹太理想,那时路德教徒和加尔文教教长都对犹太理想交口称赞。他逐渐认为,所有宗教都是史前恐惧和无知的复苏,是由一小撮聪明又无耻的家伙小心操纵的奴性心态,那伙家伙深谙如何充分利用自己的优越地位,靠损人利己来享乐。腓特烈对基督精神感到兴趣,更对基督本人兴致勃勃,但他研究这个问题的途径却是依照洛克和索兹尼的观点,其结果便是,他至少在宗教问题上胸襟开阔,确实能够大言不惭地说,在他的国家里,"人人都可按自己的方式谋求拯救。"

腓特烈做出的这个英明论断为他沿着宽容的道路做进一步试验奠定了基础。例如,他宣布,只要传授宗教者是正直的,过着遵纪守法的体面生活,那么所有的宗教就是好的;因此,所有的教义就该享有同等的权利,政府绝不该干涉宗教事务,只需充当警察的角色,维持不同教派之间的和平就够了。他真心相信这一点,只要求臣民顺从和忠诚,把对思想和行为的最终评判留给上帝,"因为只有上帝才知晓人的良知",他从不对上帝的旨意做哪怕是很小的评论,免得使人们以为上帝需要人的帮助,也就是用残忍的暴力和凶残来推行神圣的目的。

腓特烈的思想要早于他的时代两个多世纪。国王在首都的中心给天主教臣民一块土地,让他们修建自己的教堂时,当时的人摇头不止。当他挺身保护那些刚被多数天主教国家逐出的耶稣会成员时,人们开始嘟囔起警告的不祥之词。他称道德和宗教彼此毫不相关,

每个人只要交了税、服了役,就可以随便相信什么宗教,这时候人们再也不认为他是基督徒了。

因为当时他们恰好住在普鲁士境内,这些批评家就得保持缄默了,由于国王陛下是警句大师,对皇家法律说上一句俏皮话,就可能给那些失宠于他的人的生涯带来想不到的后果。

不过,事实是,正是这个执政达三十年的开明君主,让欧洲第一次尝到了差不多是彻底的宗教自由的滋味。

在欧洲的这个偏远的角落里,新教徒、天主教徒、犹太人、土耳其人和不可知论者都有生以来第一次享受到了平等的权利和平等的待遇。那些喜欢穿红的人不能对喜欢穿绿的邻居说三道四,反之也是一样。而回到尼西亚寻求精神慰藉的人们,不得不与那些既和罗马教皇打交道、又和魔鬼打交道的人和平友善地相处。

我怀疑,腓特烈对其努力的成果完全满意吗?在他行将辞世的时候,让人把他的几只忠实爱犬牵来。在这关键时刻,这些狗看来是比"所谓的人类"更好的伴侣。(国王陛下真是个满不错的专栏作家。)

他就这样与世长辞了,他是又一个误入错误世纪的马可·奥勒留,像他的先辈一样,他给后人留下了一份好得无以复加的遗产。

第二十五章　伏尔泰

今天，我们听到大量议论，不满新闻界散布流言飞语，许多善良的人都斥责"宣传"是现代魔鬼的一项成功发明，是吸引人注意某个人或某件事的新奇刻毒、不择手段的方法。但这种责备古已有之。如果毫无偏见地去检验过去的事件，就会发现宣传并非源于近代。这与当前普遍的看法完全相悖。

《旧约》中大大小小的预言家们都是精通引人瞩目这一艺术的古老大师。希腊和罗马历史就是新闻界称之为"宣传噱头"的连续长篇。有些宣传郑重其事。但大部分都是现在连百老汇都拒绝刊登的花样翻新、喧嚣一时的宣传。

像路德和加尔文这样的改革家完全理解事先缜密策划的宣传的重大价值。我们不能责备他们。他们不能像红菊花那样，在路边卑微地生长就感到很幸福。他们极其认真，他们想让自己的观点成长壮大。若是不能吸引成群的追随者，他们又怎么能指望成功呢？

肯皮斯的一个叫托马斯的人，在一座修道院静悄悄的角落里度过了八十年岁月，得以成为具有巨大道德影响力的人物。如此漫长的自我流放，如果佐以相应的"广告"（事实就是如此），变成一个突出的卖点，就能使人们好奇地想去读一读那本叙述他一生祈祷和思考结晶的小书。但阿西斯的弗朗西斯或罗耀拉想在有生之年看到自己作品的实质性效果，那他们一定要不惜一切代价地使用现在常常与马戏团或电影新星联系在一起的那种方法。

基督精神特别强调谦虚并称赞那些有卑恭精神的人。但夸赞这些美德的布道之所以能成为人们谈论的一个话题，却是因为当时在宣扬时用了特定的方法。

难怪那些被斥为教会死敌的男男女女从《圣经》上撕下一页，并采用了某种相当奇特的宣传方法，来开始他们针对西方世界的精神专制枷锁的伟大斗争。

我提供这些许解释，是因为伏尔泰这位在自由宣传的领域中大显身手的人，由于他不时随意利用公众思想上的空虚，因而经常遭到谴责。或许他的手法并不总是那么高尚，但那些因他而得救的人可能对此有不同的感受。

何况，诚如证明布丁的方法在于尝试一样，衡量像伏尔泰那样的人的成败，应该根据他究竟为他的同胞做了些什么贡献来评定，而不是他所喜欢的服装、玩笑和壁纸。

这个怪人有一次突发异想，觉得自己有理由志得意满，便脱口说道："我没有权杖又有何妨？我有一支笔嘛。"他说的一点没错。他有一支笔，而且拥有多得难以计数的笔。他是鹅的天敌，他使用的鹅毛笔比二十多个普通作家用的还要多。他属于文学巨匠那类人，在最可怕的逆境中独自挥笔，写出与所有现代体育专栏作家一样多的文字。他在肮脏的乡下小店中伏案疾书。他在孤独的乡间别墅的冰冷客房中创作了无数六韵步诗歌。他的稿纸撒满了格林尼治阴暗的寄宿屋的地板。他把墨水甩到普鲁士王室行宫的地毯上，还使用了大量印有巴士底监狱长名字的私人信笺。当他还在玩着滚铁环和弹石子的游戏时，尼农·德·兰克罗曾送给他一笔可观的零花钱，让他"买些书"，八十年后在同一个巴黎城里，人们听说他要一叠大纸和无数的咖啡，以助他在那不可避免的黑暗和长眠时刻到来之前，再完成一部书。

不过，关于他撰写的悲剧、故事、诗歌、哲学及物理论文，都无需在本书里用整整一章的篇幅加以评论。他写的诗并不比当年

伏尔泰去法国学校读书

五十多个诗人的作品好。作为历史学家,他的文笔既不可靠又枯燥乏味。而他在科学王国中的探险也不比我们在星期日的报纸上见到的那类东西强。

但他是愚昧、狭隘、顽固、残忍的敌人,由于他勇气十足、不屈不挠,他的影响一直持续到1914年世界大战开始。

他生活的年代是个走极端的时期。一方面,是极端自私和腐败过时的宗教、社会和经济体制。另一方面,是大批急切又过激的青年男女,他们准备造就一个仅仅建立在其良好愿望而毫无物质基础之上的太平盛世。伏尔泰是个默默无闻的公证人的儿子,面色苍白,体弱多病,诙谐的命运把他抛进了满是鲨鱼和蝌蚪的大旋涡,要么沉溺,要么奋游。他愿意奋力游泳,挣扎上岸。在与逆境的长期斗争中,他采用的方法往往令人置疑。他乞求、巴结还充当小丑。但这是在他还没有版税和成为文学巨匠之前的所作所为。让这个从来不为混饭吃而粗制滥造作品的作者投出第一块石头吧!

这并不是说,伏尔泰为了几块多余的砖头而大伤脑筋。在他漫长而又忙碌的一生中,他献身于与愚蠢的斗争,经历了太多的失败,因此不在乎当街挨揍或被人家向他扔来的香蕉皮击中这类小事了。但他是个不肯屈服的乐呵呵的好好先生。如果他今天在国王陛下的牢狱中度过闲暇的时光,明天就可能在驱逐他的同一个宫廷里成为座上贵宾。如果他一生都不得不听那些气冲冲的乡村教士骂他是基督教的敌人,有谁知道在装满旧日情书的橱柜的什么地方,说不定扔着教皇颁给他的一枚漂亮勋章,以证明他既能得到教会的斥责,也能受到教会的认可。

这一切不足为奇。

他一心要尽情享受生活,把一天天、一周周、一月月和一年年的时光排满了光怪陆离、多姿多彩的生活经历。

从出身来看，伏尔泰属于中产阶级。他父亲——由于没有更好的称谓——可以算是开办私人信托公司的那类人。他父亲是许多富有贵族的心腹，料理他们的法律和财务利益。年轻的阿鲁埃（那是他的姓氏）于是习惯于接触比自己的境遇稍微好点儿的社会阶层，这在后来的生活中给予了他压倒大多数文学对手的优势。他母亲是位德·奥玛尔小姐。她本是个穷苦姑娘，没有给丈夫带来分文嫁妆。可是她的姓氏中有那么一个"德"字，所有法国中产阶级（乃至所有的欧洲人和个别的美国人）对此都肃然起敬，她丈夫觉得获得这样的奖赏是相当走运了。做儿子的也沉浸在被封为贵族的祖辈给他带来的荣耀里，他刚开始写作，就把平民色彩的姓名弗朗索瓦·玛丽·阿鲁埃改成更具贵族特色的弗朗索瓦·玛丽·德·伏尔泰，至于他从哪里怎么弄来这样一个姓氏，还是个大大的谜团。他有一个哥哥和一个姐姐。母亲死后是姐姐一直照顾他，他对姐姐十分敬爱。他的哥哥是詹森教派的虔诚教士，满腔热情，为人正直，却搅得他心烦意乱，这也是他尽量在父亲家中少住的一个原因。

伏尔泰去英国学校读书

他父亲可不是傻瓜，很快就发现小儿子长大了定会标新立异，于是把他送进了耶稣会，指望他会写拉丁文的六步韵诗并成为斯巴达式的严守纪律的人。认真的神父们竭尽全力培养他。他们对这个细长腿的学生进行已经消亡的拉丁文和正在使用的希腊语的扎实的基础训练。但他们发现不可能根除这孩子的某种古怪的才能，那使他一开始就与众不同。

在他十七岁的时候，教士们很乐意让他离开耶稣会。年轻的弗朗索瓦为了取悦父亲，开始学习法律。不幸的是，一个人不能一天到晚读书。晚上有很长时间的闲暇。弗朗索瓦就把这些时间消磨在给地方报纸撰写逗笑的小品文上，或者在附近的咖啡馆里给密友们朗读他新近的文学作品。两个世纪以前，这样的生活被普遍认为是要直接下地狱的。父亲完全清楚儿子正在走着一条危险的路。他求助于一个有影响力的朋友，为弗朗索瓦在法国驻海牙公使馆中谋得了一个秘书职位。当时的荷兰首都和现在一样单调乏味。伏尔泰只是出于无聊，便和一个不特别吸引人的姑娘谈恋爱了。女孩的母亲是个刁蛮的老妇，还是个社会新闻记者。这位夫人希望把乖女儿嫁给一个更有前途的党徒，就连忙跑到法国公使那儿，请他务必在闹得满城风雨之前，把这个危险的罗密欧调离。公使阁下此时正为自己的事烦心，当然不想节外生枝。他匆忙打发他的秘书上了下一趟去巴黎的驿车，弗朗索瓦丢了工作，再次听凭父亲调遣。

在这紧急关头，阿鲁埃老爹心生一计，这种方法常常被有朋友在法庭工作的法国人使用。他求了人，得到了一封"盖有国王封印的信"，让儿子选择：要么被迫入监赋闲，要么到法律学校认真苦读。儿子说他愿意选择后者，并保证要做认真苦读的模范。他说到做到，投身自由创作小册子的幸福生活，那种勤奋劲头使全城都议论纷纷。这当然不符合父亲的口味,于是他决定运用做父亲的权利把儿子从塞纳河畔灯红酒绿的生活中赶走,让他到乡下的一个朋友那里待上一整年。

伏尔泰在那里一周七天,每天二十四小时闲散无事,他开始认真研究文学,并写出了第一个剧本。经过十二个月的新鲜空气和十分有益健康的独处之后,他获准回到首都香风扑鼻的气氛中,他马上写了一系列讽刺摄政王的文章来弥补损失的时间。那个可恶的老家伙活该挨骂,但是他一点也不喜欢伏尔泰这样替他做宣传。这样,伏尔泰遭到了第二次流放,随后还被草草投入巴士底监狱,被关了不长的时间。但是那年头的监狱,确切地说,关押伏尔泰这样社会名流的青年绅士的监狱,算不上坏地方。除去不准离开房间之外,可以说囚犯想做什么都悉听尊便。这正是伏尔泰所需要的。地处巴黎市中心的孤独牢房,给了他做些正经事的机会。他获释之时,已完成了好几部剧本,上演后得到巨大成功,其中一出戏还打破了十八世纪的所有纪录,连续上演了四十五个晚上。

这不仅给他带来了亟需的钱,而且还树立了才子的名声,这对一个还得为前途奋斗的年轻人来说,其实是很不幸的事情。因为自此之后,人们把在林荫道上和咖啡馆里传颂几小时的每一句玩笑,都归到他头上。这也是他到英国学习自由政治家研究生课程的原因。

1725年,伏尔泰对老迈昏庸的德·罗恩一家不知开没开过玩笑,但罗恩骑士感到自己的荣誉受到了攻击,要对此有所报复。当然啦,布列坦尼古代君主的后人是不可能同一个公证人的儿子决斗的,因此,骑士就把复仇一事托付给了他的扈从们。

一个夜晚,伏尔泰正和父亲的一个顾客德·苏里公爵就餐,听说有人在外边要跟他谈一谈。他走出门去,却落到德·罗恩爵爷的扈

从手中,挨了一顿饱打。第二天这消息便传遍全城。伏尔泰即使在他最风光的时候也像个漫画中的丑陋的小猴子。如今这副鼻青眼肿、头上缠着绷带的模样,成了五六份通俗评论求之不得的话题。只有某种极端措施才能挽救他的名声,使他不致被滑稽报纸不合时宜地置于死地。吃下去的生牛排一发生作用,德·伏尔泰先生就派他的证人到德·罗恩骑士大人那里,并准备通过一场激烈的击剑决斗,来完成一次道义之战。

天啊!等到决斗的那天早晨,伏尔泰却又一次进了牢狱。原来是德·罗恩那个十足的无赖,把决斗的事情告到了警察局。这位要决斗的作家就一直被监禁起来,直到给了他一张去英国的船票,打发他去西北方向旅行,并告知他未经国王陛下宪兵之请,不得返回法国。

伏尔泰在伦敦城内和郊区住了整整四年。大不列颠王国并非真正的天堂,但与法国相比,倒有点像天国了。

皇家断头台给这片土地上投下了一道阴影。1649年1月30日,是所有身处高位的人难忘的日子。发生在死去的查理国王身上的遭遇也会(在稍加修改的条件下)发生在任何敢于凌驾于法律之上的人身上。至于国教,理所当然要享受某些优厚的待遇。但是,愿意在别的地方做礼拜的人也可以平安无事。教职人员对国家事务的直接影响,与法国相比,简直可以忽略不计。承认是无神论者的人和某些惹麻烦的不信奉国教的人,偶尔也会把自己送进监狱,但对于法王路易十五的臣民来说,英国一般的生活条件堪称完美。

1729年伏尔泰回到法国,他虽然获准住在巴黎,却很少享受这种待遇。他如同惊弓之鸟,乐意从朋友手中接受一些糖,却始终保持警觉,一旦稍有危险,马上就会逃跑。他刻苦工作,写出了大量作品，毫不顾及日期和事实，自己选定题目，从秘鲁的利马一路讲到俄国的莫斯科，写了一系列博学和通俗的历史、悲剧和喜剧，四十岁时，他已是当时最为成功的作家了。

另一件事，使伏尔泰接触到了另一种文明。

远在普鲁士，明君腓特烈在他那粗陋的宫廷里，被一伙土包子簇拥着，大声打着呵欠，伤心地渴望着能有几个让他开心的人作伴。他对伏尔泰十分尊崇，多年来一直想请他到柏林来。但在1750年，一个法国人要移居普鲁士，不啻等于迁居到弗吉尼亚的荒野。腓特烈一再增加预付金，伏尔泰才终于屈尊应邀。

他来到了柏林，争斗也就开始了。普鲁士国王和这个法兰西剧作家都是无可救药的利己主义者，不可能指望这两个人住在同一个屋檐下又彼此不生愤恨之心的。经过两年的极端不和，毫无缘由的一场激烈争吵就把伏尔泰赶回到了他乐意称作"文明"的地方。

不过他学到了一条有用的教训。他也许是对的，普鲁士国王写的法文诗确实很糟糕。但国王陛下对宗教自由的态度却是无可指责的，这就是他比欧洲的其他君主更值得一提的地方。

在将近六十岁的时候，伏尔泰返回了祖国，他没有心情去接受法国法庭的残酷判决，而他们正是试图靠这一手来维护秩序而不准有任何严词抗辩的。上帝在创世纪的第六天给了他最伟大的作品以神圣的智慧之光，而人类却不愿意使用它，这使伏尔泰终生都为之恼火。伏尔泰痛恨和厌恶形形色色的愚蠢。他把大部分愤怒直接发泄到那些"无耻的敌人"身上，他像古罗马的加图一样，始终威胁要消灭它。这个"无耻的敌人"正是广大群众的慵懒和愚蠢，只要他们吃喝住无虞，就拒绝思考。

从孩提时代，伏尔泰就觉得自己被一部巨大的机器追逐着，那

机器全靠懒散推动,把残酷和顽固结合到一起。摧毁或至少颠覆这套玩意儿就成了他晚年摆脱不掉的魔魇,而法国政府却给了这个魔鬼以报应,为世界提供了一大堆任凭挑选的法律丑闻,给了伏尔泰极大的帮助。

第一件案例发生在 1761 年。

在法国南方的图卢兹城,住着一个叫让·卡拉斯的店主,是个新教徒。图卢兹一贯是个虔信宗教的城市。那里的新教徒不准从政,也不准行医或当律师,还不能售书或当助产妇。天主教徒不准任用新教徒仆人。每年的 8 月 23 日和 24 日两天,全城都要庆祝圣巴陀罗缪大屠杀的光荣纪念日,提供赞美和感恩的隆重盛宴。

尽管有种种不利,卡拉斯一生与邻人和睦相处。他的一个儿子转信天主教,但做父亲的仍对这孩子很好,而且对人们说,就他而论,他的孩子们完全可以自主地选择喜爱的宗教。

但是,卡拉斯的家里发生了一件不可外扬的丑事。那是关于他的大儿子马尔克·安东尼。马尔克是个倒霉蛋。他想当律师,但那行当对新教徒是关门的。他是个虔诚的加尔文教徒,而且拒绝改宗。精神上的斗争使他患了抑郁症,最后病魔逐渐摧残了这位青年的头脑。他开始给父母背诵哈姆雷特的著名的独白。他独自长时间散步。他还常向朋友们谈起自杀的优越性。

这样过了一段时间,一天夜里,趁着家中接待一个朋友之机,这可怜的男孩溜进了父亲的贮藏室,取出一根打包的绳子,在门柱上吊死了。

他父亲几小时后发现了他,他的外套和背心叠得整整齐齐放在台面上。

全家人都绝望了。那时自杀的人要脸朝下赤身裸体地被拖着穿过城里的街道，然后吊在城门外的绞架上喂鸟吃。

卡拉斯一家是受人尊重的人，不甘心这种丢人的事发生。他们站成一圈，商量着该怎么办和要做什么，后来一个邻居听到了这场纷乱，便去报告了警察。消息迅速传开，街上马上挤满了愤怒的人群，他们狂呼乱叫着要求处死老卡拉斯，"因为他为了不让他儿子当天主教徒就把他杀了。"

在一个小城里，什么事都可能发生，而在十八世纪法国外省的乡下，无聊如同葬礼上的黑色柩衣一样，沉重地笼罩着全城，因而最荒诞无稽的愚昧故事都有人相信，它们能使人如释重负地松一口气。

在这种疑虑重重的情况下，高官们深知自己的职责，马上将卡拉斯全家、客人、仆人，以及近来去过或接近过卡拉斯家的人，全部逮捕。他们把这些罪犯拖到镇议事厅里，戴上镣铐，关进为重犯准备的囚室中。第二天对他们进行了讯问。所有的人讲的都一样：马尔克·安东尼如何像往常一样精神正常地回到家里，如何离开了房间，他们以为他出去独自散步了，等等。

不过，图卢兹城的教士们这时已经插手了，在他们的帮助下，这个嗜血的胡格诺教徒耸人听闻的新闻已经在朗古多的全境传遍：因为儿子要回归真正的信仰，父亲就杀死了他。

熟悉现代刑侦方法的人可能会认为：当局应该利用当天勘察杀人现场。谁都知道马尔克·安东尼身强力壮。他二十八岁，父亲六十三岁。父亲不经过一场搏斗要想把儿子吊死在门柱上，那种机会实在太小了。但没有一个镇议员费神去思考这种细节。他们忙着应付死者的尸体，顾不上这些。因为自杀的马尔克·安东尼如今已享有殉教者的尊崇，他的遗体停在镇议事厅里三周之后，被穿白袍的

忏悔者隆重地安葬了——他们出于某种不可告人的原因,把死去的加尔文教徒作为自己组织的正式成员,按照通常只用于大主教或当地特别富有的施主的盛典,把他涂了防腐药的遗体送进了大教堂。

在这三周里,城里的每个布道坛都在敦促图卢兹的好人们提供针对让·卡拉斯本人及其家庭的证据。该案件的始末在报纸上披露,自杀过去五个月之后,审判终于开始。

一个法官灵机一动,提议该到老人的铺子里看看他所描述的自杀案是否可能,但该动议被十二对一的投票否决了。卡拉斯被判施以酷刑,用车裂处死。

卡拉斯被带到刑讯室,捆住手腕吊着,脚离地面有一米。然后使劲拽他的四肢,直到拉得"脱臼"为止(我是抄的官方报告)。由于他拒不承认他根本没有犯下的罪,就被放了下来,还灌了大量的水,他的躯体很快就"肿成正常的两倍"。由于他在酷刑下仍坚持不肯认罪,就被抬上死囚车拉到刑场,送到刽子手那里,要把他的腿和臂都撕开。在随后的两小时里,他无助地躺在刑板上,地方官员和教士继续审问他。老人以难以置信的勇气坚持宣布自己是无辜的。最后,首席法官被这种顽固的谎话气得发了怒,便放弃了这无望案件的审讯,命令将他绞死。

这时,众怒已经平息,就没有处死他家里的人。他的寡妻被剥夺了所有财产,获准隐居,在一个忠实的女佣的陪伴下忍饥挨饿地度日。孩子们全部被送进了修道院,只有最小的孩子在尼姆求学,他哥哥自杀时他不在家,此时便明智地逃往自治城市日内瓦。

这桩案子引起了极大的关注。伏尔泰在费内的城堡里(城堡建得紧邻瑞士,步行几分钟就可踏入外国地界)听说了这件事,起初并不打算深究。他始终与日内瓦加尔文教教长们不睦。那些人把蠹

第二十五章 伏尔泰

立在他们自己城市内的私人小剧场看作是直接的挑衅,是撒旦的建筑。于是,处于倨傲心态中的伏尔泰写道,这个所谓的新教殉教人提不起他一点劲头,因为如果说天主教徒不好,那些抵制他的话剧的冥顽不化的胡格诺教徒岂不是更糟!再者,在他看来(许多人也一样),十二个应该备受尊敬的法官会毫无道理地判处一个无辜的人遭此殛刑,似乎不大可能。

但是几天之后,费内城这位一向二话不问敞门迎客的圣贤,接待了一位从马赛来的诚实商人——他在审讯期间恰好在图卢兹,因此提供了一些第一手的资讯。这时,伏尔泰终于弄明白他们所犯下的滔天罪行,从那时起他就一门心思考虑这件事了。

世上有多种勇气,但首功应归于那些具有罕见精神的人:他实际上独自一人,却敢于面对整个社会的现有秩序,在国家的最高法院已经宣判,而且大众都把裁决看作公正合法而接受的时候,敢于为正义大声疾呼。

伏尔泰很清楚,若是他大胆控告图卢兹法庭,大风暴就会临头。他像职业律师那样精心准备自己的诉讼。他会见了逃到日内瓦的卡拉斯家的男孩。他给可能了解内情的每一个人写信。他还聘请了辩护律师来审查和修改他的结论,以免自己在义愤之下思路走偏。待到自己的依据有了把握,他就发起了战斗。

他首先邀请每一个在法国有影响力的人士(大多数人他很熟悉)给国务大臣写信,请求重审该案。随后他开始寻找那位寡妇,一知道她的下落,马上自己花钱把她接到巴黎,聘了一位最著名的律师照看她。那老妇人的精神完全崩溃了。她呆呆地祈祷,要在她死前把女儿们从修道院里接出来。除此之外,她没有任何别的希求。

随后,伏尔泰又与卡拉斯皈依天主教的儿子取得了联系,帮他设法从学校跑出来,和他在日内瓦会合。最后,他以《有关卡拉斯一家的原始文献》为题,在一本小册子里公布了全部事实,这个小册子由该悲剧的幸存者的信件组成,丝毫没有涉及伏尔泰本人。

后来,在该案重审期间,他依旧谨慎地躲在幕后,但他出色地把握着宣传攻势,不久卡拉斯一家之事变成全欧所有家庭关心的事情,各地成千上万的人(包括英国国王和俄罗斯女沙皇)都为帮助被告而捐款。

最后,伏尔泰胜利了,打赢了一生中最艰苦的战斗。

当时法国王位上坐的是声名狼藉的路易十五。所幸,他的情妇对于耶稣会和他们的所作所为(包括其教会)恨之入骨,因此站到了伏尔泰一边。但国王享乐至上,人们对一个默默无闻的已死的新教徒如此兴师动众让他十分恼火。当然,只要国王陛下不签署新的判决,国务大臣就不敢轻举妄动,图卢兹的法庭就会安然无事。他们自恃强大,一方面用高压手段蔑视公众舆论,一方面拒绝伏尔泰和他的律师们接近判决的原始文件。

在艰难的九个月里,伏尔泰不停地做鼓动工作,直到1765年3月,国务大臣才责令图卢兹地方法庭把卡拉斯一案的全部档案上交,准备重新审理。当这项决定公布时,让·卡拉斯和她那两个终于回到母亲身边的女儿,都来到了凡尔赛。一年之后,受

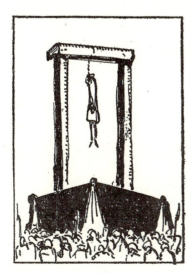

卡拉斯

命调查该上诉案的特别法庭的判决称，让·卡拉斯并没有犯下判处死刑的罪名。经过巨大的努力，总算说服国王赐给未亡人及其子女一小笔抚恤金。另外，负责审理卡拉斯一案的法官们也被剥夺了职务，这件事委婉地向图卢兹人暗示，这类事情不许再重演了。

尽管法国政府对此事可以采取温吞水的态度，但法国人民深埋内心的愤怒却被搅动了。伏尔泰突然意识到，这不是唯一的误判案，还有许多像卡拉斯一样蒙受不白之冤的人。

1760年，图卢兹附近的一位新教徒乡绅在家中殷勤款待了一名来访的加尔文教长。为了这一桩骇人的罪行，乡绅被剥夺了产业，并被罚终身服划船苦役。他一定是个极为强壮的人，十三年之后居然还活着。伏尔泰听说了他的苦境，便着手把那个倒霉的人从划船苦役中救出，送到瑞士——他的妻子儿女在那里受到公众福利的救济。伏尔泰一直照顾他们全家，直到政府退还了他们部分被没收的财产，被允许他们返回荒芜的家园为止。

接下来是绍蒙的案件。这个倒霉鬼是在新教徒的一次露天集会上被捕的，为此罪名他被判罚做无期的划船苦役。但后来在伏尔泰的调停下，得到了自由。

然而，这几件案子与下面一案相比，仅仅是小菜一碟。

场景又落到了朗格多克。那里是法国境内长期以来饱受灾难之地，阿尔比和沃尔登的异教徒灭绝之后，剩下的是愚昧和偏执的荒野。

在图卢兹附近的一个村落里，住着一个名叫瑟文的老资格新教徒。他是一个备受尊敬的公民，作为精通中世纪法律的专家度日，那是个收入颇丰的职务，因为当时的封建司法体系已经万分复杂，一张普通的租约都像所得税申报单一样要让他这样的人来填写。

瑟文有三个女儿。最小的一个是个不会伤害人的痴呆，终日就是闷闷地待着。1764 年的 3 月，她离开了家。他的父母四处找她，但不见踪影。几天之后，当地的主教告诉瑟文，他女儿来找过主教，表示愿意做修女，现在她在一个修道院里。

在法国的那片土地上，几个世纪的迫害已经把新教徒的精神压垮了。瑟文恭顺地回答说，在这个糟糕的世界里，每件事无疑都会有好的指望，他低声下气地接受了这一不可逆转的状况。但是在修道院异常的氛围中，这可怜的孩子很快就丧失了残存的理智。当她令人生厌时，就被送回了家。她处于可怕的精神抑郁状态，她总是说四周有可怕的声音和幽灵，她的父母很担心她的生命。不久之后，她又一次失踪了。过了两周，她的尸体从一口旧井中被捞了出来。

当时，让·卡拉斯正在接受审判，人们的对任何反对新教徒的说法都会信以为真。瑟文一家牢记无辜的让·卡拉斯刚刚遇到的事情，决定不再重蹈覆辙。他们离家出逃，在穿越阿尔卑斯山的艰难旅程中，他们的一个外孙受冻而死，最后他们终于抵达瑞士。他们离开得不够及时。数月之后，父母二人在缺席的情况下被判处犯有谋杀亲生女儿之罪，并命令要把他们处以绞刑。两个女儿被判旁观父母受死，然后终身流放。

卢梭的一个朋友把这个案件提交给伏尔泰。卡拉斯的事情刚刚结束，他马上把精力转移到瑟文的案件上来。这时瑟文的妻子已死。剩下的就是证明瑟文的清白了。为这事伏尔泰花了整整七年工夫，图卢兹的法庭再次拒绝提供任何资料或移交任何文件。伏尔泰不得不又一次敲响了宣传的鼓点，向普鲁士的腓特烈、俄罗斯的凯瑟琳和波兰的波尼亚陀夫斯基要钱，以便迫使法国王室关注此事。最终，在伏尔泰七十八岁那年，也就是他不屈不挠上诉的第八个年头，瑟文被宣判无罪，幸存的人也获准返回家园。

第二个案件就此结束。

第三个案子又接踵而至了。

1765年8月，在离亚眠不远的阿希维尔村，竖在路边的两个十字架不知被什么人弄成了几截。三名少年成了这桩亵渎罪的嫌疑人，被下令逮捕。其中一个逃到了普鲁士，另两个被捉了。两个人中年长的那个名叫德·拉·巴尔的骑士，被疑为无神论者。人们在他的书藉中发现一本《哲学辞典》，所有思想自由的大师都汇集在这本著名的辞典里，这就令人生疑了。法官们决定了解这个青年的过去。事实上，他们寻找把他和阿希维尔的案子联系起来的证据，但有一次宗教游行队伍路过时，他不是拒不脱帽下跪吗？

巴尔给了肯定的回答，但当时他正忙着赶乘一辆公共马车，并非有意冒犯。

于是他遭到拷打，由于年轻，不像老卡拉斯那样挺得住，他当场招认说，他毁坏了一根十字架。这样由于他"不虔诚并有意走在圣饼前而不下跪或脱帽，还唱着亵渎的歌，并对渎神的书籍有敬慕之意"，还有类似性质不尊敬的罪行，他被判死罪。

这一判决野蛮至极——他的舌头要用烧红的烙铁撕下，右手要砍掉，然后被慢慢烧死，而这一切仅仅是在一个半世纪之前发生的！此事激起公众的非议。即使他犯有起诉书上历数的全部罪名，也不能为了酗酒胡闹而杀戮一个少年！请愿书纷纷递交给国王，大臣们被缓刑的呼声包围，但国家正在骚动，必须杀一儆百。于是德·拉·巴尔在受过了和卡拉斯同样的酷刑后，被送上断头台，斩了首（这已经是特许的极大恩典了），他的尸体和那本《哲学辞典》以及我们的老朋友拜勒的一些著作，被刽子手当众焚毁。

对于那些畏惧索兹尼、斯宾诺莎和笛卡尔日益增长的影响的人们来说，这倒是个额手相庆的日子，它表明了，对于那些误入歧途的年轻人来说，如果背离正确与错误之间的狭窄道路，追随一伙激进的哲学家，这便是必然的后果。

伏尔泰听说此事后就接受了挑战。他眼看就要过八十岁的生日了，但他抖擞起精神，以燃烧着正直怒火的头脑，投入这一案件。

德·拉·巴尔因"亵渎"被处死。首先，伏尔泰要设法找出是否有这样一条法律——人们犯了假设的罪就要被判处死刑。他找不到这样一条法律。随后他又咨询他的律师朋友们，他们也找不到这样的法律。大家逐渐清楚了，是法官们用他们邪恶的狂热"发明"了这么一条杜撰的法律，以除掉他们的囚犯。

在处决德·拉·巴尔之时就有些丑恶的谣传。现在出现的这场风暴迫使法官们小心从事，对第三个青年罪犯的审判从来没有得出结论。至于德·拉·巴尔则一直未得昭雪。案件的复查拖了多年，到伏尔泰去世，也没有结果。但伏尔泰击出的那一拳，即使不是为了宽容，至少也是反击了不宽容，已经开始显现出影响。

由饶舌的老妇人和昏庸的法庭鼓噪而致的官方的恐怖行径，到此终结了。

握有需要磨砺的宗教之斧的法庭，只能在黑暗中偷偷摸摸地行事才能成功。伏尔泰采取的进攻方法法庭是抵挡不住的。

伏尔泰点亮了所有的灯，雇用了一支庞大的乐队，邀请公众出席，把他的敌人逼上绝路。

结果呢，敌人束手无策。

第二十六章　百科全书

有三种不同的法国学派。第一种教导的内容大体如下："我们的地球上居住着愚昧的人群，他们不能为自己着想，他们在不得已要独立做出决定时，就要苦恼万分，因此他们会被走来的第一名说客导入歧途。有头脑的人来统治他们这些'流动的人'从大处说对这个世界大有裨益，而且对这些人来说，也是莫大的幸福，因为他们不必劳神去想议会和投票箱的事，可以把全部时间用在他们的工厂、孩子、廉价小汽车和菜园上。"

这一学派的信徒们成了皇帝、苏丹、要人、酋长和大主教。他们很少把工会看作是文明不可或缺的部分。他们努力工作，修建道路、简易房、大教堂和监狱。

第二种政治思想学派的倡导者提出如下论点："普通百姓是上帝最高贵的创举。他们是自身权利的主人，在智慧上难以逾越，在动机上审慎又高尚。他们完全能够照顾自己的利益，但他们试图用来统治世界的各种委员会，在处理微妙的政务时却拖拉得尽人皆知。因此，广大群众应该把一切执政的工作交给那些不为糊口所累，从

百科全书的编写者

而能把全部时间奉献给人民福祉的可信的朋友。"

不消说,这种光辉理想的使徒,在逻辑上就是寡头政治、独裁者、首席执政官和贵族保护者。

他们努力工作,修建道路和简易住房,但把大教堂变成了监狱。

不过还有第三种人。他们用科学的冷静目光观察人,认清人的真面目。他们赞赏人的优秀品质,也理解人的局限性。他们通过对过去的长期观察,认为:普通百姓在不受激情和自身利益影响的时候,确实十分努力地去做正确的事。但是他们不对自己抱任何虚假的幻想。他们知道,自然的发展进程是极其缓慢的,试图加速人类智慧是和加速潮汐或季节一样,只能徒劳无益。他们很少应邀进入政府,但只要一有机会把他们的理念付诸行动时,他们就会修筑道路,改进监狱,并将现有的剩余资金用在学校和大学上。因为他们是执著的乐观主义者,相信正确的教育将会逐步使这个世界摆脱大多数古代的邪恶,因此这样的事业应不惜代价地加以鼓励。

作为实现这一理想的最后一步,他们通常是编写一部百科全书。

如同其他许多需要巨大智慧和深沉耐心的事物一样,编写百科全书也源自中国。中国的康熙皇帝想用一部五千零二十卷的百科全书取悦其臣民。

把百科全书引入西方的薄林尼,以三十七本书为满足。

基督教纪元的最初一千五百年,在启蒙方面没有产生出任何一点有价值的东西。圣奥古斯丁的一个同乡,非洲的费利克斯·卡佩拉花费了一生中的许多岁月,编纂了一部自以为是汇集了多种知识的真正宝库。为了让人们更易于记取他提供的大量的有趣事实,他采用了诗歌的形式。这当中的许多可怕的谬误被中世纪的十八代子孙熟记在胸,并被他们视为文学、音乐和科学领域中的定论。

两百年之后,塞维利亚的一名叫艾西多尔的主教撰写了一部全新的百科全书,之后,百科全书以每一百年增加两卷的稳定速度增长起来。这部书最后成了什么样子,我不得而知。蛀书虫(对家禽是有用的)可能担当了我们的搬运工。若是这些书卷都保存下来的话,恐怕这个地球上就没有放置其他东西的地方了。

在十八世纪上半叶期间,欧洲经历了声势浩大的求知运动,百科全书的编写人进入了名副其实的天堂。如同现在一样,这类书通常是由贫困潦倒的学者编纂,他们能够靠八块钱过上一个星期,个人的辛苦费还不够购买纸张和墨水的。英国尤其是这类作者的伟大王国,所以住在巴黎的不列颠人约翰·米尔斯,自然想到要把伊弗雷姆·钱伯斯成功的《万能辞典》译成法文,以便向路易国王的臣民兜售他的成品,发财致富。为此目的,他与德国一位教授取得了联系,然后又和法王的印刷商雷伯莱顿打交道,让他做实际的出版工

作。简言之,雷伯莱顿看准了发一笔小财的机会,便骗了他的合伙人。他刚把米尔斯和那位条顿博士赶出这笔买卖,便为一己之私继续盗印该书。他把即将问世的书定名为《艺术与科学的万能百科全书辞典》,并发出一系列精美的内容简介,依靠如此大型的销售吸引力,订单很快就满了。

随后他雇了法兰西学院的一名哲学教授担任他的总编,买进了大批纸张,坐等收获。

不幸的是,编写一部百科全书可不像雷伯莱顿想得那么简单。那位教授交出了笔记而不是文章。预订者吵嚷着要得到第一卷,一切全都乱了套。

在这紧急时刻,雷伯莱顿想起了刚刚问世几个月的《医学万能辞典》曾大受欢迎。他派人找来这本医学手册的编辑,当场就聘用了他。于是,一本单科的全书就成了"百科全书"。这位新编辑不是别人,正是丹尼斯·狄德罗,这项本来是艰苦无味的工作一下子成了十八世纪对人类整体启蒙的最重要贡献了。

当年狄德罗三十七岁,他的生活既不轻松也不幸福。他拒绝做一个年轻体面的法国人应做的事,不愿意上大学。他一离开他的耶稣会教师们,就马上去了巴黎,当了一名文人。经过一段短时间的挨饿,遵照"两个人挨饿能够和一个人挨饿同样省钱"的原则,他娶了一位非常虔诚却又不肯让步的悍妇,这种结合绝不像某些人认为的那么罕见。但他既然要养活她,就被迫去干各种杂活儿并且编辑了各种书籍,从《有关美德与优点的探讨》到那本声名狼藉的改头换面版的薄迦丘的《十日谈》,无所不包。不过,在拜勒的这名学生的内心依旧是忠于自由理想的。不久之后,政府(像处于困难重重的政府一样)发现,这个貌似平和的青年作者对于《创世记》第一章中给出的创世故事持严重怀疑的态度,是一个来头不小的异教徒。结果,狄德罗被带进了万塞纳监狱,锁进牢房中几乎有三个月之久。

他出狱之后,就给雷伯莱顿打工了。狄德罗是那个时代最能言善辩之人。他在这件由他领衔的事业中看到了终生难求的机遇。仅仅把钱伯斯的旧资料改头换面简直是降低身份。那可是个思想极其活跃的时代。好啊!雷伯莱顿的百科全书要让每一个可以想到的题目具有最新消息,文章要出自各个领域最权威人士的手笔。

狄德罗热情满怀,他实际上说服了雷伯莱顿让他全权负责并且不限时间。随后便拟出了一张合作者的名单,取出一张大页纸,写上"A,字母表的第一个字母",等等,等等。

二十年之后,他写到了最后一个字母"Z",工作完成了。然而,难得有人在这种极其不利的条件下工作的。雷伯莱顿雇用狄德罗时,他原有的资本已经增加,但他每年给编辑的钱从不超过五百美元。至于别的应该出力帮忙的人,唉,我们都知道会是怎么个情况。他们要么是当时正忙,要么说下个月再写,或者得去乡下看祖母。如此推诿的结果,狄德罗只好亲手做大部分的工作,还要承受由教会和政府的官员从两方面泼到他头上的谩骂。

如今,他那部《百科全书》的版本已经很少见了。倒不是因为很多人想要,而是因为很多人乐于把它除掉。一个半世纪之前这部著作被厉声斥责为有毒害的激进主义的一种表现,但如今读起来却像给婴儿喂奶的器具一样单调无害。不过对于十八世纪教士中更为保守的分子来说,这部书就像吹响了走向毁灭、无政府主义、无神论和无秩序的嘹亮号角。

当然啦,人们进行了那种司空见惯的谴责,指责主编是社会和宗教的敌人，一个既不信上帝、国家，也不相信神圣家庭关系的放荡恶棍。1770年的巴黎仍然是一个规模宏大的乡村，人们彼此之间很熟悉。狄德罗不但主张生活的目的应该是"做好事，求真理"，而且还身体力行，对饥饿的人敞开家门，为了人类他每天工作二十个小时，除去一张床、一张写字台和一叠纸之外一无所求。这个一门心思刻苦工作的人是当时那些主教和君主们明显缺少的美德的光辉典范，要从这一特定角度来攻击他，谈何容易。于是，当权者们就不择手段地持续使用谍报系统，在他的办公室周围四下窥测，突袭搜查狄德罗的家，没收他的笔记，有时干脆限制他工作。

然而，这些障碍并没有阻抑他的热情。工作终于完成了，《百科全书》真的按狄德罗所期望的那样竣工了——该书成了一切，有些人已经在某种程度上嗅到了新时代的气息，知道世界亟须彻底的大修，《百科全书》便是他们重振旗鼓的转折点。

看来我有点夸大了这位编辑的真实形象。

但他毕竟还是丹尼斯·狄德罗：整天穿着破旧的外衣，每周富裕而聪明的朋友德·奥尔巴赫男爵请他吃一顿大餐他就兴高采烈。四千册书销售一空时，他会心满意足吗？他和卢梭、达兰贝尔、杜尔哥、爱尔维修、沃尔涅、孔多塞，还有其他许多人是同时代的人，那些人全都比他要声名显赫。但是如果没有这部《百科全书》，这些出色的人就绝对不可能产生那么大的影响，那不仅是一部书，它是社会和经济的纲领。它告诉我们当时那些带头人的实际想法。它具体陈述了不久之后就统治了整个世界的那些观念。它标志着人类历史上的决定性时刻。

凡是有眼能看、有耳能听的人都知道，定要采取某种决断措施以避免大难临头，可是那些有眼能看，有耳能听的人却拒不行动。

他们全都非常顽固地相信和平及秩序只能依靠强化执行梅罗文加王朝一套过时的法律来维护。因为当时，两党分庭抗礼，都墨守着成规，这就导致了奇特的复杂局面。在大洋彼岸，法国在保卫自由中起了引人注目的作用，它给乔治·华盛顿先生（一个共济会派）写了封感情充沛的信，为本杰明·富兰克林部长先生安排了愉快的周末晚会，别人称富兰克林是"不可知论者"，我们称他为朴素的无神论者。这个屹立在大西洋岸边的国家又是各式各样进步的仇敌，只有在判处哲学家和农夫都要过同一种贫困匮乏的生活时才表现出不偏不倚的民主意识。

这一切最终都改变了。

但是变化的方式却是谁也无法预见的。这次斗争是要清除非王族出身的人在精神上和社会上的障碍，而参加斗争的却不是奴隶本人，这是少数几个公正无私的人的活动，新教徒对他们恨之入骨。那些无私的人的唯一指望就是期待所有诚实的人都能进天堂。

十八世纪时捍卫宽容事业的人们很少属于某个特殊的派别。为了个人之便，他们有时也参加一些可以把宪兵从写字台前赶开的表面上的宗教活动。但就内心活动来说，他们倒像是生活在纪元前四世纪的雅典或中国的孔子时代。

对于同时代人敬畏有加的各种事物，他们往往缺乏必要的尊重，因为他们认为那些事物都是过去遗留下来的东西，虽然无害却过于幼稚。

他们很少看重古代民族的历史，西方世界，出于某些好奇的原因，从巴比伦人、亚述人、埃及人、赫梯人和迦勒底人的历史中摘取片断，作为道德和习俗的指南，但是苏格拉底大师的真正信徒们只聆听自己良知的内在呼唤，不计后果地生活在早已变得屈服驯顺的世界上。

第二十七章　革命的不宽容

一座标志着达官贵人的荣耀和庶民苦难的古老大厦，名叫法兰西王国，1789 年 8 月那个值得纪念的夜晚，它终于坍塌了。

那天晚上天气闷热，一星期来人们的愤怒激情不断上涨，国民议会沉浸在兄弟博爱的真正狂欢之中。只是到了这个激情满怀的时刻，特权阶层才交出他们花费了三个世纪才获得的古老权力和特权，平民百姓宣布拥护人权理论，从此，人权便成了后来民众自治的基础。

就法国而论，这意味着封建体制的终结。最优秀的人，也就是社会上最有魄力的精英，得以借机而起，勇敢地担当起领导的职责，勾画着普通国民的命运。贵族阶层甘心退出公务活动，满足于在政府各部门中做些装点门面的办事员工作，他们现在只适合在纽约的第五大道上喝喝咖啡，或者在第二大道上开个餐馆。

古老的法兰西就此寿终正寝。

这到底是好还是糟，我不清楚。

但那个法兰西已经死了，随之而逝的还有一个无形的最残暴的统治，那是自黎塞留时代以来，教会一直把这种统治强加在涂了圣油的圣路易的子孙们身上的。

可以肯定的是，人类获得了前所未有的机会。

至于当时冲击着所有正直男女心灵的激情，就不消说了。

太平盛世已经近在咫尺，是啊，应该是已经来临了。

独裁政府的专制及其种种邪恶都要一劳永逸地从美好的地球上扫荡殆尽了。

前进，祖国的后代①，暴政时代一去不复返了！

对于它的后果可以多说几句。

大幕落下时，社会上的污泥被荡涤得一干二净，一切都重新开始。但是这一切过去以后，我们的旧相识"不宽容"又露面了：身穿无产者的马裤，梳着罗伯斯庇尔的发型，与检查官并排而坐，度过它罪恶的晚年。

十年前，有人要是说当权者只是依靠上天的恩典度日，有时也会出差错，"不宽容"便会把他们送上断头台。

现在，谁要是坚持认为人民的意愿不一定总是上帝的意愿，"不宽容"也会把他们推向死亡。

一个骇人的玩笑！

但这个玩笑（具有取悦大众的本性）是以上百万无辜旁观者的鲜血为代价的。

我要讲的并非什么新鲜事情，这一点很不幸。人们可以从古典作家的作品中找到表达同一个意思的比较优雅的词句。

在人类的精神生活方面，一直存在着而且很可能会永远存在着

---

① 此处原文为法文，引用了《马赛曲》的歌词。

革 命

两种完全不同类型的人。

少数人无休无止地研究、思考,认真探寻自己的不朽灵魂,他们将会悟出某种恰如其分的哲学结论,终能摆脱常人的烦恼。

但大多数人不满足于只饮用精神上的"淡酒"。他们想要精神的刺激,一些使舌头发烫、食道受伤、让他们突然坐直身子、抖起精神的东西。这种"东西"到底是什么并没有太大关系,只要能起到上述的作用,能采用直截了当的方法而且没有数量上的限制就行。

历史学家似乎不懂得这个事实,这使许多人大失所望。激愤的民众刚刚摧毁了过去的堡垒(当地黑罗多蒂和塔希提及时又热情地报道了这件事),就马上让泥瓦匠把旧城堡的废墟用手推车运往城市的另一端,重新建起一座地牢,它和旧堡垒一样邪恶暴虐,也是为了镇压和恐怖的目的。

恰好在这个时候,一些自豪的民族终于摆脱了"一贯正确的人"加在他们头上的枷锁,但他们却接受了一本"一贯正确的书"的指挥。

就在化妆成厮从的当权者纵马向边界疾驰的同一天,自由党进入了废弃的宫殿，他们披上被丢落的皇袍，犯下了与被驱逐者前任一模一样的错误和暴行。

这一切着实令人沮丧，但这是我们故事中一个真实的部分，还是应该讲出来才好。

毫无疑问，那些对法国的剧变负有直接责任的人，是出于好的动机。《人权宣言》规定的原则是：不得干预任何公民依照自己的观点，"包括宗教观点"，安静地寻求自己的道路的自由，只要他的观点不扰乱由各项法令和法律制订的社会秩序就行。

不过，这并不意味着所有教派都享有同等权利。新教从此以后得到宽容，新教徒不会因为不与天主教徒在同一座教堂内做礼拜而招惹麻烦，但天主教仍是国教，是国家"占统治地位的"教派。

米拉波[①]在认识政治生活本质的方面有准确无误的本能，他深知这一远近驰名的妥协不过是权宜之计。他试图把一场社会大变革变成一人的革命，但壮志未酬就谢世了。许多贵族和主教很后悔他们在八月四日夜晚做出的宽宏大量的表示，便着手采用设置障碍的方法，这给他们的国王主子造成了致命的恶果。直到两年后的1791年（对于任何务实的目的来说都太迟了），所有的宗教派别，包括新教和犹太教在内，才取得了完全平等的基础，被宣布在法律面前享有同样的自由。

从那时起，角色开始对调了。法国人民的代表给这个前途无量的国家制订了宪法，要求教士们无论具有什么信仰，都必须宣誓效忠这个新政权，就像他们的公民同胞——教师、邮局员工、灯塔看守人和海关官员一样，要把自己严格地视为国家的公仆。

[①] 米拉波（1749～1791），法国大革命时期君主立宪派领袖之一。

教皇庇护六世反对此举。认为新宪法对教士的规定，直接违反了自1516年以来法国和神圣教廷之间签署的各项庄严协议。但国民议会没有心思为这种先例和条约的小事劳神费力。教士要么宣誓效忠这一法令，要么退职，挨饿致死。有几名主教和教士接受了这种似乎无可避免的命运。他们把手指交叉，履行了宣誓的程序。但是绝大多数教士是正人君子，拒绝发假誓。他们已经迫害了胡格诺派教徒很多年，现在他们又效仿胡格诺派，开始在废弃的马厩中做弥撒，在猪圈中共享圣餐，在乡下的树篱背后布道，在半夜时分到他们以前的教民家中秘密拜访。

一般来说，他们的日子要比新教徒在类似境遇中好过得多，因为法国实在乱得一团糟，对于宪法的敌人只能勉强采取敷衍了事的措施。由于那些杰出的教士们没有人敢冒上断头台的危险，这些被普遍称作"倔犟分子"的人很快就大着胆子要求官方承认自己是"可容忍的教派"，并要求得到特权，而在过去的三百年间，也正是他们坚持拒绝把这些特权交给自己的同胞加尔文教徒。

我们如今身处没有这方面风险的1925年来回顾那个年代，不免觉得它又冷峻又滑稽。但是官方当时并没有对他们的要求采取明确的措施，因为国民议会很快就被极端的激进分子完全控制了。由于法庭的背信弃义，加上国王陛下愚蠢地与外国结盟，结果在不到一周的时间里，就引起了从比利时海岸到了地中海海滨的惊恐慌乱。它导致了1792年9月2日到7日的一系列大屠杀。

从那一刻起，这场革命注定要堕落为恐怖统治。

饥饿的群众开始怀疑自己的领袖正在搞一个大阴谋，要把国家出卖给敌人，哲学家们试图稳步渐进的努力便化作了泡影。接踵而至的剧变在历史中不足为奇。在如此巨大的危机中，掌控局面的权

第二十七章 革命的不宽容　　327

革命的宽容

力必定会落入恣肆无情的领导者之手,这是每一个诚实的历史学者再熟悉不过的事实了。但这出戏中的主角竟然是一个一本正经的人,一名模范公民,一个百分之百的美德的化身,这的确出人意料。

罗伯斯庇尔

等法国开始领略新领袖的真正本性时，为时已晚，这就像在协和广场的绞刑架上枉费口舌说一阵过时的警告一样。

到此为止，我们从政治、经济和社会组织的这几个角度研究了这场革命，但要等到历史学家变成了心理学家或心理学家变成了历史学家之后，我们才能真正解释或理解那些黑暗的力量，它们在极度痛苦和艰难的时刻决定了民族的命运。

有些人认为，世界是由愉悦和光明统治的。还有些人坚持，人类只推崇一个东西，即野蛮的力量。从现在起几百年之后，我们或许能够做出选择。不过，有一点似乎是肯定的，这座社会学实验室中，法国革命是所有试验中最伟大的实验，它是暴力的神化。

那些试图通过理性建立更人性化世界的人，不是死去了，就是被经他们相助才有了荣耀的那帮人处死了。随着伏尔泰、狄德罗、杜尔哥和孔多塞这些人的销声匿迹，新至善论的无知信徒变成了国家命运的有争议的主宰。可是他们把这项崇高使命弄得一团糟！

在他们执政的第一阶段，胜利掌握在宗教的敌人手里，这些人出于某些特殊的原因憎恨基督的种种象征。他们曾以某种隐忍的方式在旧日教士专权的时代遭受了深重的灾难，以致一看到教士的黑色长袍，他们就会气得发疯，一嗅到香火就会勾起他们久已忘却的愤怒，致使脸色苍白。还有些人相信，他们能够借数学及化学之力否认上帝的存在，于是他们联合起来开始摧毁教会和它的作品。这虽然是无望而且至多也只是徒劳之举，却是革命心理的一大特点：正常的变成了反常的，不可能成了家常便饭。于是，一纸国民议会的命令就废除了基督日历；废除万圣节，取缔了圣诞节和复活节；取消了星期和月份，把一年重划为十天一期，每期的第十天定为新的非基督徒的休息日。随后又出现了一张废除上帝的声明，使世界没了主心骨。

但这段时间并不长。

在雅各宾俱乐部空荡的房间里，不论怎样强词夺理地解释和辩护，这种无限虚空的观念还是受到大多数公民的拒斥，他们只忍受了几个星期。旧神不再能满足群众，为什么不效仿摩西和穆罕默德，另创一个新神来符合时代的要求呢？

结果，就请出了理智女神！

她的确切形象是后来才弄清的。当时有一个适合的女演员，恰到好处地穿上了古希腊服饰的长袍，完全符合了人们的要求。这位女士是在前国王陛下的芭蕾舞团的舞蹈演员中找到的，在一个恰当的时刻，她被人们十分庄重地送到了巴黎圣母院高高的神坛上——那里早已被旧信仰的追随者所抛弃了。

至于圣母，那么多世纪以来她始终站在祭坛上，温存地关注着在她充分理解的耐心目光前裸露着心灵创伤的人。如今她也走了，在被送进石灰窑变成灰浆之前，被一双怜爱的手匆匆隐藏了起来。

她的位置被一座自由女神像所取代,那是一位业余雕塑家的骄傲之作,用白色石膏粗制滥造而成。但这还没完。我们的圣母还看到了别的新鲜事。在唱诗席的中间,有四根柱子和一个顶棚,它们象征"哲学的圣殿",在庄严的场合权当新舞神的宝座。当那个可怜的姑娘不主持仪式,不接受追随者的膜拜时,"哲学的圣殿"高高燃起"真理的火炬",意在用这火照亮世界的文明,直到最后的时刻。

"最后时刻"不到六个月就到来了。

1794年5月7日上午,法国人民接到正式通知,上帝得到重新确认,灵魂的不朽再次被公认为是一条信仰。6月8日,新的至高无上的主(由已故的让·雅克·卢梭留下的第二手材料匆匆造就的)正式向急切的信徒亮相了。

罗伯斯庇尔穿着一件崭新的蓝色马甲,发表了欢迎词。他达到了人生的顶峰。从一个三流县城的不为人知的法律书记员一跃成为革命的高级教士。不仅如此,一个疯疯癫癫的修女凯瑟琳·泰奥特竟被成千上万的人奉为真正的上帝之母,因为她刚刚宣布救世主即将降临,甚至还透露了救世主的名字,这人就是马克西米利安·罗伯斯庇尔。这个马克西米利安,穿着自己设计的奇特制服,扬扬自得地发表了长篇演讲,向上帝保证说,从今以后他掌管的小天地一定会好起来。

为了做到双保险,两天之后他又通过了一项法律,法律规定,那些被怀疑有叛国罪和异教罪(这两种罪名又一次相提并论,与旧日的宗教法庭如出一辙)的嫌犯,将被剥夺一切辩护权。这一措施非常奏效,在随后的六周内,就有一万四千人在断头台的斜斧下掉了脑袋。

他的其他故事已经尽人皆知了。

罗伯斯庇尔认为自己是他所认为的美好东西的完美化身，在品质上是有头脑的狂热者，因此不可能承认其他不够完美的人有和他在同一个星球上生活的权利。随着时间的推移，他对邪恶（用大写的"E"字母代表）的憎恨发展到如此地步，已经致使法国濒临人口灭绝的边缘。

随后，美德的敌人由于生怕丢掉性命，便动手反击了，经过短时间的殊死斗争，毁灭了这个正直的可怕信徒。

没过多久，革命的力量便耗尽了。法国人民当时采用的宪法承认不同教派的存在，给予它们同样的权利和特权。至少共和国官方不再管宗教方面的事务了。想要成立教会、组织会众和协会的人，都可以自由地做了，但他们必须在支持自己的教长和教士的同时，承认国家的最高权力和个人选择的完全自由。

从那时起，法国的天主教徒和新教徒开始相安无事地并肩生活了。

教会从来没承认过失败，这倒是真的。它继续抵制政教分离的原则（参见1864年12月8日教皇庇护九世的教令），并且支持那些企图推翻共和制政府复辟君主制或帝国的政党，以图东山再起重掌政权。不过这些战斗通常都是在一些部长夫人的私室或者退伍将军和野心勃勃的岳母在猎兔的山林小屋中进行的。

他们为滑稽报纸提供了精彩的素材，但这只能证明他们是枉费心机。

第二十八章　莱辛

1792年9月20日，法国革命军和前来剿灭这场可怕暴动的君主联盟军之间的一场战斗打响了。

那是一场辉煌的胜利，但胜者不是联盟军。他们的步兵在瓦尔密村湿滑山坡上无法展开兵力，战斗变成了连续不断的炮战，可是叛军的炮火比联军射击得要更猛烈和快速。于是联军就率先离开了战场。傍晚，联军向北撤退。参战的人当中有一个叫约翰·沃尔夫冈·冯·歌德的人，是魏玛世袭亲王的副官。

多年之后，这个青年出版了他对那天的回忆录。他当时站在洛林齐膝深的泥泞中，却变成了先知。他曾经预言：在这场炮战之后，世界将会大不一样。真让他说中了。在那个值得永久纪念的日子里，受上帝隆恩的君权，被扔到了地狱的边缘。人权运动的十字军并没有像预想的那样落荒而逃。他们紧握着手中枪，穿山越谷地前进，直到把"自由、平等、博爱"的理想送到欧洲最偏僻的角落，把他们的战马拴进全欧大陆的每一座城堡和教堂。

我们写下这类词句易如反掌。革命的领袖们已经死去差不多一百五十年了，我们可以随意拿他们寻开心。但他们赋予这个世界的许多好东西，我们永远感戴不尽。

但经历了那段日子的男男女女，他们曾在某天早上围着自由之树欢快地跳舞，但在随后的三个月中，却像老鼠似的在城市的阴沟中东躲西藏，他们不可能对这场动乱抱超然的态度。他们一从地窖和阁楼里爬出来，从长假发上梳掉蛛网，就马上动起脑筋设法避免重演这种可怕的灾难。

但是为了成功的反抗，他们首先就要埋葬过去。这里的"过去"，不是历史学意义上的模糊的过去，而是他们自己的"过去"：偷偷摸摸地阅读伏尔泰先生的作品，公开表达对《百科全书》的敬佩的过去。现在，他们把伏尔泰先生的作品集束之高阁，把狄德罗先生的《全书》卖给了废品贩子。把曾经奉若真理的小册子扔进了煤箱。他们费尽心机地掩盖会暴露他们曾在自由主义王国中短暂逗留过的蛛丝马迹。

天啊，就像细心销毁一切文学材料时常有的情况那样，这些忏悔人忽略了一件事，这比那些众说纷纭的谣传更糟糕，那就是戏剧舞台。要让曾为《费加罗的婚礼》抛出一车车鲜花的那一代人宣称，他们从未相信过人人平等的理想有可能实现，那简直是太幼稚了。他们曾经为《智者南森》落泪，所以现在也无法再证明自己一直坚持认为宗教宽容是政府软弱的表现。

戏剧和它的成功所证明的与他们所说的恰恰相反。

这出戏是十八世纪后半叶迎合民众感情的著名戏剧，它的作者是法国人，名叫戈特霍尔德·伊弗雷姆·莱辛。他是一名路德教士的儿子，在莱比锡大学攻读神学。但他对从教生涯不热衷，时常逃学。父亲听说后就让他回家，指出两条路让他选择：要么马上退学，要么认真申请到医学系学习。戈特霍尔德不想当教士,也不想当医生,但他答应做到父亲对他的要求。他返回了莱比锡,却继续为他的一些演员好友作保借贷。后来这些人从城里销声匿迹,莱辛只好逃到威登堡以免为欠债而坐牢。

他的逃跑意味着一段时间的长途跋涉和缺少食物。他首先到了柏林,在那里过了几年,为许多戏剧报纸撰写低稿酬的文章。后来,他准备为一个打算周游世界的有钱朋友当私人秘书。可是他们刚一起程,七年战争就爆发了。那个朋友被迫从军,赶乘第一辆驿车回家了。莱辛又一次没了工作,流落在莱比锡的街头。

但他生性好交往,不久又找到了一个新朋友,叫做爱德华·克利西蒂安·冯·克莱斯特。这位新朋友白天做军官,晚上做诗人,是个敏感的人,他把这个挨饿的神学生的洞察力引向了正在逐渐传遍世界的新精神。可惜克莱斯特在库内道夫战役中中弹身亡,莱辛被逼到山穷水尽的地步,便当上了专栏作家。

随后一段时期,莱辛当上了布雷斯勒要塞司令的私人秘书,那

莱 辛

种戍守生活枯燥无聊，为了聊解烦闷，他就潜心研读斯宾诺莎的著作——那位哲学家已经去世了一百年，他的著作才传到外国。

不过，这一切仍解决不了日常生活的问题。此时莱辛差不多四十岁了，他想要有自己的家。他的朋友们建议他去做皇家图书馆的馆员。可是几年前发生的事使莱辛成为在普鲁士宫廷不受欢迎的人。他第一次去柏林的时候，结识了伏尔泰。那位法国哲学家慷慨大方，没一点架子，他允许这个青年借走了即将出版的《路易十四的世纪》的手稿。不幸的是，莱辛在匆匆离开柏林时，把那部手稿打进了自己的行李里。伏尔泰本来就对吝啬的普鲁士宫廷的劣质咖啡和硬板床怒气难忍，当时就大呼小叫地说他被盗了，那个德国青年偷走了他最重要的手稿，警察应该盯着边境，等等，等等，完全是一副激动的客居外国的法国人的作派。没过几天，邮差送回了他丢失的手稿，但里面还附有莱辛的一封信。这个莽撞的条顿青年在信中对敢于怀疑自己人品的人表达了自己的看法。

这场巧克力罐里的风波本可以被人们轻易遗忘，但十八世纪是个巧克力罐也会在人们的生活中起重大作用的时代。差不多二十年之后，腓特烈国王依旧不喜欢那个烦人的法国朋友，当然就不愿意莱辛到他的宫廷来了。

莱辛告别了柏林，前往汉堡，当时盛传那里要新建一座国家剧院。此事不见眉目，莱辛无奈之下便接受了给布伦斯威克世袭大公当图书馆管理员的职务。他落脚的沃尔芬布泰尔城算不上大都会，但大公的图书馆在全德却是首屈一指的。馆中藏有一万多部手稿，其少不乏宗教改革史中最重要的文献。

穷极无聊自然是产生造谣中伤和流言飞语的主要源泉。在沃尔芬布泰尔，当过艺术评论家、专栏作者和戏剧小品写手的人本身就是个让人猜疑的角色，不久莱辛又有麻烦了。并非因为他做了什么，而是因为有人传闻他干了些事情：出版了一系列文章攻讦路德神学旧学派的正统观念。

这些布道（那些文章都是布道词）实际上是汉堡一名前任教长所写。但布伦斯威克大公对可能发生在他领地内的宗教战争怕得要死，就吩咐他的图书馆员谨慎行事，远离一切争论。莱辛照着主人的话做了。既然，谁都没说过不准用戏剧手法处理这个问题的话，他就着手用舞台形式来重申自己的看法。

在这座小城的娱乐室里诞生的这出戏叫做《智者南森》。主题很老，我在前面已经提到了。古典文学的爱好者能够在薄迦丘的《十日谈》中找到那篇故事，题目叫做《三个戒指的悲惨故事》，大意如下：

很久很久以前，一位穆斯林亲王想从他的一个犹太臣民手中榨取一大笔钱。但他没有正当的理由去剥夺那倒霉人的财产，就想出一条诡计。他打发人叫来那个受害者，一本正经地夸赞了他的聪明学识，问他在传播最广的三大宗教中——土耳其教、犹太教和基督教——他认为哪一个最真实？那位年高德劭的老人没有直接作答，而是说："噢，伟大的苏丹，让我来给你讲个小故事吧。从前有个人很富有，他有一枚漂亮的戒指。他立下遗嘱说，他死时，哪个儿子手上戴着这枚戒指，哪个儿子就是他财产的继承人。他的儿子后来也立下了同样的遗嘱。他的孙子也一样。几个世纪之中，戒指一代代传下去，一直都相安无事。但戒指的最后一个主人有三个儿子，他对他们都同样钟爱。他无法决定，三个儿子中哪一个该拥有这无价之宝。于是他就到金匠那里，定做了另外两枚和他手上一模一样的戒指。在他弥留的病榻上打发人叫来儿子们，为他们祈福，他们也都认为自己是那枚戒指的拥有者。当然啦，埋葬父亲之后，三个孩子都说自己是继承人，因为有戒指为证。由此引起许多争吵，这件事就被提交到法庭。由于三枚戒指不差分毫，法官们也确定不了哪一枚是真的。结果案子便一拖再拖，很可能要拖到世界末日了。阿门。"

莱辛运用了这个古老的民间故事来证明他的信念：没有一个宗教拥有独霸真理的权利。人的内心世界比他表面上遵从某种规定的仪式和教条更有价值，因此，人们的职责就是以友爱互相容忍，谁也无权把自己定为完美的偶像，说什么"我比别人都强，因为我独自拥有真理"。

这个在1778年备受称颂的观念，当时在那些小公国却不再受到欢迎。小公国的国君们在大风暴中都极力设法保住残存的货物和财产。为了恢复他们的声望，他们卑下地将土地交给警官管辖，并指望靠他们过活的教士先生们担起精神支柱的作用，协助警方重建法律和秩序。

这场纯粹的政治上的反动彻底成功了，那些按照五十年前的模式重塑人们头脑的意图却以失败告终。结果只能如此。的确，各国的广大人民群众对革命和动荡，对议会和那些空洞的演讲，对于毁掉了工商业的形形色色的赋税，都已经感到厌恶了。他们要和平，不惜代价的和平。他们想做生意，坐在家中的前厅里喝咖啡，不再受到住到他们家中的士兵们的骚扰，不再被迫喝从橡树叶里挤出来的恶心的汁。只要能享受到这种康宁的生活，他们宁可忍受某些小小的不便，比如向穿铜纽扣制服的人敬礼，对每个皇家信箱低头鞠躬，对官方派来的扫烟囱的助手都称呼"老爷"。

但这种卑躬屈膝的态度完全是必然的结果，是漫长而动乱的岁月之后短短地喘口气所需要的结果。那时每天早晨都会出现新制服、新的政治舞台、新的治安规则和既属于上帝又属于平民的新的统治者。不过,仅从这种一般的奴性的作派,从对上帝指定的主人的高声欢呼中,就断定人们将在心灵深处曾经激励过他们的头脑和心胸中的格朗中士的鼓动忘得一干二净,那可就大错特错了。

具有所有反动独裁者都固有的玩世不恭的思想,主要要求表面上的循规蹈矩和秩序,毫不在意人们的精神生活,因此百姓们就享有了很大程度的自由。礼拜天,所有的平民都挟着一大本《圣经》去教堂。其余的日子则可以随心所欲地思考。不过他们必须要闭口藏舌,绝口不谈个人的意见,只有在左顾右盼,看准沙发底下和壁炉背后没有藏着密探,才能谈一点自己的观点。然而,当他们还兴致勃勃讨论当天的事件时,却从经过审查和"消毒"、"灭菌"的报纸上得知新主子们又采取了某种新的愚蠢措施来确保国家的和平,把人们带回到公元1600年的岁月,于是他们就又会悲哀地频频摇头。

他们的新主子的作为,与纪元开始以来所有对人类历史一窍不通的同类主人们在类似情况下的所作所为如出一辙。他们下令搬走装饼干的大桶——因为严厉批评政府的演讲就是在那发表的,以为这样就能摧毁言论自由。只要有可能,他们还要把出言不逊的演讲者送进监狱,处以严厉的判决(四十、五十、一百年的徒刑),使这些倒霉鬼得到烈士的美名。不过在大多数情况下,这些主人不过是头脑乱糟糟的白痴,只读过几本书和小册子,其实根本都没弄懂。

受到这些先例的警告,别人就远远避开公共游憩场,躲到人口稠密的城市中灯光昏暗的酒馆里,或者公共旅店里,去发上几句牢骚,因为他们有把握那里的听众都小心谨慎,他们的影响比起站在公共讲台上还大得多。

世上最哀伤的莫过于那些人:天神聪慧地赋予他们些许权力,

可他们却始终为自己的官位声望而胆战心惊。一位国王可能失去王位，并对虽然失势却是那种枯燥的日常生活的相当开心的中断付之一笑。无论如何他都是国王，不管他是戴着男仆的圆顶礼帽，还是顶着他祖父的王冠。但一座三流小镇的镇长，一旦被剥夺了掌控会议的小木槌和职务徽章，就成了普通百姓，一个原先颐指气使，如今被人嘲笑其困境的可笑角色。因此，凡是敢于接近这样的当权者而没有明显向他表现出应有的尊崇的人，岂不是自取烦恼吗。

但是那些不在镇长面前低头的人，那些用大部头的学术著作和地理手册、人类学、经济学来公开挑战现存秩序的人，他们的遭遇就要凄惨得多了。

他们被不留情面地当即剥夺了谋生之道，随后便被从他们传授有害思想的镇子里逐出，留下妻儿，全靠邻居们的好心善待。

这一反动精神的爆发，给一大批真诚地想要根除许多社会弊病的人士带来极大的不便。然而，时间是伟大的洗衣妇，它早已涤净了地方警官能够在这些和蔼的学者的职业袍服上发现的污渍。如今，普鲁士的腓特烈·威廉之所以被人牢记，是因为他干涉了伊曼纽尔·康德的学说。这位危险的激进分子教导说：我们行为的最高准则应该变成普遍规律。按照警方的报告，他的理论只对"嘴上无毛的青年和说话不清的白痴"有吸引力。而昆布兰公爵之所以得到持久的恶名，是因为他身为汉诺威的君主流放了一名在《国王陛下非法取缔国家宪法》的抗议书上签了名的叫做雅各布·格利姆的人。梅特涅之所以声名狼藉，是因为他把怀疑的监视深入到了音乐领域，审查过舒伯特的乐曲。

可怜的奥地利啊！

如今奥地利已经不复存在，全世界都对那个"欢乐帝国"心

怀好感,忘记了那个国家曾经有过活跃的学术生活,有一些东西更胜于体面有趣的乡村集市上物美价廉的葡萄酒、粗劣的雪茄和由约翰·施特劳斯本人作曲和指挥演奏的最迷人的圆舞曲。

我们还可以进一步说,在整个十八世纪,奥地利在宗教宽容方面起了十分重要的作用。宗教改革甫毕,新教徒马上就在多瑙河和喀尔巴阡山之间的富庶省份中找到了活动的沃土。但这在鲁道夫二世即位奥皇之后就改变了。

这位鲁道夫是西班牙菲利普的日耳曼翻版,在这个统治者眼里,和异教徒签约没有任何意义。鲁道夫虽然受的是耶稣会的教育,却懒散得不可救药,不过这倒使他的帝国不致在政策上有颠来倒去的变化。

政策的变化发生在斐迪南二世被选作皇帝之时。他当选的主要资格是因为在哈布斯堡王室的所有人选中,只有他一人有多个子嗣。他在即位初期,曾参观过著名的天使报喜馆,该建筑于1291年被一群从拿撒勒搬到达尔马提亚的天使搬迁到意大利的中部。在当时宗教狂热的爆发中,斐迪南发下宏誓:要把他的国家变成十足的天主教国家。

他信守诺言。1629年,天主教再次被宣布为国教,成为奥地利、施蒂利亚、波西米亚和西里西亚唯一的宗教。

与此同时,匈牙利与这个奇特的家族成了姻亲。哈布斯堡王室从每位新娘那里都会得到作嫁妆的大片欧洲领地。费迪南便努力把新教徒从马扎尔人的堡垒中驱逐出去。但是由于信奉唯一理教的德兰西瓦尼亚人和异教徒土耳其人的支持,匈牙利人直到十八世纪的后五十年还能让新教徒保持独立。这时,奥地利内部已经发生了重大变化。

哈布斯堡家族是教会的忠实儿子，但到了最后，就连这些思想最迟钝的人也对教皇的不断干涉产生了厌烦，他们宁肯冒一次风险，制定一项违反罗马意愿的政策。

在本书的前一部分，我已经讲过，有许多中世纪的天主教徒认为，教会体制是完全错误的。评论家们争辩说，在殉道者的时代，教会是真正的民主机构，掌管者都是长老和主教，而他们又是由全体教众一致同意才指定的。他们宁肯承认罗马教皇，因为他自称是圣徒彼得的直接继承人，是由教廷的内阁授予这一崇高地位的，他们还坚持认为，教皇的权力纯是荣誉性的，因此，历任教皇都绝不应该自认为高于其他主教，并且不该试图把影响扩展到教皇领地之外。

教皇则利用自己职权内的各种训令、诅咒和逐出教会的惩罚来对付这一思想，结果，有好几位大胆提倡教会分权的勇敢的宗教改革家为此丢了性命。

这一问题始终未得明确解决，后来，在十八世纪中，这一观点又被有钱有势的特利尔大主教的代理主教重新提起。他叫约翰·冯·杭泰姆，不过人们更熟悉他的拉丁文笔名弗布罗纽斯。杭泰姆曾经受到非常自由的教育。在卢万大学度过几年之后，他曾抛却家人去莱顿大学读书。他到达那里时，正值纯加尔文主义的老城堡开始被疑内部有自由派存在。后来当法律部的杰勒德·努特教授获准进入神学领域并赞扬宗教宽容的理想时，这种猜疑就成为公开的罪名了。

至少可以说，他的推理思路是独创的。

他说道："上帝是万能的。上帝能够制定出对所有人民在任何时间任何条件下都适用的科学定律。也就是说，只要上帝愿意，就能很容易地引导人们的思想，使人们在宗教问题上持相同的观点。我们知道，上帝并没有这么干。因此，如果我们试图以武力强迫别人相信我们认为是真理的东西，我们就违背了上帝的明确旨意。"

杭泰姆是否受到努特的直接影响，我们难以说清。但某些与伊拉斯谟唯理主义相同的精神却可以在杭泰姆的著作中看到，后来他在主教权限和教皇分权的问题上发展了自己的思想。

不出所料，他的书当即（1764年2月）遭到罗马教廷的谴责。可是，由于符合玛丽亚·特莉莎的利益，这位奥地利皇后支持了杭泰姆，由他发起并命名的弗布罗尼主义或主教权限主义运动继续在奥地利蓬勃发展，并最终形成了有实效的《宽容专门法》，由皇后之子约瑟夫二世在1781年10月13日颁赐给他的臣民。

约瑟夫是他母后的大敌——普鲁士的腓特烈的软弱的复制品，他有一种奇妙的天赋：在错误的时刻做出正确的事情。在过去的二百年间，奥地利的小孩子都被大人吓唬着上床，说是若不马上睡觉就要被新教徒抓走。在这种背景下，要让幼儿们再把新教徒（他们知道的样子是头上长角、后面拖着黑色长尾巴的人）当作至亲至爱的兄弟姐妹，是根本不可能的。同理，可怜又真挚、勤奋又易犯错的约瑟夫一向被一群身为主教、红衣主教和女执事的收入颇丰的亲戚们包围着，他做出如此突然的大胆果断之举，是应该大加赞扬的。在信奉天主教的君主中，他第一个大胆地宣布宽容是治理国家的理想实用的财富。

三个月后，他的作为更加惊人。1782年2月2日，他颁布了有关犹太人的著名法令，把当时只有新教徒和天主教徒才享有的自由扩展到犹太人当中，使那些犹太人深感有幸：得以和他们的基督教徒邻居呼吸同样的空气了。

我们应该就此住笔，让读者们以为：这桩好事还在无限期地持续下去，奥地利如今成为那些按照自己的良知做主的人们的天堂了。

我巴不得这是真的。约瑟夫和他的几位大臣可能一时兴起，刹那间超越了人性之常，但奥地利的农人们一直被教导说犹太人是他们的天敌，新教徒是反叛者和背叛者，所以他们不可能克服视犹太人和新教徒为天敌的根深柢固的偏见。

那部杰出的《宽容法》颁布的一个半世纪之后，那些天主教会以外的人们的地位，依旧和十六世纪时一样低下。理论上说，一个犹太人和一个新教徒可以指望当上首相或被任命为军队的总司令。但实际上，他们就连和皇家擦皮鞋的仆人共餐都不行。

纸上空文的法令就谈到这里吧。

第二十九章 汤姆·佩恩

在某个地方流传着一首诗歌，大意是：上帝以神秘的活动，在创造奇迹。

这一说法的真实性，对那些研究过大西洋海滨历史的人是显而易见的。

十七世纪前半叶，美洲大陆北部住着一批对《旧约》的理想崇拜得五体投地的人，不知内情的参观者还会把他们当作摩西的追随者，而不是基督的信徒。浩瀚、严寒又多风暴的汪洋大海把这些开拓者与欧洲隔断了，他们在新大陆建起了一种恐怖的精神统治，在对马瑟一家的大肆驱巫行动中达到了顶峰。

初看起来，那两位令人肃然起敬的绅士对宽容倾向颇有功绩似乎是不可能的，而这种宽容倾向在英国与从前殖民地之间的敌对情绪爆发前的《美国宪法》和其他许多文件里又讲得明明白白。然而事实却不容置疑，因为十七世纪的压制实在可怕，就必然会激起汹涌的比较有利于自由思想的反作用力。

这并不意味着，所有的移民主义者都突然派人去索兹尼的选集，不再用《圣经》中的"罪恶之地"和"罪恶之城"的故事吓唬小孩子了。但他们的领袖们却概无例外地都是新思潮的代表，他们以极强的能力和谋略把自己的宽容思想建筑在羊皮宣言的基础上，新的独立民族的大厦就要在这上面拔地而起。

如果他们是对付一个统一的国家，可能不会那么成功。但北美的移民问题始终都很复杂。瑞士的路德派教徒开辟了一块领地；法国送来了一些胡格诺教徒；荷兰的阿米尼教徒占据了一大片土地；而英国的各种教派不时地想在哈德逊湾和墨西哥海湾之间的荒野上建起自己的小小天堂。

这就使多种教派都可以表达，而不同的教派之间势均力敌，在好几片殖民地中，一种朴素的初始的相互容忍就加诸在各派移民者头上，要是在一般情况下，他们早就扼住彼此的喉咙了。

这种趋势不为那些坐收渔利的正人君子们所欢迎。在新的慈爱精神出现多年之后，他们依旧在为维护旧的严正理想而顽抗。他们收效甚微，却成功地使许多青年远离了一种信条，这个信条似是从更野蛮的印第安邻人的仁慈善良的概念借用来的。

我们国家有幸的是，在为自由长期奋战中首当其冲的人，都属于一伙为数不多但勇气十足的持异议者。

思想传播是轻而易举的。哪怕是一条载重八十吨的小小的双桅纵帆船，都装运的是掀翻整个大陆的新观念。十八世纪的美洲移民们，不得不过一种没有雕塑和三角钢琴的日子，但他们不缺乏书籍。在十三块殖民地的居民中间，有智之士开始意识到，这个大世界上正发生着天翻地覆的变化，这是在礼拜日的布道中听不到的。那时书商成了他们的先知。虽说他们并没有和教会正式决裂，而且表面上的生活也很少改变，但当机会到来时，他们就表示自己是德兰西

汤姆·佩恩

瓦尼亚那位老亲王的忠实门徒——他拒绝在自己的土地上迫害信奉唯一神论的臣民,理由是上帝明确地为他保留了做三件事的权力:"能够化无为有;预知未来;支配人的良知。"

当需要制订一个将来治理国家的具体的政治和社会纲领时,这些勇敢的爱国者就把他们的观念写进了文献,把他们的理想置于公众舆论这一最高法庭面前。

若是弗吉尼亚善良的公民们早知道,他们曾经洗耳恭听过的一些演讲是受到他们的死敌——自由思想者的直接启迪,他们无疑会被吓得六神无主。但是最成功的政治家托马斯·杰弗逊本人就具有极端自由的观点,如他所说,宗教只能用道理和说服,而不能靠武力和暴力来管理;他还说,所有的人都有平等的权利,根据自己的良知自由运用宗教,他仅仅是重复了伏尔泰、拜勒、斯宾诺莎和伊拉斯谟先前想过和写出的内容罢了。

后来,人们又听到如下的异端邪说:"在美国谋求任何公职都不得将需要表明信仰列入条件",或者"国会不得制订任何法律来干涉建立宗教或者禁止自由运用宗教",美国的反叛者们默认并接受了这种做法。

就此,美国成为第一个宗教与政治明确分离的国家;成为第一个公职候选人在接受提名之前不必被迫出示主日学校证书的国家;在法律上成为第一个公民可以随其所愿信奉或不信奉宗教的国家。

但是在这里如同在奥地利(或其他任何地方)一样,普通百姓远远落在领导人的后面,领袖们只要稍稍偏离一点老路,他们就会跟不上步子。不仅许多州继续对不属于主导教派的公民横加限制,而且在纽约、波士顿和费城的居民私下里仍然不肯容忍持异见者,就像他们从未读过一句本国宪法似的。这一切都在不久之后汤姆·佩恩的案例中表现了出来。

汤姆·佩恩为美国人民的事业做出了伟大的奉献。

他是美国独立战争的号手。

从血统上说,他是英格兰人;从职业上说,他是水手;从天性和教育上说,他是个叛逆。他到北美殖民地的时候,已经四十岁了。一次造访伦敦时,他遇到了本杰明·富兰克林,接受了"往西去"的忠告。1774年,他拿着本杰明亲手写的介绍信,乘船前往费城,并协助富兰克林的女婿理查德·贝奇创立了《费城公报》杂志。

汤姆作为一名老练的业余政治家,不久就发现自己处于考验灵魂的重大事件之中。他有出众的条理清晰的头脑,他收集了有关美国人抱怨情绪的凌乱材料,把它们写进了一本小册子,文字短小而亲切。小册子通过"通情达理"的口吻,使人们相信:美国人民的事业是正义的事业,值得全体忠诚的爱国者衷心合作。

这本小书很快就传到了英国和欧洲大陆,使很多人有生以来第一次听说有个"美国民族",而且,是啊,这个民族完全有理由并且

具有神圣的职责，对母国开战。

独立革命甫毕，佩恩就回到欧洲，向英国人民揭示：统治他们的政府做出的种种蠢事。彼时塞纳河西岸正发生着骇人的事情，体面的不列颠人开始隔着英吉利海峡疑虑重重地观望海峡对岸的情况。

一位叫埃德蒙·伯克的人吓破了胆，刚刚发表了《对德国革命之我见》。佩恩义愤填膺地用题为《人的权利》的文章予以反击，结果，英国政府令他以叛国罪受审。

与此同时，他在法国的拥戴者们却选他进入国民议会，佩恩虽然不懂一字法文，却天性乐观，他接受了这一荣誉，去了巴黎。他在那里一直住到受到罗伯斯庇尔的怀疑为止。他深知自己随时都可能遭到逮捕并砍头，就匆匆写完了他关于人生哲学的一本书，名为《理性时代》。第一部分是在他行将入狱之前发表的。第二部分是在他狱中的十个月中写就的。

佩恩相信，被他称作"人性宗教"的真正宗教有两个敌人：一方是无神论者，另一方是狂热主义者。但他在表达这一思想时，人人都攻击他。1802 年他回到美国后，人们都以极大的仇视态度对待他，"肮脏的不信神的小人"的恶名，在他死后还延续了一个多世纪。

他确实没出什么事。他没有受到绞刑、火刑柱或车裂处死。只是没有一个邻居理睬他，小孩子们还受到怂恿在他大着胆子出门时向他吐舌头。他去世时，已经成了遭到唾弃和遗忘的人。他为了泄愤，还写了些愚蠢的政论性小册子，反对独立战争中的其他英雄人物。

看来，对于一个好的开端来说，这似乎是最不幸的结局。

但在以往两千年的历史上反复发生着这类典型事件。

公众的不宽容发泄完愤怒之后，私人的不宽容便开始了。

当官方的死刑就要废止时，私刑处死却出现了。

第三十章　最后的一百年

二十年前写这样一本书相当容易。在很多人的头脑里,"不宽容"一词几乎概莫能外地与"宗教的不宽容"等同。当一位历史学家写到"某某人是为宽容而战的斗士"时,大家都认为他终生都在反对教会的弊端和反对职业教士的暴虐。

随后爆发了战争。

世界上发生了很多变化。

我们遇到的不宽容制度不是一个,而是十多个。

我们遇到的不是一种形式的残酷,而是上百种。

刚刚开始摆脱宗教偏执的恐怖的社会又不得不忍受种种可鄙的种族不宽容、社会不宽容以及许多各色各样的不宽容,对于它们的存在,十年前的人们连想都没想过。

※　※　※

许多好人直到最近还生活在一种美妙的幻想之中:进步是一种自动计时器,无需上发条,只要偶尔夸赞两句就可以了,这种想法

似乎太可怕了。

他们哀伤地摇着头,悄声嘟囔"虚荣,虚荣,全都是虚荣!"他们抱怨说人类本性太顽固了,始终都在学习,却总是拒绝吸取教训。

直到完全无望的时候,他们才加入急速增加的精神失败主义者的行列,依附于某种宗教机构(以便将他们的负担转移到别人身上),并用最伤感的腔调承认自己已经垮了,再不参与社会事务了。

我不喜欢这样的人。

他们不仅仅是懦夫。

他们是人类前途的叛徒。

※ ※ ※

话就说到这里好了,可是,如果有解决办法的话,办法又是什么呢?

让我们跟自己说实话吧。

没有办法。

至少,在当今世界上是没有的。这个世界要求立竿见影的结果,希望借助数学公式或医学处方,或者依靠国会的一纸法令,把世界上的所有困难快刀斩乱麻地彻底解决。但是我们这些惯于用长久的目光看待历史、并且深知文明并不随着二十世纪而开始或结束的人,还是会感到有一线希望。

我们如今听到过多悲观绝望的论断("人类一向是这副样子","人类将永远是那个样子","世界从未有过变化","情况和四千年前完全一样"),都是不符合事实的。

这是一种幻视现象。

进步的路线常被切断,但若是我们把情感上的偏见放在一旁,对两万年的历史(只是一段我们多少掌握了具体资讯的历史)做个清醒的评价的话,我们就会注意到一种不容置疑的哪怕是缓慢的进展:事情总是从几乎难言的残忍粗野的状态走向具有较为高尚和较为完善的境界,甚至世界大战这样的大错也无法动摇这个坚定的信念,这是千真万确的。

※ ※ ※

人类具有难以置信的生命力。

要比神学的寿命长。

到一定时候,还要比工业化的寿命长。

人类挺过了霍乱和瘟疫,残酷迫害和清教徒法规。

也学会了如何克服困扰这一代人的精神罪恶。

※ ※ ※

历史谨慎地揭示了自己的秘密,它已经给我们上了伟大的一课。

人用手创造出来的东西,也可以动手将它毁灭。

这是一个勇气的问题,其次便是教育的问题。

※ ※ ※

这些话听起来像是老生常谈。因为最近一百年来,人们满耳朵灌的都是"教育",对这个字眼委实感到了厌倦。他们向往过去,那时的人不能读写,但能用多余的智力偶尔进行独立思考。

我这里说到的"教育"不是指单纯的事实积累——那被视为现代儿童必要的精神"压舱物",我想说的是,对现时的真正理解脱胎

于对过去的善意大度的理解之中。

在本书中,我已尽力证明,不宽容仅仅是集体的自卫本能的一种表现。

群狼不能容忍一只与众不同的狼(无论它表现出软弱或强壮),因而必然要设法除掉这个触了众怒的不受欢迎的伙伴。

在一个食人部落里,要是谁的癖性会引起天神的震怒,给全体部落带来灾难,部落就不会容忍他,会把他野蛮地赶到荒野中去。

希腊联盟对一个敢于对社会成功的基础提出质疑的人,不会在其神圣的城垣里为其提供庇护所,而且会在一次不宽容的可悲爆发中,仁慈地判处这位滋事的哲学家饮鸩赴死。

罗马帝国若是放纵几个好心的狂热分子玩弄从罗慕路斯以来就认定是不可或缺的某些法律,它就不可能生存下去,因此,它只能违心地做出不宽容之举,而这一点与它的传统的自由政策恰好背道而驰。

基督教会是古罗马帝国物质版图内的精神继承人,其持续存在靠的是那些最卑微臣民的没有二话的绝对服从,因此它被迫走向残酷压迫的极端,致使许多人宁可接受土耳其人的冷酷无情,也不要基督教的慈悲了。

处于重重困难包围中的那些反对教士专横的伟大斗士,只有对所有精神革新和科学实验表现出不宽容,才能够维系自己的领域。于是在"改革"的名义下,他们犯下了(或者确切地说,试图犯下)曾经导致他们的敌人失去了原先的大部分势力和影响相雷同的错误。

本该是光荣冒险的生活,经过时代的更迭,却变成了可怕的体验。而这一切之所以发生,只因为迄今为止人类的生存完全被恐惧所支配。

※ ※ ※

我要再说一遍，恐惧是所有不宽容的起因。

无论迫害采取什么方式或形态，都是由恐惧引起的，它的集中表现可以从竖起断头台的人或向火葬柴堆扔木头的人的极度痛苦的表情中看得一清二楚。

※ ※ ※

我们一旦承认了这一事实，解决这个困难的方案立即就会呈现。

人们在没有恐惧笼罩的时候，是很倾向于正直和正义的。

到目前为止，人们很少有机会实践这两种美德。

恐怕在我有生之年看不到这两个美德得到实现。这是人类发展的必然阶段。人类还年轻，无奈啊，简直年轻得可笑了。要求在数千年前才开始独立生存的哺乳动物具备靠年龄和经验才能获得的美德，似乎是既不合理也不公平的。

何况，它使我们的观点出现偏差。

还当我们应该有耐心时，它使我们愤怒。

当我们应该表示怜悯时，它使我们说出冷漠的话。

※ ※ ※

写到这样一本书的最后几章时，有一种极大的诱惑力，那就是去扮演悲哀的预言家的角色，进行一些业余的说教。

但愿不要如此！

生命是短促的，而布道却容易冗长。

无法用一百个词说清的意思，最好还是别说了吧。

※ ※ ※

我们的历史学家们为一桩大错感到负疚。他们讲述史前时代，告诉我们希腊和罗马的黄金时代，对所谓的黑暗时期说三道四地讲了些废话，还创作了歌颂比过去繁荣十倍的现代生活的狂想曲。

如果这些饱学的博士们偶然发现人类的某种情况似乎不适合他们巧妙组成的那幅图画，他们就会说上几句谦卑的道歉话，咕哝着说，很不幸，这种不理想的情况是过去野蛮时代的残余，但随着时间的推移，这种情况将会消失，就像驿车让位给铁路列车一样。

这一切都十分美好，可惜不是真的。它可以满足我们的虚荣心，使我们自以为是时代的继承人。若是我们知道自己是何许人——是当代形象的穴居人，是叼着雪茄、开着福特轿车的新石器时代的人，是乘着电梯回家的崖居人——恐怕对我们的精神健康大有裨益。

到那时，也只有到那时，我们才能向那个还隐藏在浩渺的未来山脉中的目标迈出第一步。

※ ※ ※

只要这个世界依旧被恐惧所支配，谈论黄金时代、谈论现代和发展，完全是浪费时间。

只要不宽容是我们自我保护法则中必不可少的一部分，要求宽容就形同犯罪。

等到像屠戮无辜的俘虏、烧死寡妇、盲目崇拜一纸文字这样的不宽容成为荒诞无稽的事，宽容一统天下的日子就到来了。

这可能需要一万年，也许需要十万年。

但这一天一定会到来，它将紧随着人类第一次真正的胜利而到来——克服自身恐惧的载入史册的胜利。

后记　但是这个世界并不幸福

出版商给我写信说:"《宽容》一书出版于1925年。现在已经快成经典作品了,我们愿意出一个普及本的永久性版本,重新定一个'大众化的价格'。"若是他们能够做出必要的安排,我会愿意写最后一章吗?或许我能试着解释一下为何**宽容**的理想在过去的十年内这样惨淡地破灭,为何我们的时代还没有超越仇恨、残忍和褊狭?这其中必有原因,若有的话,而且我也清楚的话,我要不要讲出来呢?

我回答说,解剖美丽的宽容女神破碎的尸体可不是件愉快的任务,可既然是应该做的,我感到义不容辞。

这样就出来一个问题:我应该在书中的哪一页来对我十五年前的作品告别并开始我的结束语呢?

出版商们建议,我可以删去以崇高的希望和欢呼为基调的最后一章。他们的话一点没错。因为眼下确实没什么可欢呼的,用《英雄交响曲》中的葬礼进行曲来伴随我的结束语比起用贝多芬《第九交响乐》中充满希望的大合唱更恰当。

但是三思之后，我认定那不是解决问题的正确途径。我和我的出版商一样，对将来相当悲观。但本书可能还要在世上保留多年。我想，唯一公正的方法是让下几代人了解：1925年怎样激起了我们对更幸福更高尚前程的憧憬，而1940年又如何彻底打破了这些光辉的理想，为什么会发生这种事情，我们犯了什么错误才造成了这一可怕的灾难。

经过几次通信后，我说服了我的出版商，使他相信我是通情达理的，下面就是我给出版商写的内容，作为《宽容》最新也是最后一版的补充。

※ ※ ※

最近这七年，堪称是地道的"丑巫婆的大锅"，人类所有的邪恶弊端全都搅进去成了大杂烩，它注定要毒害我们大家（除非我们能够发明一种速效的解毒药）。我已仔细地研究过投入这一丑陋的大容器中的各种成分，还十分勤奋地观察了对这个丑恶的大杂烩负主要责任的那些人。那个大杂烩臭气熏天，正在我们整个星球上蔓延，我和其他住在为数不多的民主国家中的人一样，百思不得其解：为什么这些低劣的厨工会被那么多人簇拥着，他们不仅被这种糟透了的大杂烩引得手舞足蹈，而且还用全部时间把这东西强行灌进完全无害的旁观者的喉咙。这些旁观者显然更喜欢祖传的好心和宽容的浓汤，可是他们要是不对这种难咽的大杂烩表示出高兴的样子，就会马上被杀死。为了得出自己满意的答案，我尽了最大的努力来弄清这种情况的来龙去脉，现在就告诉你们我耐心观察的结果。

※ ※ ※

为了刨根问底,我提议大家可以模仿一下精明又可敬的政治家阿尔弗雷德·E·史密斯先生。他原先住在纽约州的阿尔巴尼,如今住在帝国大厦。我们先来看一下记录,瞧瞧能够找到些什么。

我在这儿问一个问题,看似有些离题,但你不久就会明白,这个问题与我们要解决的难题紧密相关。你养过狗、猫或其他家畜吗?你琢磨过这些卑下的东西对待主人以及主人的花园和后院的态度吗?你可能已经注意到,出于本性、本能或训练,或者三者兼而有之,这些不会说话的动物对于它们认定的"权利和特权"绝对谨慎戒备。同一条警犬可以让主人的孩子拖着尾巴在家里转圈,从身上揪下一把毛,但另一个友善的小孩一踏上属于"它的"住宅的草坪时,它马上就会吠叫起来。最小型的德国种小猎犬一定很清楚,邻家的北欧种粗毛大猎犬能够把它撕成碎片,但那只凶猛的大狗要是胆敢跨越它认为是区分自家领地和邻居地盘的界限一步,它便会扑向那头凶猛的大兽。甚至除了自己的舒适一概不过问他事的猫,遇到另一只猫大胆闯进它的炉边时,也会气势汹汹地站起身来。

大型动物的猎手们都熟悉栖身莽林的动物的习性,他们告诉我,群体本能十分强烈,外来者休想混进它们的族群,哪怕这个外来者对它们迅速衰弱的力量能够增强多大实力,也不会受到欢迎。而那些假装懂得不会发音的鱼的心理的人告诉我,即使在那些冷血动物中,在遇到一条陌生的鱼时,也有固定的行动密码;某些鱼到河流岩石间的某处固定地点栖息,绝不容许外来的鱼混进来。

我不精通动物学,但我掌握了一些有关人类学的知识。当我研究人类在所谓的历史阶段(人类在那些短暂的时间里记录了自己的

思想和行为）的行为记录时，我发现了什么呢？从最早的时期直到现在，人类从来就是"群居动物"，只有当一个人感到自己属于一群结伴同行的排他的集体，大家和他都有共同的承袭下来的信仰、偏见、嗜好、恐惧、希望和理想时，这个人才真正感到幸福。

当然，经济上的必需偶尔会迫使某些人群，包括相互对抗的部落，按照某种政治方式行事。不过，这种安排从来不会持久。真正使得一伙人不顾艰难险阻和危险团结在一起的原因，是因为他们有许多与别人界限分明的相同的信仰、相同的偏见、相同的嗜好和相同的恐惧、希望及理想。

看一下从基奥普斯和汉穆拉比到希特勒和墨索里尼的时代吧。到处总是同样的故事——每一个群体，每一个部族，每一个氏族，几乎每个家庭都坚持与邻居们保持一定距离，因为自己都大大优于旁人，没有共同理解或共同行动的基础。我给你举一个大家熟悉的例子。

世界各地的几乎所有民族从一开始怎么称呼自己的呢？在数量惊人的例子中，他们称自己为"上帝的人"或"上帝的子民"，甚至更荒谬的是"属于上帝的人"。埃及人在别人眼里是卑恭的小农，但他们却把自己看作是"上帝的人"。犹太人把自己看作"上帝的选民"。苏密——现在该国的官方名称为芬兰——的意思，据我所知，是"上帝的人"。太平洋上的许多部落——不光是我们熟知的塔希提人——都把自己指称为"上帝的人"。从波利尼西亚到西亚、北非和北欧距离遥远，那里的住民彼此间毫无共同之处，绝对没有。可是有一点：他们好像都把自己当成唯一称得上"上帝的人"，他们轻视人类的其他成员，认为他们是异类、蛮人，应该受到蔑视，如果可能，还要避之犹恐不及。

连那些受苦的人都宣称:"我们是人。"

初看起来,希腊人似乎不在此令人惊诧之列。但他们自豪地坚持自己是海伦的嫡系后裔,是丢卡利翁与皮拉之子,是大洪水的唯一幸存者,这表明他们很尊重自己的族人。而且他们把非希腊人蔑称为野蛮人(希腊文中 barbarous 一词,意为陌生的、异族的、粗野的、奴性的、无知的),暴露出他们对所有非希腊人的倨傲不屑,粗率地称他们为异己而予以排除,连那些在其他方面的确高出一筹而且心胸宽广的著名科学家和哲学家也被他们认为是劣等人——这就向我们表明,至少在这一点上,他们和无知的澳大利亚土著居民处

于一个水平线上,那些土人从来没学过"3"以上的数字,却扬扬自得地对最早的欧洲来访者说,问他们是谁实在愚蠢,他们当然是"上帝的人"啦。

我们注意到,罗马人倒不从这种令人不快的傲慢形式中自讨苦吃。并非因为他们把自己看得低于邻国人。千万别这么想!他们像现代的英国人一样,认为自己理所当然是至高无上的,他们从来不认为有必要就这一点做任何明确的解释。他们是罗马人,这就足够了。对这样一个明显的事实——人人都看得一清二楚——还要大惊小怪,实在有失体统,而罗马人是不屑于这样做的。至少在这方面是不在乎的。

※ ※ ※

对于纯种族的观点激励着大部分部族和民族认为自己是唯一值得称作真正的人的话题,就说到此为止吧。但这只是一个细节,因为伴随着这种唯我独尊的奇特的种族意识而来的,还有对宗教、道德和举止等等不同却至关重要问题的明确的信念、结果,每个群落,无论大小,都始终蜗居在自我满足的壁垒森严的小城堡里,用偏见和固执这个坚固的屏障抵御外界和外人的影响。

在美国享有独立的最初一个半世纪里,我们能够避免这种可悲的最危险的极端行为,当然,清教徒的不宽容是不该吹嘘的。但如今边疆问题已经消失,国家正在迅速地趋于稳定,我们似乎确实没有从地球上古老种族的前车之鉴中汲取更多的教训。就在这片土地上,种族团体紧密地聚在一起,推行各自的戒律,仿佛从未听说过《人权法案》一样。宗教团体似乎从来没有读过宪法中关于新闻出版自由的规定,不仅强令自己的追随者该想什么,读什么,而且还制订了自己的法规，完全无视由全体人民选出的代表通过的国家法律。就在我们眼皮底下，我们就看得到（若是我们肯于这么做的话）一种狭隘精神或种族排外性思想的泛滥，直到1914年一战爆发之前，它始终被认为是黑暗时代的不幸残存。

显然，我们对形势的乐观看法有些过早了。而过去六年中发展起来的纳粹主义、法西斯主义以及形形色色偏见和片面的民族主义、种族主义意识形态的增长，开始使最抱希望的公民相信：已经不知不觉地回到了几乎是不折不扣的中世纪。

※ ※ ※

这一发现并不那么令人愉快，但恰如一位喜欢哲学的法国将军不久前所说（简直像是预言）："对于不愉快的事情生气是无用的，因为事实根本不在乎，因此也不会因为你的气恼而改变。"所以嘛，就让我们勇敢地面对这些最不受欢迎的发展，然后得出合乎逻辑的结论，找到我们对付的方法吧。

※ ※ ※

宽容一词，就其最广博的含义而论，总是那么奢侈，只有具有丰富智力的人才能够谈论得起。从思想上说，他们是迄今已经摆脱了不那么开通的同胞们的狭窄偏见的人展望到了全人类宽阔富丽的远景。如同我在本章开篇时引用过的朋友昆塔斯·奥里利厄斯·希马丘斯一样，他们完全可以质问我们：既然我们大家抬眼看着同样的繁星，既然我们大家都是同一星球上的过客，既然我们大家都居住在同一天空下，而且生活之谜如此深奥，只有一条通向答案之路，我们为什么要始终相互为敌呢？但是如果我们冒险这样做，并引证

巫师的仇恨大锅

一位古代异教徒的这些高尚之语，我们当即就会招来狂叫滥吼，还会招来石块和木棒。发难者是坚持认为只有一条通往拯救的（他们自己的）道路的不宽容的领导者，凡不跟随他们走那条窄路的人注定要永堕地狱，因此便残酷镇压他们，防止他们的怀疑影响别人，使别人也去试一试在"唯一权威的完美地图"上没有标出的弯路。

昆塔斯·奥里利厄斯·希马丘斯生活在公元四世纪。自那以后，思想崇高的人偶尔提高嗓门来捍卫这种精神和种族问题上的中立态度。他们偶尔（只在很短的时期）成功地建立起人人都能随意思考并可按自己的方式求得拯救的团体。但这种宽容的态度必不可免地是自上而下的，从来没有自下发起过。他们不甘于接受来自上层的干预，便凭借着传统的权力，总是要强迫别人接受自己的观点，若是没有其他办法让人开窍，就要动用武力迫使别人"加入"，而为了避免流血，往往还要招来警察。

所有的美国人应该永远感激不尽的是，他们的合众国是由一批真正的哲学家缔造的，这些人无愧于哲学家这个称谓，他们具有广泛的实际经验（还是从该词的最佳含义上说）完全摆脱了十三个殖民区早期历史上典型的宗教狂热。这些人得到了最后的报偿，等他们过世之后，却有千百万饥饿的欧洲人潮水般地涌进了他们曾希望建立理智王国的美丽土地，——这些欧洲人不仅带来了新大陆亟须的强壮臂膀，还带来了他们古老的先入为主的偏见，他们只相信自己观点的正确，他们只相信自己见解的正确性，在各个问题上只能依从自己，绝不能兼听旁议。

当时我们盲目乐观，又忙于开发新大陆的自然资源，我们想当然地认为，这口大熔炉能够自行解决一切。但熔化任何物质最好经过一个缓慢而复杂的过程，还需要经常的监督和照看。因为人的灵魂不甘心被液化，它比任何我们已知的物质都要顽强。结果便是现在这个局面，由机关枪和集中营武装起来的形形色色的现代不宽容，比起只靠地牢和缓慢烧死人的火刑柱"说服"异教徒的中世纪的手段，可要变本加厉了。

※ ※ ※

这就向我们提出了问题：我们该怎么办呢？如我在前几页所述，我不相信那种闭眼不看不愉快事实的策略。因此，我得出了不乐观的结论：至少在目前，我们对于当下最令人惧怕的事态，是难以做出什么建设性的工作的。我们必须接受这种局面，并同时又要为未来订出稳步又细密的计划。可以相当肯定地说，我们绝不能再让自己手足无措了,过去的六年里,我们的文明已经受到了无休止的打击,再这样下去我们的文明就休想能够复兴了。

※ ※ ※

1914年至1918年的第一次世界大战犹如一场飓风。不仅摧毁了大部分家园,而且还使那么多人死去或处于贫困之中,要在不长的时间内消除这些损失是不可能的。那些毫发未损幸存下来的人,都只一心关注重建自己的家园,而无暇顾及邻人遭毁的住宅。结果,在损失最重的居民区废弃的街巷里,任何正常和健康的生活已经完全不可能了。随后,在一些凄惨的地窖的废墟里,不知从哪里冒出

变成一片莽林的城镇

来了一些奇怪又不健康的人,他们开始在四下里召集一些被遗弃的人,对他们宣讲自己独创的教义,这些人都是在凄惨的荒林中长大的,那里根本不会培育出健康和理性的生活哲学。

既然重建工作已经落后了许多年,我们就可以用正确的观点观察它。第一次世界大战之后,世界需要大量的新鲜空气、充沛的阳光和像样的食物,这比任何东西都迫切,然而它得到的却是饥饿和失望。于是,许多乌烟瘴气的新学说应运而生,它使我们清楚地想起了那些难以置信的信条,它们是在三、四世纪时,从小亚细亚破败的沿海城市里臭气熏天的弯曲小街中发展起来的。

然而,新的拯救预言家的追随者们饿得受不了,便逃了出来,闯进了我们相对宁静的村镇。我们对此毫无准备,一如十七个世纪前的亚历山大的人一样,那时附近荒野里的圆睁怪眼的隐蔽的暴徒,闯进了大学,私刑处死了哲学家,因为他们宽容和理解的学说,在那些自认掌握了唯一真理的人眼里,无异于对他们的诅咒,当然要不满了。

※ ※ ※

是啊,我们现在像过去一样惊诧和绝望。我们指望把横扫全球的偏执和暴徒精神的瘟疫清除殆尽,已经为时已晚。但我们至少应该有勇气承认,它们正是某些非常古老的人类特性的现代表现,长期以来它们一直蛰伏,一待有机会就会东山再起。当机会到来时,它们不仅要胜利凯旋,而且由于长时间地受到压抑,其猛烈、暴怒和残忍就要比以往严重得多。

这就是如今展现在我们惊慌失措的眼前的图画。我们自己(感谢浩渺的大西洋!)还相对安全,因为远离了最近这场种族和宗教

狂热爆发的最糟恶果。除非我们始终保持警觉,要不这种疫病就会登上我们的海岸,并且会像夷平中欧和东欧的所有文明和礼仪的遗存一样,把我们摧毁。

我刚刚问了自己一个问题:"我们能做些什么呢?"就我所见,我们除去竭力保持头脑冷静和火药干燥之外,确实无能为力了。空谈是无济于事的。沉浸在我们如何优越的美妙梦幻中,这种思想感情上的冲动只会加速分崩离析的过程,因为民主的敌人会将我们的宽厚怜悯和长期忍耐的态度误解为单纯的软弱,从而采取相应的行动。将来我们被关进了集中营的时候,我们才会想到,中欧的民主和我们一样,也是这样被毁灭的:他们对那些持截然相反信条的人大谈宽容,简直像对白蚁甜言蜜语什么"不可分割的权力",其实白蚁正在摧毁我们脚下的基石。

※ ※ ※

不——就我对当前局势的理解而言,进行直截了当的反攻都为时已晚。我们鼓励了敌人入侵。我们给予他们各种安全保障,直到他们有足够的力量反对自己的保护人,并且迫使保护过他们的人过下等的生活——没有自由的生活。但在地球的几个角落里,还残存着自由,那些正直的有正义感的人有责任——迫切和绝对的责任,保存自己,蓄势待发,等待迎接能够开始重建大业的那一天。

谁也不该将此视为失败主义者的表现或怯战者的劝告。根本不是!事实就是事实,由于不可饶恕的率性从事和不肯承担责任的退缩,我们已经失去了那么多的领土,至少我们应该暂时撤退,然后为新的启蒙战役做好准备。

这样就给予我们在宽容问题上实际锻炼自己的任务。我们应该结束得过且过、漠不关心的局面，首先要摆脱"这类事不会在这里发生"的念头。这类事不仅可能发生，而且已经发生，还发生得很频繁。当我们勇敢地接受军队式的严明纪律时，我们应该稳步地做好准备迎接那欢乐的时刻，到那时我们就能再次向着带来最终和持久的胜利前进，使它发挥威力，给予自由。

我的朋友们，这里有一项工作是为坚定的志愿者准备的。我向你们承认，这将是有史以来最艰巨的一场战斗，但与之俱来的是出类拔萃的回报。因为这场光荣战事中的幸存者，会被当作人类的造福者而受到欢呼。他们把人类从古老的自以为是的优越感的偏见中解放出来，那种优越感的偏见只要一与疑虑和恐惧相结合，就会把最谦卑、最平和的人变成万物之中最凶残的动物和宽容理想的死敌。

亨德里克·威廉·房龙

1940年8月

于康涅狄格州老格林尼治市